O ninho do pássaro

SHIRLEY JACKSON

O ninho do pássaro

TRADUÇÃO
Débora Landsberg

Copyright © 1954 by Shirley Jackson
Os direitos morais da autora foram assegurados.

Grafia atualizada segundo o Acordo Ortográfico da Língua Portuguesa de 1990, que entrou em vigor no Brasil em 2009.

Título original
The Bird's Nest

Capa
Elisa von Randow

Imagem de capa
Combing, de Will Barnet, 1981. Óleo sobre tela, 100,33 cm × 90,17 cm.
© Herdeiros de Will Barnet/AUTVIS, Brasil, 2025. Coleção particular.
Reprodução: © Herdeiros de Will Barnet, cortesia de Alexandre Gallery, Nova York

Preparação
Julia Passos

Revisão
Bonie Santos
Luís Eduardo Gonçalves

Dados Internacionais de Catalogação na Publicação (CIP)
(Câmara Brasileira do Livro, SP, Brasil)

Jackson, Shirley, 1916-1965
    O ninho do pássaro / Shirley Jackson ; tradução Débora Landsberg. — 1ª ed. — Rio de Janeiro : Alfaguara, 2025.

    Título original : The Bird's Nest.
    ISBN 978-85-5652-274-0

    1. Ficção norte-americana I. Título.

25-269135   CDD-813

Índice para catálogo sistemático:
1. Ficção : Literatura norte-americana   813
Cibele Maria Dias – Bibliotecária – CRB-8/9427

Todos os direitos desta edição reservados à
EDITORA SCHWARCZ S.A.
Praça Floriano, 19, sala 3001 — Cinelândia
20031-050 — Rio de Janeiro — RJ
Telefone: (21) 3993-7510
www.companhiadasletras.com.br
www.blogdacompanhia.com.br
facebook.com/editora.alfaguara
instagram.com/editora_alfaguara
x.com/alfaguara_br

O ninho do pássaro

1
Elizabeth

Embora o museu fosse conhecido por acomodar bastante conhecimento, seus alicerces tinham começado a ceder. Isso provocou no edifício uma inclinação esquisita, e incomodamente visível, para o oeste, e as filhas da cidade, cujos empréstimos vigorosos tinham angariado os fundos para amparar o museu, sentiram uma vergonha infinita e começaram a jogar a culpa uma na outra. Ao mesmo tempo, os funcionários do museu, cujas diversas ocupações eram diretamente afetadas pela inclinação evidente dos andares do prédio, se divertiam muito. O proprietário do dinossauro era, a bem da verdade, muito bem-humorado quanto à disposição quase fetal de sua venerável ossada, e do numismata, cujos espécimes tendiam a deslizar e trombar uns com os outros, ouviam-se comentários — quase entediantes — sobre as justaposições clássicas assim obtidas. O homem dos pássaros empalhados e o astrônomo, que de todo modo passavam a vida quase fora do equilíbrio terreno, se declaravam imunes à queda do prédio para um dos lados, a não ser quando eram levados a uma espécie de curva inclinada para compensar os resultados naturais de se andar em pisos tortos; andar era, em todo caso, um movimento desconhecido para ambos, já que um tendia ao voo e o outro, ao giro complacente das esferas. O doutíssimo professor de arqueologia, desatento ao atravessar os corredores enviesados, já tinha sido visto contemplando com ar esperançoso os alicerces tortos. O empreiteiro e o arquiteto, junto às mal-humoradas filhas da cidade, tentaram culpar primeiro os materiais ineficazes fornecidos para a construção do edifício e, depois, o peso extraordinário de algumas das antiguidades ali contidas. A imprensa local publicou um editorial criticando as autoridades do museu por terem permitido que um meteoro, uma coleção de minerais e um arsenal inteiro da Guerra Civil — encontrado perto da cidade e que incluía dois canhões — fossem alojados na ala oeste do prédio; o editorial ressaltava em tom sóbrio que, caso as exposições de assinaturas famosas e dos trajes locais ao longo do tempo tivessem sido acomodadas no lado oeste, talvez o edifício não tivesse cedido, ou pelo menos não enquanto suas patrocinadoras estivessem vivas. Como a imprensa local — atual e impermanente — não era admitida abaixo do terceiro andar, ou andar administrativo, do museu, a distribuição nada prática das exposições pôde permanecer igual, inalterada pelos editoriais, embora os funcionários administrativos do terceiro andar lessem as tirinhas todos os dias e analisassem as primeiras páginas na expectativa de descobrir como morreriam. Naquele andar, eles eram dados à meditação e acreditavam em quase tudo o que liam. Nisso, é claro, quase não se distinguiam dos habitantes instruídos do primeiro e do segundo andares, que se debruçavam sobre os resquícios imperecíveis do passado e faziam piadinhas zombeteiras sobre desintegração.

Elizabeth Richmond ficava num canto de uma sala no terceiro andar; era o setor do museu mais próximo, por assim dizer, da superfície, aquele onde a correspondência com o mundo lá fora era conduzida livremente, onde menos abrigo era dado a almas eruditas acovardadas. À mesa de Elizabeth no último piso do edifício, no cantinho mais a oeste do escritório, ela se sentava todo dia para responder a cartas que ofereciam ao museu coleções de flores prensadas ou de antigas arcas de marinheiros trazidas de Catai. Não há provas de que o equilíbrio pessoal de Elizabeth tenha sido desbalanceado pela inclinação do andar do escritório, tampouco conseguiu-se provar que foi ela quem tirou o prédio das fundações, mas é inegável que começaram a degringolar na mesma época.

O instinto de todas as pessoas ligadas ao museu, até e inclusive o paleontólogo, foi de consertar, remendar, reconstruir, em vez de construir de novo em outro lugar, e a fim de consertar o prédio os carpinteiros acharam necessário fazer um buraco no edifício, que ia do telhado ao porão, e escolheram o canto de Elizabeth no terceiro andar para realizar a inserção da haste. No segundo andar, o buraco na parede foi feito através de um sarcófago, e no primeiro andar, não sem razão, atrás de uma portinha com o aviso "Não entre"; no caso do escritório de Elizabeth não havia necessidade de disfarçar, e por isso ela chegou no trabalho numa manhã de segunda-feira e viu, exatamente à esquerda de sua mesa, e bem perto do seu cotovelo esquerdo quando batia à máquina, que a parede tinha sido derrubada e o esqueleto do edifício estava exposto. Foi a primeira pessoa a entrar na sala naquela manhã; ela pendurou o casaco e o chapéu no cabideiro que ficava ao lado da porta com cuidado e em seguida cruzou o cômodo e olhou para baixo com a imediata sensação de tontura e a tentação quase irresistível de se lançar na areia primeva sobre a qual o museu supostamente se erguia; lá de baixo ela ouvia as vozes levemente ecoantes dos guias do primeiro andar: hoje era Dia de Visitação Pública, e os guias pareciam limpar as unhas. A voz queixosa que, um pouquinho mais alta, parecia vir do segundo andar poderia ser a do arqueólogo, do lado de fora da tumba, achando defeitos no ar. Elizabeth, olhando para baixo, suspirou porque estava com dor de cabeça e porque tinha dor de cabeça quase o tempo todo, e se voltou para a mesa para contemplar uma carta que oferecia ao museu uma maquete de arranha-céu feita de fósforos. A leve sensação de feriado, inspirada pela falta da quarta parede do escritório, havia se dissipado quase por completo quando abriu a terceira carta que estava sobre a mesa. Depois de ler a carta uma vez, ela se levantou e olhou para baixo de novo, para a cavidade do prédio, e depois retornou à mesa e se sentou, pensando: estou com dor de cabeça.

"cara lizzie", lia-se na carta, "seu castelo de areia agora desapareceu para sempre cuidado comigo lizzie cuidado comigo e não faça nada errado porque eu vou te pegar e você vai se lamentar e não vá pensando que não vou saber lizzie porque eu sei — pensamentos imundos lizzie imunda lizzie"

Elizabeth Richmond tinha vinte e três anos. Não tinha amigos, não tinha pais, não tinha companheiros e não tinha nenhum plano além de aguentar o tempo necessário antes de partir com o mínimo de dor possível. Desde a morte da mãe, quatro anos antes, Elizabeth não tinha conversas íntimas com ninguém, e a tia com quem vivia exigia pouco dela além de uma parte de seu pagamento semanal e sua presença pontual à mesa de jantar. Apesar de ir ao museu todos os dias havia dois anos, desde sua contratação o museu não tinha mudado em nada; as cartas assinadas com "por er" e as listas intermináveis de exposições corroboradas por E. Richmond eram os rastros notáveis de sua presença. Havia meia dúzia de pessoas que passavam o tempo no mesmo escritório, e meia dúzia de outras que ocupavam outros escritórios do terceiro andar, e todos conheciam Elizabeth, e diziam "Bom dia" a ela, e até mesmo "Como você está hoje?" — isso em manhãs de primavera muito ensolaradas —, mas aqueles que, por filantropia ou bondade mortal, tinham tentado ser mais simpáticos com ela viram-na inexpressiva e confusa. Não era nem mesmo interessante a ponto de lhe atribuírem um apelido: enquanto os vivos, absortos a cada dia nos fragmentos e nas trivialidades sujas do passado desagradável ou nos vácuos do espaço, mantinham um controle precário sobre a individualidade e a identidade, Elizabeth permanecia sem nome; era chamada de Elizabeth ou de srta. Richmond porque esse era o nome que tinha falado ao chegar, e talvez se tivesse caído no buraco no prédio sentissem sua falta porque o crachá do museu onde se lia srta. Elizabeth Richmond, presente anônimo, valor indeterminado, ficaria sem objeto correspondente.

Não tinha escolhido o emprego no museu devido à paixão pelo aprendizado ou na esperança de um dia administrar a própria instituição pública, mas porque com seu jeito desgovernado habitual ela havia seguido a informação dada por uma amiga da tia e achado uma vaga no museu, e porque a tia havia acrescentado, em tom urgente, que Elizabeth faria muito bem em tentar o emprego, pois era necessário que ela trabalhasse em alguma coisa agora que já tinha idade para ser independente. A tia se absteve de comentar a ideia incômoda de que ficaria mais fácil identificar Elizabeth com mais firmeza se ela estivesse em um lugar concreto (minha sobrinha Elizabeth, que trabalha no museu), em vez de ser apenas ela mesma e muito obviamente incapaz de dar explicações. Ela foi trabalhar, portanto, sem nenhum outro rumo além desse cruzamento de duas retas para determinar um ponto, e foi aceita pelo museu porque o trabalho administrativo no terceiro andar não exigia uma personalidade muito efervescente, e porque suas competências, apesar das desvantagens, incluíam uma caligrafia clara e uma rapidez razoável na máquina de escrever, e porque o que quer que dessem para Elizabeth fazer, caso ela compreendesse, era feito. Se ela se orgulhava de alguma coisa, era do fato de que tudo à sua volta era arrumado, e preciso, e ficava num lugar onde pudesse enxergar. A mesa e as cartas eram muito bem organizadas; chegava no museu sempre na hora que lhe diziam para chegar, pegando o mesmo ônibus para o trabalho e pendurando o casaco e o chapéu no lugar que lhes cabia; sempre usava vestidos escuros e colarinhos brancos, que a tia achava serem adequados a uma funcionária de escritório, e quando dava a hora de ir para casa, Elizabeth ia para casa.

Ninguém no museu tinha parado para pensar que fazer um enorme buraco na lateral do escritório de Elizabeth poderia ser insalubre para ela; ninguém no museu havia refletido, com régua de cálculo na mão, "Agora, vejamos, este buraco que desce o prédio vai ter que passar rente ao cotovelo esquerdo da srta. Richmond; fico me perguntando se vai ser um transtorno para a srta. Richmond chegar e ver que uma das paredes sumiu".

Na segunda-feira, pouco antes do meio-dia, Elizabeth tirou a carta da gaveta da mesa e a enfiou na bolsa; pretendia relê-la no almoço. Ela a atazanara durante a manhã com uma insistência ímpar; de certo modo, era agradavelmente pessoal, em nada parecida com o tipo de coisa com que estava acostumada. Enquanto comia um sanduíche na loja de conveniência, ela a releu, investigando a caligrafia, o papel e o fraseado; era provável que o aspecto mais empolgante fosse sua familiaridade persistente. Não se afligia porque não conseguia conceber que alguém tivesse tido a ideia, pegado caneta e folha de papel para escrevê-la e a enfiado em um envelope destinado a Elizabeth no museu; era impossível imaginar tal gesto de intimidade vindo de um estranho. Sentada na loja de conveniência, Elizabeth tocou nas palavras mal redigidas com o dedo e sorriu; tinha planos bastante definidos para a carta: pretendia levá-la para casa e colocá-la em uma caixa na última prateleira do guarda-roupa junto de outra.

Embora o pessoal do museu passasse boa parte do tempo martelando e medindo e remendando, a sensação geral era de que a presença dos carpinteiros e pedreiros que consertavam o prédio era despropositada durante o horário de funcionamento do museu, e portanto, ao sair dali às quatro horas, como de costume, Elizabeth cruzou com os carpinteiros que chegavam. Não tinha importância para ninguém do museu e era de pouca relevância para os carpinteiros, mas quando Elizabeth passou por eles na entrada, sorriu e lhes disse: "Olá, pessoal". Ela ganhou a rua, piscando sob o sol porque ainda estava com dor de cabeça, embarcou no ônibus de sempre, se sentou e ficou olhando pela janela até chegar ao seu ponto, desceu do ônibus e andou meio quarteirão até a casa da tia. Destrancou a porta, deu uma olhada na mesa do vestíbulo para ver se a tia não tinha deixado nenhum bilhete e foi à sala de estar para ver se a tia já tinha chegado, depois subiu a escada rumo ao quarto, onde foi cuidadosa ao pendurar o chapéu e o casaco no guarda-roupa, tirou os sapatos bons e calçou chinelos, pegou uma cadeira para subir e alcançar a prateleira do guarda-roupa e pegou uma caixa de papelão vermelho que em seu aniversário de doze anos tinha chocolates. Com muita atenção, pôs a caixa em cima da cama, guardou a cadeira no lugar certo e se sentou na cama com a caixa. Antes de abri-la, pegou a carta nova na bolsa e a releu, depois a dobrou e a devolveu ao envelope, endereçado com desleixo à "srta. elizabeth richmond, museu de owenstown". Em seguida, abriu a caixa e pegou a outra carta que havia ali dentro; era consideravelmente mais velha. Tinha sido escrita sete anos antes pela mãe de Elizabeth e dizia: "Robin, não me escreva mais, peguei minha Betsy lendo as cartas ontem, ela é um demônio, e você sabe como é esperta! Te escrevo quando der e te vejo sáb. se possível. Com pressa, L.".

Elizabeth havia encontrado essa carta, supostamente nunca endereçada e remetida, na mesa da mãe pouco depois de seu falecimento. Até agora, ficara escondida sozinha na prateleira do guarda-roupa, mas hoje, depois de reler as duas cartas com muita atenção, pôs ambas na caixa vermelha, pegou a cadeira, devolveu a caixa à prateleira do guarda-roupa, guardou a cadeira no lugar certo, entrou no banheiro e lavou as mãos com sabão enquanto a tia chegava ao pé da escada e chamava: "Elizabeth? Você já chegou?".

"Estou aqui", Elizabeth respondeu.

"Quer tomar um chocolate no jantar? Está um gelo lá fora."

"Está bem. Já vou descer."

Ela desceu os degraus devagarinho, beijou a bochecha da tia porque costumava beijar a tia ao chegar em casa e só tinha visto a tia agora, e foi à cozinha.

"Bem", disse tia Morgen, resoluta. Ela desabou na cadeira e juntou as mãos em cima da mesa, ignorando firmemente as costeletas, o pão e a manteiga. "Pois bem", ela disse. Elizabeth se sentou às pressas, juntou as mãos e olhou sem expectativa para a tia. "Senhor, abençoe esta comida, nossas vidas estão a Seu serviço", disse tia Morgen, falando no instante em que Elizabeth juntava as mãos, e, num gesto simples, logo depois do "Amém", abriu as mãos e esticou os braços em direção às costeletas, "seu dia foi bom?".

"O de sempre", Elizabeth respondeu. Comida de qualquer tipo, sob qualquer circunstância, era uma questão de relevância considerável para tia Morgen, e sua voracidade só era muito congelada pela conversa por pouquíssimo tempo; havia, na melhor das hipóteses, apenas um ou dois assuntos no mundo capazes de tirar os olhos de tia Morgen do prato, e Elizabeth nunca tinha conseguido dizer nada capaz de surpreendê-la a ponto de fazê-la largar o garfo antes que a comida desaparecesse. O jantar era calculado para saciar com perfeição o apetite dela, mas ela era justa: havia exatamente a mesma quantidade calculada de costeletas e batatas assadas e fatias de pão e picles para tia Morgen e para Elizabeth; a conversa delas era dividida com igual perfeição.

"*Você* teve um dia bom?", Elizabeth perguntou à tia.

"Não muito", tia Morgen declarou. "Choveu", ela frisou.

Embora tia Morgen fosse o tipo de mulher que muitos descreveriam como "masculina", se fosse homem ela teria sido uma figura pouco marcante. Se fosse homem, seria de tamanho mediano, maxilar frouxo, olhar evasivo e estabanado; por sorte, não tendo nascido homem, se tornara mulher, e por necessidade havia adotado desde a adolescência (com muito sofrimento, talvez, e maledicências desvairadas contra as iniquidades do destino, que tinham tornado sua irmã encantadora) a personalidade de mulher bronca, que falava alto, tão invariavelmente descrita como "masculina". Seus modos eram incontidos, sua voz era alta, ela amava comer e beber e dizia amar os homens; adotava em relação à sobrinha ajuizada uma atitude de amabilidade avuncular, e entre seus poucos amigos era considerada bastante espirituosa devido ao gosto por verdades francas e declarações abrangentes sobre beisebol. Tinha chegado a uma idade em que manter essa personalidade já não era um esforço tão grande quanto devia ser quando tinha, digamos, vinte anos, e tinha chegado a uma postura de satisfação comparativa, descobrindo que as garotas bonitas de sua juventude agora estavam desbotadas e abatidas, e às vezes coravam quando ela falava. Nunca tinha se arrependido de se encarregar da sobrinha após a morte da irmã, já que, além de singela, Elizabeth era quieta e discreta, e não mostrava nenhum pendor a interromper a conversa da tia, que ocorria exclusivamente entre a conclusão do jantar e a hora em que se recolhiam. De manhã, antes de Elizabeth ir para o museu, tia Morgen volta e meia perguntava sobre sua saúde e às vezes a aconselhava a usar galochas; antes do jantar, na hora pacata que tia Morgen passava cozinhando e tomando xerez sozinha na cozinha, e Elizabeth ficava, assim como hoje, sozinha no quarto, conversar era impossível; enquanto o jantar era servido e comido, tia Morgen estava ocupada demais para falar. Depois, entretanto, tia Morgen tinha o hábito de tomar uma tacinha ou duas, ou até várias, de conhaque, e era então, recostada em sua poltrona na cozinha, com café, conhaque e um cigarro na mesa à sua frente, e com Elizabeth hesitando diante do chocolate que esfriava, que tia Morgen fazia a peroração do dia.

"Se você aprendesse a tomar café", ela começou nessa noite, como muitas vezes começava, "eu deixaria você tomar um golinho do meu conhaque."

"Não gosto de nenhum dos dois, obrigada", Elizabeth respondeu. "Me deixam enjoada."

"É porque você toma com chocolate", tia Morgen retrucou. Ela deu de ombros. "Chocolate", repetiu. "Chocolate. Uma porcaria fraquinha, feita para gatinhos e meninos imundos. Por acaso *Shakespeare* tomava chocolate?"

"Não sei", disse Elizabeth.

"Era para você saber esse tipo de coisa, *você* trabalha em um museu. Já eu passo o dia inteiro dentro de casa, sentada, vivendo de renda." Ela sorriu e fez uma mesura formal para Elizabeth. "Renda da sua mãe, devo dizer. Minha apenas por um meríssimo acaso, minha apenas por paciência meritória e inteligência excepcional. Minha", disse tia Morgen com gosto, "apenas porque vivi mais do que ela. Se eu a tivesse matado, veja bem", ela prosseguiu, apontando o cigarro para Elizabeth, "teriam me pegado. Eu não teria recebido o dinheiro dela porque teriam me pegado se eu a *tivesse* matado, e não pense você que eu não vivia pensando nisso, mas eles teriam me pegado. Afinal, não imagino que eu seja *tão* esperta assim, garotinha."

Era comum tia Morgen chamar Elizabeth de "garotinha" após o jantar, e falava tanto da mãe de Elizabeth quando estavam a sós que Elizabeth, que no começo às vezes prestava atenção, se deu conta de que agora conseguia passar a um plácido estado de desatenção pós--jantar, quase como se tivesse tomado um bocado do conhaque de tia Morgen. À medida que a voz de tia Morgen continuava, Elizabeth observava distraída as luzes mudando na prataria e no espelho que encimava o aparador, e os movimentos ligeiros da sombra quando tia Morgen levantava a taça de conhaque, e o desenho interminável de portas ladeadas por roseiras no papel de parede.

"… me viu primeiro", tia Morgen estava dizendo, "mas é claro que depois sua mãe, quando ele conheceu minha irmã Elizabeth, é claro que foi ela, e é claro que eu não podia fazer nada. Mas alimento a esperança, Elizabeth júnior, de que minha inteligência e força tenham mostrado a ele, no fim das contas, o erro que *ele* cometeu ao escolher o vácuo e a beleza. Vácuo", tia Morgen repetiu, saboreando a palavra, embora a usasse quase todas as noites. "Mais para o fim, *eu* reparei, ele me procurava cada vez mais, para pedir *meus* conselhos sobre dinheiro e *me* contar os problemas dele. Eu sabia dos outros homens, mas é claro que ele já tinha feito a escolha dele, embora eu deva dizer que ela já não era grande coisa naquela época, afundada na lama até o pescoço. Bom." Tia Morgen respirou fundo, se recostando, os olhos meio fechados, olhando para a garrafa de conhaque. "Você cuida da louça, garotinha? A titia vai deitar cedo."

"Eu lavo tudo. A sra. Martin vai vir fazer a faxina amanhã e ela fica brava quando vê louça suja."

"Velha idiota", disse tia Morgen, de modo obscuro. "Você é uma boa moça, Elizabeth. Sem ideias extravagantes."

Elizabeth levou os pratos à pia e abriu a torneira; porque ela havia começado a reconhecer, com a dor de cabeça que durava o dia inteiro e agora o princípio de uma rigidez insuportável nas costas — como se se alongar, ou se esfregar no umbral da porta feito um gato, pudesse aliviá-la —, que corria o risco de ter outro surto do que tia Morgen chamava de enxaqueca e Elizabeth considerava um período "péssimo", ela se mexia de forma deliberada e lenta, demorando-se o máximo possível em pequenos gestos; atividades de qualquer tipo a ajudavam quando se sentia "péssima". Ela se lembrava desses períodos na infância, apesar de tia Morgen acreditar que, até o falecimento da mãe, Elizabeth só tinha tido ataques de birra e comentasse com sensatez que a enxaqueca de Elizabeth era "uma reação qualquer". De todo modo, nos últimos tempos os períodos "péssimos" eram cada vez mais frequentes, e Elizabeth, relembrando que tinha se afastado do trabalho por quatro dias não fazia nem duas semanas, pensou sem energia, apesar da dor, "Eles vão me dispensar se eu ficar em casa, doente".

Quando terminou de lavar e secar a louça devagar, e de guardá-la com muito cuidado nas prateleiras, e de arear a frigideira, ensaboar a pia e limpar a mesa, a dor nas costas já era considerável; não era mais um alerta, era forte o bastante para que fosse à porta da sala de estar, onde tia Morgen fazia palavras cruzadas no jornal vespertino, e lhe pedisse uma aspirina.

"Enxaqueca de novo?", indagou tia Morgen, erguendo os olhos. "Você tem que ir ver o Harold Ryan, garotinha."

"Eu sempre tive isso", Elizabeth declarou. "O dr. Ryan não tem o que fazer."

"Vou te dar uma bolsa de água quente para você botar nas costas", tia Morgen disse de bom grado, largando o lápis, "e um daqueles comprimidinhos azuis. *Isso* vai te botar pra dormir."

"Eu durmo muito bem", Elizabeth disse. Já estava tonta, e esticou o braço para se escorar no umbral da porta.

"Pobrezinha", disse tia Morgen. "Você só precisa dormir."

"Eu?"

"Noite após noite eu te ouço se revirando e murmurando", tia Morgen comentou. Ela passou o braço em torno de Elizabeth. "Venha comigo, minha senhora."

Ajudou Elizabeth a tirar a roupa, pois a dor nas costas, que aparecia de forma brusca e severa e desaparecia sem aviso prévio, agora estava tão forte que Elizabeth tinha dificuldade de se mexer.

"Pobrezinha", tia Morgen repetia sem parar, tirando as roupas de Elizabeth, "quantas vezes não tirei as roupas de sua mãe antes de você nascer. *Ela*", disse tia Morgen, dando risadinhas, "era tão desastrada que quando era deixada virada de lado, não conseguia se virar sem ajuda. *Prontinho*, agora a camisola. Os últimos meses foram a única época em que ela deixou alguém ajudar, isto é, alguém *mulher*, e mesmo assim só eu. Sempre reservada, ela. Devo dizer que você não puxou o corpo dela; é mais parecida com o seu pai. O outro braço, garotinha. Era uma moça encantadora, a minha irmã Elizabeth, mas estava afundada na lama até o pescoço. Agora vamos à bolsa de água quente e àquele remedinho para dormir."

"Estou quase dormindo, tia Morgen."

"Não quero você se revirando a noite inteira."

Quando tia Morgen, andando a passos bem leves mas tropeçando na mesinha de cabeceira, enfim apagou a luz e foi embora, Elizabeth ficou sozinha, deitada no escuro, e tentou fechar os olhos. Havia um feixe de luz porque tia Morgen havia deixado a porta entreaberta — não tinha lhe ocorrido que talvez Elizabeth precisasse de sua ajuda durante a noite, mas não foi capaz de se lembrar de fechar a porta por completo —, e Elizabeth ouvia, lá embaixo, os movimentos ligeiros de tia Morgen, da sala para a cozinha, e o subsequente baque da porta da geladeira, e a voz de tia Morgen cantarolando, numa espécie de orgulho por *ela* estar bem e ter vivido mais do que inúmeras pessoas.

Que velha ruim, Elizabeth pensou, e então ficou surpresa consigo mesma: tia Morgen tinha sido muito bondosa com ela. "Que velha ruim", e se deu conta de ter falado em voz alta. Imagine se ela me escuta, Elizabeth pensou, e deu risadinhas. "Que velha ruim", ela repetiu, bem alto.

"Me chamou, garotinha?"

"Não, obrigada, tia Morgen."

Aconchegada na cama, com a dor nas costas diminuindo e a dor de cabeça esmorecendo no escuro, Elizabeth cantou, sem palavras e quase sem som, para si mesma. A melodia que usou foi de cantigas infantis, de canções populares efêmeras, de sussurros e fragmentos de harmonias que tinha ouvido muito antes, e, cantando, adormeceu. Não ouviu tia Morgen passar pelo corredor, tampouco percebeu a olhadela cuidadosa e demorada que tia Morgen lhe lançou da porta; não ouviu tia Morgen sussurrar "Está tudo bem, garotinha?".

Tia Morgen dormia profundamente à noite e acordava, em geral, de mau humor; portanto, não foi surpresa para Elizabeth despertar e se deparar com o descontentamento de tia Morgen. Elizabeth ficou deitada na cama, quietinha, talvez por uns dez minutos, pois a experiência lhe dizia que, uma vez acordada, não voltaria a dormir e, depois de testar com delicadeza, concluiu que, embora ainda sentisse dor nas costas, tinha melhorado tanto com aquela boa noite de sono que sem dúvida poderia se levantar e ir para o trabalho. A dor de cabeça continuava latejando na parte de trás, e repetiu o que era — apesar de não ter consciência disso — um gesto habitual, de esfregar a nuca com força, como se assim pudesse fazer os nervos sucumbirem e anestesiá-los contra a dor; esse hábito era um dos diversos tiques nervosos persistentes que tinha, e não melhorava em nada a dor de cabeça. Quando desceu, vestida com o asseio de sempre, entrou na cozinha onde tia Morgen, ainda de roupão, estava sentada à mesa, amuada, tomando café. Elizabeth disse "Bom dia" e foi pegar leite na geladeira. Ao se sentar de frente para tia Morgen, ela disse "Bom dia, tia" e continuou sem resposta; quando levantou a cabeça, viu que tia Morgen a olhava com raiva e sem a costumeira expressão enevoada das manhãs. "Minha dor de cabeça melhorou", Elizabeth comentou, acanhada.

"Estou vendo", disse tia Morgen. Batucou em tom agourento na borda da xícara de café e preparou o rosto, virando os cantos da boca para baixo e estreitando os olhos, para a ironia pesada. "Fico feliz", disse com a voz grave, "de saber que sua saúde melhorou a ponto de você conseguir sair da cama."

"Pensei em ir para o trabalho; eu…"

"Não estava me referindo", disse tia Morgen, "a seu estado atual. A melhora de saúde à qual me refiro aconteceu, diria eu, por volta de uma hora da madrugada." Ela parou para acender um cigarro, a mão visivelmente trêmula de fúria. "Quando você resolveu sair de casa", ela encerrou.

"Mas eu não fui a lugar nenhum, tia Morgen. Dormi a noite inteira."

"Você acha mesmo", tia Morgen rebateu, "que *eu* não sei do que acontece na minha própria casa? Você acha mesmo, sua bebezona, que *eu* vou cair nesse seu papo de estar passando mal e ser solidária e te levar bolsa de água quente e te dar remédio e ir ver como você está e te colocar na cama e ser o mais legal que sei ser e então virar motivo de chacota pelo trabalho que tive? Você acha *mesmo*", tia Morgen prosseguiu, a voz chegando a uma altura insuportável, "que eu não *sei* o que você *está fazendo*?"

Elizabeth a encarava, emudecida; defesas pueris lhe voltavam à cabeça, e ela baixou os olhos e fitou o copo de leite, e contorceu os dedos, e tremeu os lábios, e ficou calada.

"Então?" Tia Morgen se recostou. "Então?"

"Não sei", Elizabeth disse.

"Não sabe *o quê*?" A voz de tia Morgen, por um instante mais branda, se ergueu de novo. "*O que é* que você não sabe, sua tola?"

"Não sei do que você está falando."

"Estou falando do que está acontecendo nesta casa, estou falando do que você anda fazendo, estou falando das coisas horríveis e sórdidas que você faz de madrugada, que nem sua tia pode ficar sabendo o que é, e você tem que sair de fininho que nem uma ladra imunda, descendo a escada de sapato na mão…"

"Eu *não* fiz nada."

"Fez, sim. E não vou *admitir* que você minta para mim. Então", disse tia Morgen, se levantando e se inclinando sobre a mesa, "eu pretendo ouvir, antes que você saia de casa hoje, exatamente o que acha que está fazendo impunemente. E quanto antes", declarou tia Morgen, "melhor."

"Eu não fiz *nada*."

"Isso não vai te ajudar. Aonde é que você foi?"

"Eu não fui a lugar nenhum."

"Você foi andando? Ou tinha alguém te esperando?"

"Eu não fiz nada."

"*Quem?* Quem estava esperando para te encontrar?"

"Ninguém. Eu não fiz nada."

"Quem é ele?" Tia Morgen bateu com a mão na mesa, fazendo o copo de leite de Elizabeth balançar e derramar; o leite escorreu até a beirada da mesa e pingou no chão, e Elizabeth ficou com medo de se mexer para arrumar um pano para secá-lo; tinha medo de fazer qualquer outra coisa que não ficar sentada, evitando o olhar de tia Morgen e contorcendo as mãos sob a mesa. "Quem?", tia Morgen exigia saber.

"Ninguém."

Tia Morgen abriu a boca, arfou e segurou a beirada da mesa com as mãos. Cerrou os olhos com força, fechou a boca e ficou imóvel, numa clara tentativa de se acalmar.

Passado um minuto, abriu os olhos, se sentou e falou baixinho. "Elizabeth", ela disse, "eu não quis te assustar. Desculpe se perdi a paciência. Sei que gritando com você estou fazendo mais mal do que bem; que tal se eu tentasse explicar?"

"Pode ser", disse Elizabeth. Olhou de relance para o leite, que continuava a escorrer e cair no chão.

"Escuta", tia Morgen disse em tom persuasivo, "você sabe que, como sou a sua única guardiã, eu sinto o peso da responsabilidade. Afinal", ela disse com um sorriso simpático, "eu já tive a sua idade, por mais que eu deteste admitir, e lembro como é duro sentir que as pessoas estão de olho em você. Você se sente independente, livre, e meio que como se não *tivesse* que prestar contas a ninguém do que faz. Mas tente entender, garotinha, que por mim você pode ir em frente e fazer o que quiser. Não sou um dragão ou uma daquelas velhas solteironas nervosas que desmaiam quando veem um homem. Sou a mesma tia louca de sempre, e posso até ser uma velha solteirona, mas aposto que não tem mais muita coisa capaz de me fazer desmaiar." Tia Morgen titubeou e em seguida, obviamente resistindo a uma linha de raciocínio que ameaçava levá-la embora, seguiu com firmeza: "O que eu estou tentando dizer *é*: você não precisa ficar entrando e saindo escondida nem ter medo de que eu descubra alguma coisa de que você tem vergonha. Se tem algum cara que você queira ver e que imagina, por alguma razão, que eu vá achar ruim que você veja, não acha que seria mais inteligente me deixar brava porque vê o sujeito — coisa que eu não teria como evitar — do que porque sai escondida e faz coisas pelas minhas costas — coisa que eu *tenho* como evitar, e você espere só *para ver* —, e, considerando isso, você não acha que seria melhor pôr tudo às claras?". Tia Morgen perdeu o fôlego e se calou.

"Imagino que sim", Elizabeth disse.

"Então, veja só, garotinha", tia Morgen disse com delicadeza, "que tal você contar pra titia o que é que está acontecendo? Acredite, não vai te acontecer nada. Você tem o *direito* de fazer o que quiser e não esqueça que não vou te dar bronca, porque *eu* sempre fazia o que queria, e me lembro direitinho da sensação que você está tendo."

"Mas eu não…", Elizabeth declarou. "Digo, eu não fiz nada."

"Digamos que você não *tenha* feito nada", tia Morgen ponderou, "isso não é motivo para não me contar, né?" Ela riu. "Se você *tiver* feito alguma coisa é que tem que ter medo", ela disse.

"Mas eu falei que não fiz *nada*."

"Então o que foi que você *fez*?", tia Morgen perguntou. "O que é que você achou pra fazer a essa hora da madrugada se não *fez* nada?" Ela voltou a rir e balançou a cabeça, confusa. "Que *inferno* esse jeito de falar", ela disse. "Você não conhece nenhuma palavra sincera?"

"Não." Elizabeth refletiu. "Quer dizer", ela declarou, "eu não *fiz* nada."

"Meu Deus do céu", tia Morgen exclamou. "Meu santo Deus todo-poderoso, não aguento *falar* tudo de novo. Existe alguma palavra", ela indagou com delicadeza, "que consiga se comunicar com o seu cérebro melindroso? Estou tentando te perguntar exatamente o que aconteceu, e com quem, à uma hora da madrugada passada."

"Nada", afirmou Elizabeth, torcendo as mãos.

"A esta altura já estou totalmente convencida de que não aconteceu nada", tia Morgen disse com veemência. "Só estou impressionada de ele ter esperado outra coisa. Deve ter gente", ela disse como se falasse sozinha, "assim neste mundo, mas como é que ela acha essas pessoas? Quem, então", ela continuou, dirigindo-se a Elizabeth, "era o rapaz otimista?"

"Ninguém", disse Elizabeth.

"É tirar leite de pedra", disse tia Morgen, "tirar ouro da água do mar, fogo da neve. Você é igualzinha à sua mãe, com lama até o pescoço." Ela riu, inesperadamente bem-humorada. "Não sei *por quê*", continuou, ainda aos risos, "eu deveria acreditar que *você* sairia numa noite fria para se encontrar com um rapaz. O meu palpite, visto que você é igualzinha à sua mãe, é de que você criaria um grande mistério e sairia para enviar uma carta e torceria para alguém pensar no pior. Ou para achar uma moedinha que tivesse perdido na semana passada. E, se *for* um cara", ela acrescentou, apontando para Elizabeth com ironia, "aposto a fortuna do seu pobre pai que *ele* não está se deixando enganar. Você é que nem sua mãe, garotinha, uma trapaceira, uma mentirosa, e nenhuma das duas consegue me enganar."

"Mas eu não fiz nada", Elizabeth decretou, impotente.

"É claro que não fez", retrucou tia Morgen. "Pobrezinha." Ela se levantou e saiu da cozinha, e Elizabeth enfim pôde pegar o pano de prato para limpar o leite derramado.

Ainda havia um buraco aberto em sua sala no museu, e ele passava o dia inteiro rente ao seu cotovelo esquerdo. Na correspondência matinal, que incluía uma carta pedindo ao museu uma lista completa do que estava exposto na Sala de Insetos e uma pedindo a decisão final sobre uma coleção ímpar de prata batida navajo, havia outra para Elizabeth. "rá rá rá", lia-se, "eu sei tudo de você lizzie imunda imunda e você não tem como fugir de mim e eu nunca vou te largar nem te dizer quem eu sou rá rá rá."

Ao voltar para casa naquela tarde com a carta na bolsa, Elizabeth parou de repente na rua, entre o ponto de ônibus e a casa da tia. Alguém, ela articulou em pensamento, está escrevendo cartas *para mim*.

Ela também pôs essa carta na caixa vermelha que tinha chocolates em seu aniversário de doze anos e abriu e releu as outras duas. "vou te pegar..." "Ela é a única coisa que eu tenho..." "você não tem como fugir de mim..."

"Então?", tia Morgen disse após o jantar. "Resolveu se render?"

"Eu não fiz nada."

"Você não fez nada", tia Morgen repetiu. "Está bem." Olhou para Elizabeth com frieza. "Está com uma daquelas suas dores nas costas fajutas?"

"Estou. Quer dizer, estou com dor nas costas de novo. E minha cabeça está doendo."

"Este é o máximo de solidariedade que você vai receber *de mim* esta noite", tia Morgen declarou em tom severo. "Quantas vezes você acha que vai se dar bem assim?"

"E como vai sua pobre cabecinha *esta* manhã?", tia Morgen indagou no desjejum.

"Melhorou um pouquinho, obrigada", disse Elizabeth, e então viu o rosto de tia Morgen. "Desculpa", ela disse sem querer.

"Se divertiu?", perguntou tia Morgen. "O pobre diabo ainda está na torcida?"

"Eu não sei..."

"Você não *sabe*?", tia Morgen carregou as tintas na ironia. "É claro, Elizabeth, até a sua mãe..."

"Eu não fiz nada."

"Então você não fez." Tia Morgen voltou a se concentrar no café. "Como você está se sentindo?", perguntou por fim, de má vontade.

"Mais ou menos igual, tia Morgen. Minhas costas doem, e minha cabeça também."

"Você precisa ir ao médico", tia Morgen disse, e então, se levantando de repente, esmurrou a mesa: "juro por *Deus*, garotinha, você *precisa* ir ao *médico*!".

"... e eu posso fazer o que eu quiser e você num pode fazer nada e eu te odeio lizzie imunda e você vai se arrepender de saber que eu existo porque agora nós duas sabemos que você é imunda imunda imunda..."

Elizabeth se sentou na cama e contou as cartas. Alguém lhe escrevera montes de cartas, ela pensou com carinho, montes de cartas;

ali havia cinco. Guardava todas na caixa vermelha, e agora todas as tardes, ao voltar do trabalho, guardava a nova ali e contava todas. A sensação delas por si só já era importante, como se alguém enfim a tivesse descoberto, alguém próximo e querido, alguém que queria observá-la o tempo inteiro; alguém que me escreve cartas, Elizabeth pensou, tocando nos papéis com delicadeza. O relógio no pé da escada marcou cinco horas e, a contragosto, ela começou a juntar as cartas, dobrando-as com cuidado e devolvendo-as aos envelopes. Não gostaria que tia Morgen as visse. Estavam a salvo dentro da caixa e ela já tinha colocado de volta no lugar a cadeira na qual subira para pôr a caixa na prateleira do guarda-roupa quando a porta se abriu de supetão e tia Morgen entrou. "Elizabeth", ela disse, "garotinha, qual é o *problema*?"

"Nada", disse Elizabeth.

O rosto de tia Morgen estava pálido, e ela agarrava a maçaneta com força. "Eu estava te chamando", ela declarou. "Estava batendo na sua porta e te chamando e fui lá fora atrás de você e te chamei e você não respondeu." Ela parou por um instante, segurando firme na maçaneta. "Eu estava te chamando", ela repetiu por fim.

"Eu estava aqui. Estava só me arrumando para o jantar."

"Pensei que você estivesse..." Tia Morgen se calou. Elizabeth a olhou nervosa e percebeu que ela fitava a mesinha ao lado da cama. Ao se virar, Elizabeth viu uma das garrafas de conhaque de tia Morgen em cima da mesa. "Por que você pôs isso no meu quarto?", Elizabeth perguntou.

Tia Morgen soltou a maçaneta e se aproximou de Elizabeth. "Meu Deus do céu", ela exclamou, "você está *fedendo* a bebida."

"Eu não." Elizabeth recuou; tia Morgen, sem motivo nenhum, a amedrontava. "Tia Morgen, por favor, vamos jantar."

"Lama." Tia Morgen pegou a garrafa de conhaque e a examinou contra a luz. "Jantar", ela disse, e soltou uma risadinha curta.

"Por favor, tia Morgen, vamos descer."

"Eu", disse tia Morgen, "vou para o meu quarto." Olhando para Elizabeth, ela recuou até a porta, a garrafa de conhaque na mão. "*Eu acho*", ela disse, a mão de novo na maçaneta, "que *você* está bêbada." E bateu a porta ao sair.

Perplexa, Elizabeth foi se sentar na cama. Coitada da tia Morgen, ela ponderou, eu estava com o conhaque dela. Distraída, reparou que o relógio da mesinha de cabeceira marcava meia-noite e quinze.

"... eu sei de tudo eu sei de tudo eu sei de tudo imunda imunda lizzie imunda imunda lizzie eu sei de tudo..."

Como no dia seguinte Elizabeth teve uma prova do catálogo do museu para corrigir, ela, com a nova carta segura dentro da bolsa, só saiu do prédio às quatro e quinze, quando os trabalhadores já estavam ocupados com a estrutura oculta do edifício. Por isso, perdeu o ônibus que sempre pegava para voltar para casa. Quando enfim entrou na cozinha em que tia Morgen tomava conhaque, Elizabeth reparou primeiro que tia Morgen não tinha comido nada no jantar, e depois viu o olhar duro da tia. Emudecida, a Elizabeth só restava o gesto conciliador de oferecer a caixa de chocolates que de repente se viu segurando.

O sr. e a sra. Arrow se consideravam prosaicos em um círculo em que todos os conhecidos colecionavam máscaras indígenas, ou passavam a noite lendo peças teatrais juntos, ou acompanhavam uns aos outros na sacabuxa; o sr. e a sra. Arrow serviam xerez, jogavam bridge e iam juntos a palestras, e até escutavam rádio. A sra. Arrow estava acostumada a achar extremado o hábito de tia Morgen de ir ao cinema sozinha, e tanto o sr. como a sra. Arrow pensavam que Elizabeth tinha liberdade demais; a sra. Arrow tinha dito isso, aliás, a tia Morgen quando Elizabeth começou a trabalhar no museu. "Você dá muita liberdade à menina, Morgen", dissera a sra. Arrow, sem fazer rodeios para expressar o que pensava, "uma moça que nem a Elizabeth precisa de mais cuidado do que um dos seus... um desses... em outras palavras, a Elizabeth, você sabe tão bem quanto eu, precisa ser vigiada. Não que a Elizabeth não seja *normal*." A sra. Arrow tinha se calado e erguido os olhos para o céu e aberto as mãos num gesto de inocência, para que ninguém jamais acreditasse que a sra. Arrow pretendia dar a entender que Elizabeth fosse outra coisa que não normal, "não foi isso o que eu quis dizer, de forma alguma", a sra. Arrow explicou em tom sério. "O que eu quero dizer é que a Elizabeth é uma moça de sensibilidade incomum, e se vai sair sozinha todo dia, passar muito tempo fora de casa, seria muito sensato, Morgen, seria muito razoável da sua parte averiguar *cuidadosa*mente se ela está sempre entre pessoas bem-educadas. É claro", a sra. Arrow prosseguiu, fazendo que sim com a cabeça para apaziguá-la, "que lá no museu a maioria é de funcionários *voluntários*. Eu sempre acho", ela encerrou, "que é muita *bondade* da parte deles."

O sr. Arrow tinha, em um momento decisivo de amadurecimento, feito algumas aulas de canto para melhorar a postura, e ainda se dispunha a cantar quando lhe faziam o menor convite que fosse; o sr. Arrow costumava divertir os convidados com canções tais como "Give a Man a Horse He Can Ride" e "The Road to Mandalay", e a sra. Arrow o acompanhava ao piano, pisando nos pedais com violência e vez por outra murmurando os trechos fáceis; "Pelo amor de Deus", tia Morgen disse a Elizabeth, enfiando o dedo na campainha da porta de forma insistente, "não peça para o Vergil cantar".

"Está bem", disse Elizabeth.

"Ruth", tia Morgen exclamou quando a porta se abriu, "que bom te ver de novo."

"Como vai, como vai", disse a sra. Arrow, e o sr. Arrow, no vestíbulo atrás dela, com um sorriso largo no rosto, disse: "Como vai? E Elizabeth também veio; como vai *você*, minha querida?".

Como o casal Arrow não colecionava máscaras indígenas nem era cliente de decoradores, eles eram obrigados a usar retratos comuns nas paredes, e, sempre que Elizabeth pensava na casa dos Arrow, lembrava-se das reproduções esplendorosas de jardins do interior e de crepúsculos e colinas plácidos; os Arrow também tinham um porta-guarda-chuvas no corredor, embora ambos rissem do objeto e o sr. Arrow, com seu estilo um pouquinho irônico, dissesse que no fim das contas aquele *era* o melhor lugar para se enfiar guarda-chuvas molhados. Quando Elizabeth, o casaco pendurado com cuidado no armário do vestíbulo dos Arrow, sentou-se em uma poltrona na sala de estar, de mãos entrelaçadas da maneira correta sobre o colo e tia

Morgen se espalhando à vontade em outra poltrona idêntica, e o sr. e a sra. Arrow juntos no sofá, nervosos, Elizabeth se sentiu segura.

A sala inteira acabava compartilhando os crepúsculos e as colinas lisas; a poltrona em que Elizabeth estava sentada era macia e funda e estofada num tom de laranja turvo, seus pés encostavam em um tapete onde um desenho de chave escarlate ziguezagueava e dava voltas em um floral geométrico verde e marrom, e o papel de parede, que permeava e realçava o ambiente, e de certo modo os Arrow, apresentava ao espectador involuntário quadrados alternados em azul e verde, com tréguas quase aleatórias de toques de preto. Não havia nada que fosse harmônico, nada bem-humorado, no estilo de vida dos Arrow; havia tudo de neutro e, no entanto, comodamente, havia uma espécie de segurança arraigada na percepção inequívoca de que tudo aquilo pertencia de forma indiscutível aos Arrow, era inabalável e depois de um tempo quase tolerável, e era, além de tudo, concreto. Nem mesmo tia Morgen poderia negar aos Arrow a realidade de sua sala de estar, e quando alguém os encontrava em uma palestra sobre reencarnação, ou caminhando juntos placidamente rumo à praça em uma tarde de domingo, ou jantando na casa de uma daquelas pessoas estranhas que pareciam sempre convidá-los, o sr. e a sra. Arrow carregavam e espalhavam de forma contagiosa o ar do papel de parede que não desbotava e do tapete prático, de mediocridade absoluta e muitas vezes insuportável.

De onde estava, Elizabeth via o próprio reflexo no tampo lustroso do piano de cauda e centelhas do próprio rosto reproduzidas na tigela de vidro lapidado com frutas de mentira; e brilhos quando mexia a mão, cintilando e lampejando, do espelho com moldura dourada acima do console de mármore da lareira e as contas de vidro do abajur e as abotoaduras do sr. Arrow e o vaso pintado em cima da mesa, sempre cheio de amêndoas açucaradas. O sr. Arrow ia pegar um xerez para elas, a sra. Arrow esperava que aceitassem um chocolate, o sr. Arrow estava disposto a quebrar o gelo com uma canção, caso alguém quisesse; a sra. Arrow queria saber se Elizabeth não estava emagrecendo, e as luzes dançavam no vidro do retrato em que rosas e peônias se amontoavam em um jardim. Elizabeth identificou um transtorno: estava ficando com uma de suas dores de cabeça. Esfregou a nuca na poltrona e se mexeu, inquieta. A dor de cabeça começou, sabe-se lá como, pela parte de trás da cabeça e avançou, arrepiante e medonha, costas abaixo; Elizabeth pensou nela como um ser vivo descendo sua coluna vertebral, escapando da cabeça pela avenida estreita de seu pescoço, escorregando e conquistando suas costas, tomando conta de seus ombros e, por fim, se alojando, aninhada a salvo, em sua lombar, da qual não seria expulsa com nenhum alongamento nem fricção nem rolamento; em grande medida, o gesto de esfregar a nuca era uma tentativa de interromper o caminho dessa dor viva; se friccionasse com força suficiente, talvez conseguisse fazê-la dar meia-volta, dissuadida, e mantê-la apenas na cabeça; "… museu?", a sra. Arrow perguntou a ela.

"Perdão?", Elizabeth disse à sra. Arrow.

"Você está bem, Elizabeth?", a sra. Arrow indagou, olhando-a com curiosidade. "Está se sentindo bem?"

"Estou com dor de cabeça", declarou Elizabeth.

"*De novo?*", tia Morgen retrucou.

"Vai passar", Elizabeth afirmou, imóvel na poltrona. O sr. Arrow lhe traria uma aspirina e achava melhor não cantar até que sua pobre cabeça tivesse melhorado; o sr. Arrow comentou sorrindo com tia Morgen que em geral os falsetes da voz humana eram os mais irritantes para as membranas sensíveis do cérebro, embora, é claro, muitos achassem calmante ouvir alguém cantar quando estavam com dores de cabeça. A sra. Arrow tinha um comprimido para dor de cabeça que sempre achara mais eficaz do que aspirina e disse que ficaria contente em dar um a Elizabeth; a própria sra. Arrow tomava dois comprimidos desses, mas achava melhor Elizabeth não se aventurar a tomar mais de um. Tia Morgen achava que Elizabeth devia fazer um exame de vista, pois as dores de cabeça eram muito frequentes, e o sr. Arrow lhe falou das dores de cabeça que tinha antes de fazer os óculos *dele*. A sra. Arrow disse que ficaria muito contente em pegar um de seus comprimidos para dor de cabeça se Elizabeth achasse que o remédio ajudaria, e Elizabeth mentiu que se sentia melhor, obrigada. Como todo mundo a encarava, ela pegou a taça de xerez que o sr. Arrow havia servido e bebericou devagar, detestando o gostinho amargo e sentindo a cabeça boiar de forma nauseante.

"... para o Edmund cruzar", a sra. Arrow dizia a tia Morgen. "Parece que o caminho é longo, claro, mas nós achamos, Vergil e eu, que valia a pena."

"É preciso tomar muito cuidado com esse tipo de coisa", o sr. Arrow comentou.

"Me lembro", tia Morgen começou, "de quando eu tinha uns dezesseis anos..."

"Elizabeth", disse a sra. Arrow, "tem *certeza* de que está se sentindo bem?"

Todo mundo se virou outra vez e olhou para ela, e Elizabeth, tomando golinhos de xerez, disse: "Agora estou bem, de verdade".

"Não estou gostando da cara dessa menina", a sra. Arrow disse a tia Morgen, e balançou a cabeça, preocupada, "ela parece não estar bem, Morgen."

"Pálida", o sr. Arrow reforçou.

"Ela era forte como um touro", tia Morgen disse, se virando para olhar com atenção para Elizabeth. "Ultimamente anda tendo essas dores de cabeça e nas costas e não tem dormido bem."

"São dores do crescimento", a sra. Arrow titubeou, como se houvesse a possibilidade de ser algo pior. "Também pode ser que ela ande trabalhando demais."

"Moças jovens", o sr. Arrow disse em tom profundo.

"Quantos anos a Elizabeth *tem*?", a sra. Arrow indagou. "Às vezes, quando uma menina passa tempo demais sozinha..." Ela fez um gesto delicado e baixou os olhos.

"Eu estou bem", Elizabeth declarou, incomodada.

"Extravagantes", o sr. Arrow disse, com um gesto similar ao da sra. Arrow. "Ideias erradas", acrescentou.

"Eu andei pensando se ela não deveria se consultar com o dr. Ryan", tia Morgen disse. "Esse negócio de não dormir..."

"É sempre bom ir logo nos *primeiros* sintomas", a sra. Arrow foi firme em dizer. "Nunca se sabe o que pode aparecer *mais tarde*."

"Um check-up geral", o sr. Arrow arrematou.

"Acho que sim", tia Morgen disse. Ela suspirou e depois sorriu para o sr. e a sra. Arrow. "É uma responsabilidade enorme", ela disse, "a filha da minha própria irmã, e no entanto não é como se eu tivesse sido exatamente uma *mãe*."

"*Ninguém* seria mais escrupuloso", a sra. Arrow declarou, de imediato e em tom positivo. "Morgen, você *não* pode, simplesmente *não* pode, se culpar; você fez um trabalho *esplêndido*. Vergil?"

"Um ótimo trabalho", o sr. Arrow disse às pressas. "Volta e meia penso nisso."

"Sempre tentei pensar nela como se fosse minha", tia Morgen continuou, e o sorriso rápido e repentino que lançou para Elizabeth, do outro lado da sala, tornou as palavras quase patéticas, pois eram verdadeiras. Elizabeth retribuiu o sorriso e esfregou a nuca na poltrona.

"… Edmund", a sra. Arrow dizia.

"Mas eu não entendo", tia Morgen disse. "A mãe era castanha?"

"Cor de damasco", a sra. Arrow disse em tom de reprovação.

"É por isso que a gente teve que ir tão longe", o sr. Arrow. "Queríamos a mistura de cores *certa*. Mas é claro", ele lamentou, "que acabou que poderíamos ter nos poupado de uma viagem."

"É uma pena *mesmo*", tia Morgen disse.

"Então é *claro* que a gente *teve* que ficar com o preto", a sra. Arrow declarou, encolhendo os ombros para demonstrar a impotência deles perante a situação.

O sr. Arrow tocou no ombro da esposa. "Tudo águas passadas", ele disse. "Que tal uma musiquinha? A cabeça da Elizabeth está boa?"

"Está boa", disse Elizabeth.

"Pois então", disse o sr. Arrow, se apressando até o piano. "Ruth? Não quer me acompanhar?" Enquanto a esposa se levantava e se dirigia ao piano, o sr. Arrow se virava para tia Morgen. "Qual vai ser? Mandalay?"

"Ótimo", disse tia Morgen, se acomodando na poltrona e esticando o braço, sem nenhuma cerimônia, para pegar a garrafa de xerez. "Mandalay seria simplesmente sublime."

Elizabeth abriu os olhos nesse instante porque, em vez do piano tocando a introdução de "The Road to Mandalay", fez-se silêncio, e então o sr. Arrow disse: "Bem, de verdade". Ele fechou a partitura sobre o piano e disse a Elizabeth: "Eu sinto muito. Eu *perguntei* se a cabeça estava boa. De verdade", ele disse à sra. Arrow.

"Ele perguntou mesmo, sabe, Elizabeth", a sra. Arrow confirmou. "Tenho certeza de que ninguém quer te *obrigar* a escutar."

"Perdão?", Elizabeth disse, perplexa. "Eu *quero* ouvir o sr. Arrow cantar."

"Bom, se foi uma piada", tia Morgen censurou, "foi de extremo mau gosto, Elizabeth."

"Não estou entendendo", Elizabeth respondeu.

"Está tudo esquecido, de todo modo", o sr. Arrow pacificou. "Vamos em frente, então."

Elizabeth, aguardando de novo, de novo ouviu apenas silêncio e ao abrir os olhos viu que todos olhavam para ela. "*Elizabeth*", tia Morgen dizia, esbaforida e meio que se levantando da poltrona, "*Elizabeth!*".

"Deixa pra lá, Morgen", a sra. Arrow disse. Levantou-se do banquinho do piano, com as mãos trêmulas e a boca contraída. "Eu sem dúvida estou *surpresa*", a sra. Arrow declarou.

O sr. Arrow, sem olhar para Elizabeth, dobrou a partitura devagar e com certo cuidado guardou-a junto às outras na parte de trás do piano. Passado um minuto, correu os olhos pela sala dando um leve sorriso. "Não vamos deixar que isso estrague uma noite tão agradável, senhoras", ele disse. "Xerez, Morgen?"

"Eu *nunca* tinha passado tamanho vexame", tia Morgen disse. "Eu não estou entendendo *nada*. Eu realmente lhe peço desculpas, Vergil, de todo o coração. A única coisa que eu posso dizer é..."

"Por favor, não se preocupe", a sra. Arrow disse. Com delicadeza, pôs a mão no braço de tia Morgen. "Vamos esquecer tudo isso."

"Elizabeth?", tia Morgen disse.

"O quê?", disse Elizabeth.

"... sentindo bem?"

"O quê?", indagou Elizabeth.

"Ela precisa se deitar ou algo assim", o sr. Arrow sugeriu.

"Eu não fazia ideia...", a sra. Arrow disse.

"Ela tomou oito taças de xerez, pelos *meus* cálculos", tia Morgen observou, fechando a cara. "Devia estar é em casa, na cama; eu nunca tinha visto ela beber *nada*."

"Mas só um xerez docinho..."

"... procurar um médico", aconselhou a sra. Arrow. "Cautela nunca é demais."

"Elizabeth", tia Morgen disse com rispidez, "deixe suas cartas na mesa, se levante e vista o casaco. Vamos para casa."

"Precisa mesmo?", a sra. Arrow questionou. "Eu não acho que ela precise ir para *casa*."

Tia Morgen riu. "Três rodadas de bridge são meio que o *meu* limite", ela declarou. "E a Elizabeth tem que acordar cedo."

"Bom, foi uma alegria receber vocês", a sra. Arrow disse.

"Voltem logo", o sr. Arrow complementou.

"Nos divertimos *muito*", tia Morgen disse.

"Obrigada por esse encontro tão agradável", Elizabeth disse.

"Foi bom te ver, Elizabeth. E Morgen, faça um esforço para ir àquela palestra sobre ciências. Quem sabe não vamos todos juntos..."

"Agradeço mais uma vez", tia Morgen disse.

Quando a porta se fechou atrás delas e começaram a caminhar no ar frio da noite, tia Morgen pegou o braço de Elizabeth e disse: "Escuta, garotinha, você me deixou com medo. Está se sentindo mal?".

"Estou com dor de cabeça."

"Não é de estranhar, depois de tanto xerez." Tia Morgen parou debaixo de um poste de luz, segurou o queixo de Elizabeth e virou o rosto dela em sua direção. "Você *não* está bêbada de xerez", tia Morgen disse, reflexiva. "Você parece bem e está falando direito e está andando direito — *tem* alguma coisa errada, Elizabeth", ela insistiu, "*o que é*, garotinha?"

"Dor de cabeça", Elizabeth disse.

"Gostaria que você conversasse comigo", tia Morgen disse. Entrelaçou seu braço ao de Elizabeth e seguiram em frente. "Eu morro de *preocupação*", tia Morgen acrescentou. "Durante a partida de bridge inteira eu..."

"Que partida de bridge?", Elizabeth indagou.

"Pois bem, Morgen", o dr. Ryan disse. Ele se recostou na cadeira, que rangeu sob seu peso colossal, como vinha fazendo, Elizabeth pensou, ao longo de sua vida; ela nunca tinha pensado nisso com tanta clareza, mas sua única lembrança do dr. Ryan após sair do consultório era da forma como sua cadeira rangia. "Pois bem, Morgen", o dr. Ryan disse. Uniu os dedos à sua frente, ergueu as sobrancelhas e lançou um olhar confuso para tia Morgen. "Você *sempre* foi de se afligir com bobagens", ele disse.

"Rá", exclamou tia Morgen. "*Eu* me lembro de uma certa época, Harold Ryan..."

Ambos riram, de um jeito parecido e intenso, se encarando com os olhos enrugados pela gargalhada. "Que mulherzinha desrespeitosa", o dr. Ryan disse, e eles riram.

Elizabeth examinou o consultório do dr. Ryan; já tinha estado ali, com a mãe, com tia Morgen; o dr. Ryan estava ali naquele consultório desde que Elizabeth se entendia por gente, e pelo que Elizabeth sabia, não tinha outra moradia. Ele estivera na casa de tia Morgen quando sua mãe falecera, o braço em volta dos ombros de tia Morgen, sua voz grandiosa falando coisas pequenas; uma vez, tinha aparecido à noite, se avultando de forma jovial ao pé da cama de Elizabeth, falando com frieza em meio aos fantasmas febris, inflamados, que se amontoavam no travesseiro; "Você está fazendo muito estardalhaço, minha menina", ele dissera então, "por nada, é só um sarampo bobo". No resto do tempo, no resto da vida de Elizabeth, o dr. Ryan estivera ali no consultório, recostado na cadeira, fazendo-a ranger. Elizabeth não conhecia os nomes no verso de nenhum dos livros da estante envidraçada atrás do dr. Ryan, mas conhecia particularmente bem o rasgo na lombada de couro do terceiro livro a partir do fim da segunda prateleira, e se perguntava, agora, se o dr. Ryan às vezes se virava e pegava um dos livros para olhar. Enquanto dr. Ryan e tia Morgen riam, Elizabeth olhava a cortina cinza da janela, os livros, o tinteiro de vidro em cima da mesa e o modelo de naviozinho que o dr. Ryan montara com as próprias mãos, muito antes, quando seus dedos eram mais ágeis.

"Mas falando sério, Harold", tia Morgen disse, "ela me assustou *mesmo*. O coitado do Vergil tinha acabado de abrir a boca, e a Elizabeth gritou uma *obscenidade* — assim, francamente..." Os lábios de Morgen se mexeram, e era visível que se esforçava para não sorrir. "*Eu mesma* já tinha pensado isso, quando o Vergil..." Ela tampou o rosto com as mãos e começou a se balançar para a frente e para trás. "Se você visse...", ela disse. "Mandalay..."

O dr. Ryan tapou os olhos com a mão. "Mandalay", ele corroborou. "Eu já ouvi o Vergil cantar Mandalay", acrescentou.

"Eu não...", declarou Elizabeth. "Quer dizer, eu não falei nada."

Tia Morgen e dr. Ryan se viraram para fitá-la, ambos sobriamente interessados.

"É isso", tia Morgen explicou. "Eu acredito mesmo que ela não *se lembre*."

O dr. Ryan assentiu. "Fisicamente, é claro", ele disse, encolhendo os ombros, "só nos resta verificar as coisas de que *sabemos*. Dá para perceber que ela está muito cansada, ou nervosa, ou outra bobagem dessas, mas aí você me mostra uma coisa que eu e você sabemos ser impossível e voltamos à estaca zero. Vou te dizer o que *eu* acho que deveríamos fazer", o dr. Ryan disse, de repente decidido, esticando o braço para pegar o bloco de receituário, "tem um velho amigo meu, um sujeito chamado Wright, Victor Wright. *Você* sabe, Morgen, e *eu* sei, que eu seria a última pessoa no mundo a mandar a Elizabeth a um daqueles psicanalistas, conhecendo-a como eu conheço; vai saber *o que* eles poderiam dizer. Mas eu *quero* que você vá ao Wright, Elizabeth, e peça para ele dar uma olhada em você. Ele é um cara estranho", dr. Ryan disse a tia Morgen, "sempre se interessou por esse tipo de problema. Não...", dr. Ryan gesticulou com ar tranquilizador. "Não tem *divã* nem nada disso, Morgen, entendeu?"

"Que velho imundo você é, Harold", tia Morgen disse em tom amistoso.

O dr. Ryan ergueu os olhos e abriu um sorriso. "Não sou?", ele indagou, satisfeito.

"Você acha que se tiver alguma coisa errada esse cara vai descobrir?", tia Morgen perguntou.

"Não tem nada *errado* com a Elizabeth", dr. Ryan afirmou. "Eu acho que ela está preocupada com alguma coisa. Com garotos, talvez. Você já perguntou a ela sobre os amigos?"

Tia Morgen fez que não. "Eu não consigo fazer com que ela converse comigo."

"Bom, se tem alguém capaz de arrancar isso dela é o Wright."

Tia Morgen se levantou e se virou para Elizabeth, então ganiu. "Harold Ryan", ela disse, "eu te peço para parar com isso há vinte e cinco anos."

"Continua sendo a melhor área para se beliscar desta cidade", dr. Ryan disse antes de piscar para Elizabeth.

2
Dr. Wright

Creio ser um homem honesto. Não um desses médicos modernos água com açúcar, com tudo quanto é tipo de nome para nada e tudo quanto é tipo de cura para males que não existem, e nenhum deles capaz de olhar nos olhos do paciente de tanta vergonha — não, creio ser um homem honesto, e não restam muitos de nós. Os jovens exibidos que estão só começando, que só faltam pôr o próprio nome em neon e promover partidas de bingo na sala de espera, me causam especial ojeriza, e é muito por isso que estou organizando minhas anotações sobre o caso da srta. R. de forma coerente; talvez um desses rapazes as leia e se instrua, talvez não. Lembro-me de brincar com minha finada esposa sobre uma paciente em que um médico poderia fincar os dentes — mas isso também, suponho, estaria sujeito a interpretações erradas pelos médicos de cabeça, com seus sonhos e seus Freuds; são meninos que eu também trouxe ao mundo, alguns deles. É gratificante saber que o caso extraordinário da srta. R. tenha sido aceito e solucionado e esteja aqui, transcrito para que o mundo o leia, pelas mãos de um homem honesto; gratificante, pelo menos para mim mesmo. Não dou explicações nem peço desculpas por minhas opiniões médicas, embora talvez meu estilo literário deixe um pouco a desejar, e prefacio este relato dizendo, conforme tenho dito há quarenta anos ou mais, que um médico honesto é um homem honesto, e que ele pensa no bem-estar do paciente antes de a fatura ser enviada. Minha própria clínica minguou porque a maioria dos meus pacientes morreu — essa é outra de minhas piadinhas, e vamos ter que nos acostumar a elas, leitor, para que você e eu possamos seguir lado a lado; sou um homem extravagante e preciso de uns sorrisos —, claro, porque envelheceram junto comigo, e eu sobrevivi a eles por ser um homem da medicina.

Thackeray diz em algum lugar (e eu passei o dedo por esse trecho não faz nem dois dias, é de *Esmond*, de todo modo) que a vaidade do homem é mais forte que qualquer outro sentimento que tenha; já li isso mais de vinte vezes nesse mesmo número de anos, e suponho que um bom escritor seja como um bom médico: homens honestos, dignos, que se dão ao respeito, que não veem serventia em modas ou fraquezas, que seguem tentando fazer o possível com o material recebido, que não é nem melhor, nem pior do que a natureza humana, e quem pode discutir que este é um tecido duradouro? E, no entanto, em companhia de Thackeray, tenho minhas vaidades e minhas paixõezinhas, e talvez me imaginar Autor não seja a menor delas.

   Dito tudo isso, não vi muito motivo para rir da primeira vez que me encontrei com a srta. R., pobre coitada. Ryan tinha marcado a consulta para ela, e, para falar a verdade, de início não gostei muito dela, achei-a um tipo taciturno, talvez. É possível que mulheres jovens que apreciam "leituras de personalidade" ou "previsões do futuro" a considerassem tímida. Desbotada foi a palavra que me veio à cabeça quando a vi. Tinha cabelos castanhos, alisados em direção à parte de trás da cabeça, e acho que amarrados com uma presilha forte ou um pedaço de fita; olhos castanhos, mãos longas e graciosas e inertes quando estava sentada, sem mexer nas luvas ou na bolsa como fazem mulheres nervosas; no todo, se me permitem um termo que infelizmente saiu de moda, considerei a srta. R. uma dama. Seu vestido era adequado à idade e ao status: escuro, muito bem-feito e em nenhuma circunstância moderno, talvez até — embora eu tenha gostado dele, me recordo — um tantinho afetado. Sua voz era baixa e estável, e a achei refinada. Não consigo me lembrar se deu alguma risada genuína, mas depois de me conhecer melhor ela sorria com frequência.

   Os sintomas da srta. R. — momentos de tontura, *abulia** ocasional, períodos de esquecimento, pânico, temores e fraquezas que lhe causavam um baixo rendimento no trabalho, indiferença, insônia —, todos indícios de um nervosismo elevado, talvez de histeria, me foram

---

* *Abulia*: um estado que posso explicar ao leigo que lê por entretenimento como uma inibição da vontade, evitando um ato desejado; a srta. R. a demonstrou principalmente na fala, quase como se fosse *impedida* de enunciar uma sílaba sequer.

comunicados de maneira fiel por aquele salafrário cordial do Ryan, a quem a família levou a moça quando seu estado se tornou evidente demais para ser ignorado; assim como a maioria das famílias, os membros desta — nesse caso específico, creio que apenas uma tia de meia-idade — optaram por ignorar os sintomas óbvios de crise nervosa na paciente e os justificaram de formas variadas e em termos benevolentes até o caso estar avançado demais para ser menosprezado; sei de um caso em que foi apenas depois que um rapaz fugiu com milhares de dólares do cofre do pai que sua afetuosa família admitiu que ele era sonâmbulo desde a infância! De todo modo, Ryan, perdido em relação à srta. R. porque ela não reagiu a seus tratamentos habituais (tônico para os nervos, sedativos, repouso à tarde) e ciente do meu interesse pelas questões profundas da mente (embora, como nunca perco a oportunidade de dizer, eu não seja um desses psicanalistas, mas apenas um clínico geral que acredita que as doenças da mente são tão plausíveis quanto as do corpo e que as torpezas analíticas não têm espaço nos pensamentos de uma menina digna e recatada como a srta. R.), providenciou para ela uma consulta comigo.

A srta. Hartley, minha enfermeira, anotou o nome da paciente, além de endereço, idade e essas informações vitais, e o cartão que exibia esses dados foi posto em cima da minha mesa quando a srta. R. entrou.*

Ela sorriu para mim quase de forma tímida ao se sentar; meu consultório foi concebido para trazer o máximo de tranquilidade a pacientes tímidos — algo que os médicos do cromo e do esmalte parecem considerar supérfluo —, e suas fileiras escuras de livros (da minha época de estudante, madame; eu confesso antes que me acuse) encostadas nas paredes, as janelas cheias de cortinas (aprimoradas, minha cara senhorita, por fumaça de charuto e cinzas e, a partir disso, o pavor a mariposas) e as poltronas fundas e o sofá acolchoado (no qual, meu senhor, eu ficaria contente, num horário conveniente, em acolher seu traseiro avantajado, para mais ou menos uma hora de assento confortável, e uma taça de vinho bom e um dos charutos

---

* Naturalmente, por motivos de discrição, não posso chamar essa jovem por seu nome completo. (V. W.)

que a senhorita tanto detesta) —, tudo isso parecia trazer certo grau de tranquilidade à srta. R., que olhava ao redor de um jeito quase néscio, mas pelo menos não dava sinais nítidos de terror histérico, uma reação, devo ressaltar, que não é inédita em pacientes encaminhados pelo querido Ryan. A srta. R. acomodou as mãos longas no colo, como fazem as moças bem-criadas e ensinadas que damas se sentam com discrição, e fixou o olhar em um dos meus lados, e umedeceu os lábios com nervosismo, e sorriu sem querer para o canto da minha mesa, e abriu a boca, e a fechou. "Bom", eu disse de coração aberto, para mostrar que sabia que ela estava ali e que nossa entrevista tinha, por assim dizer, sido iniciada, e meu tempo precioso, pelo qual a tia dela estava pagando, estava à sua inteira disposição, "Bom, srta. R.", eu disse, "qual lhe parece ser o problema?".

Eu meio que esperava que ela me contasse. Às vezes — é impressionante — uma menina reservada que olha para o canto da mesa consegue, sem nada mais que um leve incentivo, começar de pronto a relatar suas mais incríveis fantasias, mas ela apenas baixou os olhos para examinar o pé do cinzeiro de chão e respondeu: "Nada".

"É provável", concordei. "É provável que não seja nada. Mas o dr. Ryan achou que devíamos ter uma conversa, e talvez..."

"É um desperdício do seu tempo", ela disse.

"Imagino que seja." Detesto ser interrompido, mas a srta. R. parecia ter tanta certeza de que estava bem que fiquei curioso; confesso que nesse momento quase pensei que nunca mais a veria. "O dr. Ryan diz", eu falei para ela, consultando as anotações de Ryan, "que você está com dificuldade para dormir."

"Não estou", ela rebateu. "Eu durmo bem. Minha tia disse a ele que eu não durmo bem, mas durmo."

"Entendo." Fiz uma anotação sem sentido e fui cauteloso ao dizer: "E as dores de cabeça?".

"Bom", ela disse, unindo um pouco as mãos. Aguardei, pensando que fosse continuar, e então ergui os olhos, na expectativa. Ela estava com o olhar absorto no meu calendário de mesa, como se nunca tivesse visto nada parecido.

"E as dores de cabeça?", eu repeti, um pouco ríspido.

Ela olhou nos meus olhos pela primeira vez, embotada, desinteressada, parva, revirando as mãos. "E as dores de cabeça?", perguntei. Como se eu a tivesse relembrado, ela levou uma das mãos à parte de trás da cabeça e fechou os olhos; "E as dores de cabeça?", eu disse, e ela me olhou, os olhos arregalados e atentos a mim, e disse bem alto: "Estou assustada".

"Assustada, srta. R.?"

"Não estou com dor de cabeça", ela disse. "Estou me sentindo bem."

"Mas assustada", eu disse. Reparei que eu havia começado a mexer no meu abridor de cartas, e depois de colocá-lo com firmeza em cima da mesa, pousei as mãos uma do lado da outra.

A srta. R. entrelaçou as mãos no colo, impecável, e deu um sorriso tolo para o canto da cortina.

"Pois bem, srta. R.", eu disse, surpreso com meu próprio desejo intenso de me virar e olhar para a cortina junto com ela, "imagine que nós..."

"Muito obrigada, dr. Wright", ela disse, se levantando. "Tenho certeza de que o senhor me fez muito bem. Devo retornar?"

"Sim, por favor", eu disse, me atrapalhando ao me levantar de trás da mesa quando ela foi em direção à porta. "Talvez a srta. Hartley consiga marcar uma consulta para depois de amanhã."

"Tchau", ela disse. Voltei a me sentar quando a porta se fechou e fui obrigado a olhar para a cortina e refleti que se a srta. R. pudesse se convencer a me contar algo a respeito de seus males, não seria de bom grado, tampouco — compreendi então — de forma consciente.

Essa, portanto, foi minha primeira apresentação à srta. R. (e antes que meu leitor suspire, pare e se volte com escárnio para destacar o erro gramatical nas anotações do bom médico, permita-me intervir com decoro para avisar que uso a tautologia "primeira apresentação" de propósito, quase como uma piada; eu tive, conforme meu leitor, envergonhado, em breve descobrirá, mais de uma apresentação a essa menina extraordinária). Minha opinião naquele momento, eu digo com franqueza, era de que se tratava de uma personalidade perturbada e acossada por problemas que era incapaz de solucionar por conta própria; não sou de tecer juízos apressados e não poderia, então, amaldiçoar a srta. R. com um nome pouco convincente para sua enfermidade.

Havia muito tempo que meu tema preferido era a hipnose; o bem imenso e prolongado causado por tratamentos hipnóticos, sua vantagem em um caso como o da srta. R., seu efeito calmante e alentador sobre o paciente me persuadiram depois de muita prática e uma estimativa precisa dos resultados de que o emprego habilidoso e compassivo da hipnose é de importância inestimável para o médico cujos pacientes temem com razão se ver nas mãos daqueles ofensores modernos; eu já havia decidido que a hipnose era o melhor — aliás, do meu ponto de vista, o único — método para induzir a srta. R. a revelar suas dificuldades a ponto de nos auxiliar a aliviá-las, e era a hipnose que eu estava determinado a tentar.

Em sua segunda visita ao meu consultório, voltamos a inspecionar a cortina, o cinzeiro, o calendário, e passei um instante me perguntando o que o pobre do Ryan tinha achado dela; hesitava em voltar direto à declaração de que estava assustada, e portanto comecei cobrindo o mesmo terreno de antes; de novo ela insistiu que dormia muito bem, que não tinha dores de cabeça e, me baseando apenas nas palavras dela, que lhe parecia que uma consulta ao médico era, segundo seu modo de pensar, uma imposição absurda e exagerada; quando olhou direto para mim, entretanto, havia em seus olhos o apelo mudo de um animal (e sou amante dos animais: não rebaixo a srta. R. com tal comparação; de fato, já vi cães mais inteligentes e atentos do que a srta. R. me parecia então, no nosso segundo encontro) cuja dor fugia à sua compreensão e ávido por socorro.

"Você tem medo de mim?", perguntei em tom suave, por fim.

Ela fez que não.

"Você tem medo do dr. Ryan?"

De novo, não.

"De falar comigo sobre sua doença?"

Ela fez que sim. Ainda fitava o canto do tapete, mas fui persuadido de que suas respostas eram referentes às minhas perguntas, e continuei, animado: "Você tem dificuldade de falar?".

Sim de novo.

"Então permite que eu a hipnotize?"

Encarando-me, os olhos arregalados, ela primeiro negou de forma violenta com a cabeça, e depois, como quem teme menos a cura do que seu executor, ela fez que sim.

Essa, portanto, foi a segunda entrevista inestimável da srta. R. com o dr. Wright. Senti, entretanto, que tinha feito avanços; não poderia me gabar de ter conquistado a confiança de minha paciente, mas tinha, pelo menos — e desafio Ryan a dizer a mesma coisa —, obtido uma resposta dela para uma pergunta.

Quando ela foi embora, comentei em tom casual que iríamos, então, tentar um transe hipnótico na próxima consulta e, portanto, fiquei — por conta de uma experiência amarga e muito sofrida — não mais que um pouco surpreso quando ela entrou na minha sala na consulta seguinte com os passos mais lentos que de hábito e um olhar tão furtivo que não ousava mirar diretamente a cortina, preferindo olhar a ponta dos sapatos. Ela falou logo, da porta, antes que eu sequer pudesse lhe dar boa-tarde: "Dr. Wright", ela disse, "preciso ir. Não posso ficar".

"E por que não, srta. R.?"

"Porque não", ela disse.

"Por que não, srta. R.?"

"Eu tenho compromisso", ela declarou.

"Comigo, sem dúvida."

"Não, com outra pessoa. Tenho que voltar ao trabalho", ela acrescentou, inspirada.

Nossas consultas, em dias alternados, eram sempre às quatro e meia, já que a srta. R. saía do trabalho às quatro; era pouco provável que hoje a srta. R. precisasse voltar ao escritório, mas eu disse sem pressa: "Bom, srta. R., e isso tudo é verdade?".

Ela não estava acostumada a mentiras e teve o decoro de enrubescer. "Não", ela disse. Trocou a bolsa de mão e disse: "A verdade é que minha tia é contrária à hipnose".

"É mesmo?", eu indaguei. "Estou pasmo, porque isso não foi mencionado. Sem dúvida o dr. Ryan…"

"Eu concordo com minha tia", disse a srta. R. "Sou contrária à hipnose."

Talvez eu tivesse reconhecido essa como uma atitude moderadamente razoável (considerando-se, ai de nós, as falsidades e mentiras impostas ao público geral em nome da hipnose, só me surpreende, às vezes, que as pessoas desinformadas do mundo continuem respeitando os homens da medicina), mesmo levando em conta o raio de experiência extremamente limitado da srta. R. e a improbabilidade de que tivesse formado opiniões categóricas sobre o que quer que fosse, se eu não tivesse observado, ao olhar para ela naquele momento, que seus olhos me imploravam, quase como se ao falar quisesse uma coisa e ao olhar quisesse outra.

"No entanto", fui firme ao dizer, "pretendo continuar com o tratamento conforme combinamos na sua última consulta."

"Como?", ela indagou, surpresa. "Se eu não quero que continue?"

A expressão de súplica que acompanhou essas palavras me fez continuar, com a mesma firmeza: "Seria uma tolice supor que eu poderia ou conseguiria tratá-la a contragosto, e eu tampouco gostaria de fazer isso, mas tenho certeza de que você não faz nenhuma objeção a continuarmos nossa conversa da última consulta, certo? Eu achei muito agradável".

Cautelosa, como se tivesse medo de que eu pudesse avançar sobre ela e lhe impor meus horrendos tratamentos, ela se dirigiu à poltrona de sempre, e me peguei sentindo um enorme alívio quando por fim foi induzida a se sentar e fixar o olhar, como de praxe, em um objeto inofensivo.

A maneira de começar não era um problema: a srta. R., depois de ser levada a consentir com o tratamento, não precisaria de mais convencimento, eu sabia disso; a srta. R. precisava era de um método, apresentado de modo palatável, através do qual o que ela realmente queria (e disso eu tinha certeza àquela altura, de que ela *de fato* queria o tratamento, e pelos meios que eu sugerira) lhe poderia ser oferecido disfarçado, por assim dizer, para que suas objeções, embora irracionais, pudessem ser contornadas com sua própria ajuda inconsciente. De todo modo, com a srta. R., cujos recursos mentais eram, no mínimo, inexplorados, algo tão evidente quanto sua rejeição ao tratamento merecia tanta atenção quanto os desvios mais superficiais; dei um sorriso simpático olhando para a mesa e comentei que *pelo menos* eu teria o prazer de conversar com ela; ela me olhou rápido e desviou o olhar, percebendo a grande ênfase que usei e vendo o que eu pretendia que ela visse, que eu estava contrariado e decepcionado.

"Me desculpe", ela disse, e uma declaração tão espontânea da srta. R. valia quase qualquer esforço para mim, pois representava um passo à frente. "Eu bem que gostaria de poder permitir que o senhor me hipnotizasse."

Fiz uma mesura educada, como convém a um cavalheiro cujas propostas generosas foram rejeitadas com civilidade (Victor Wright, marquês de Steyne!), e segurei meu sorriso ao dizer, em tom apaziguador: "Quem sabe outra hora; quando nos conhecermos melhor, você vai confiar em mim".

"Eu confio no senhor", a srta. R. declarou, insegura, mirando o chão.

Tentei direcionar a conversa para a família e o trabalho da srta. R., já que a discussão sobre sua condição física a deixava tão reticente, porém, como eu bem esperava, a srta. R. tampouco se prontificava a fazer descrições abrangentes de sua vida doméstica ou do museu onde trabalhava; aliás, a certa altura, desesperado, quase me convenci de que a menina era basicamente alheia ao espaço e ao tempo, e podia, se lhe perguntassem de repente, ter dificuldade de se lembrar do próprio nome! Soube — por meio de um interrogatório rigoroso que daria orgulho aos inquisidores espanhóis — que naquela época ela exercia uma função administrativa meio subalterna no museu, datilografando (o tipo de atividade de instrução formal que não exige imaginação ou criatividade na descoberta das letras certas, que era de esperar que a srta. R. realizasse de maneira esplêndida) e lidando com correspondências rotineiras (de novo, eu avaliei, que não requeriam nenhuma iniciativa) e listagens prosaicas que pressupunham apenas a capacidade de copiar nomes e números.

Era esse o serviço que havia sofrido muito com sua saúde debilitada, visto que dependia do salário para se sustentar (apesar de eu ter fortes dúvidas de que a tia desconhecida, por mais desalmada que fosse, permitisse à pobre srta. R. passar fome por falta de renda, dado que várias das respostas da srta. R. às minhas perguntas indicavam que a tia possuía o que devia somar, mesmo hoje, uma fortuna razoavelmente polpuda) e, sem a ocupação, teria perdido até aquele fiapo de independência que lhe restava, e como resultado — mutatis mutandis — sofreria ainda mais. A tia lhe arranjara o emprego, a convencera a aceitá-lo e a incentivava a continuar nele, e eu fiz à tia a descortesia de supor que ela também poderia ver na ausência diária, regular, da srta. R. uma fonte de repouso. Ao responder questões perscrutadoras, a srta. R. confessou ainda ter dores de cabeça e foi também persuadida a concordar que de fato, no fim das contas, sofria de dores de cabeça quase constantes, e dores nas costas quase tão frequentes. Logo vi razões para duvidar de que a srta. R. fosse inerte por completo, já que, ao me ver olhar de relance para o relógio, ela se levantou de imediato, conquanto eu imaginasse que mirasse, como sempre, o canto da mesa, e, comentando que a tia a esperava em casa, fez que ia se retirar. Garanti que tinha olhado para o relógio por conta de um compromisso meu, que só aconteceria quase duas horas depois, mas não consegui convencê-la a ficar, embora eu tivesse a forte impressão de que estávamos progredindo.

"Dr. Wright", ela disse inesperadamente, parando a caminho da porta, mas sem se virar para mim, "acho que estamos desperdiçando o seu tempo. Não tem nada de errado comigo."

Dei um sorriso tranquilizador, apesar de desnecessário, para suas costas. "Se você fosse capaz de diagnosticar seu próprio caso, srta. R.", declarei, "nem precisaria procurar um médico. Além do mais", prossegui, antes que ela pudesse frisar que não tinha procurado um médico, e sim sido encaminhada, "uma ou duas sessões de hipnose sem dúvida vão mostrar se não há nada de errado."

"Tchau", disse a srta. R. antes de partir.

Não preciso dar mais detalhes ao leitor impaciente (você é paciente, senhor?; então você e eu ficamos para trás, habitantes de uma época mais vagarosa e mais serena, quando não nos inquietávamos com um autor por suas tentativas diligentes de nos entreter, e exigíamos parágrafos com reflexões copiosas e gratificantes, e amávamos nossos livros pelo couro e pelo peso; fomos esquecidos, senhor, você e eu, e devemos fazer nossas contemplações pacatas às escondidas, assim como alguns tomam ópio e outros contam ouro), não preciso incomodar ainda mais o leitor, portanto, com um relato meticuloso do avanço que fiz no convencimento da srta. R. para que permitisse a hipnose; ela, por fim, acabou concordando com um breve experimento, embora eu tenha certeza de que ela imaginava estar se rendendo a uma espécie de pecado, e não a uma tentativa honesta de auxílio terapêutico, pois insistia na cláusula de que eu não deveria exigir dela respostas a perguntas "embaraçosas" e de que não deveria permanecer sob hipnose por mais do que um ou dois minutos — tempo exíguo demais, não tive como não observar com cinismo (embora intimamente, senhor: não sou nenhum monstro!), para qualquer ato nefando evidente de minha parte. A todas essas condicionantes eu aderi de bom grado, ciente de que mesmo um breve experimento aplacaria os temores da srta. R. e poderia ter alguma serventia para aquietar sua crise nervosa. Como eu suspeitava havia muito tempo, ela foi, depois de chegar a esse ponto, uma participante receptiva e colaborativa, e em um curto espaço de tempo eu já a havia subjugado a um leve torpor hipnótico.

Quando sua respiração já estava serena e silenciosa; as mãos e o rosto, relaxados; e os pés, acomodados em um escabelo, tive uma agradável surpresa com sua graciosidade agradável, inteligente, e refleti nesse momento que era bem possível que as limitações nervosas da srta. R. extrapolassem as dores de cabeça e a insônia e lançassem sobre sua personalidade um ar de timidez e tolice; lembro que cheguei a me perguntar brevemente se a srta. R. não seria uma companhia alegre e satisfatória sob a máscara da doença. Admirado com o relaxamento de seu rosto, perguntei baixinho: "Como você se chama?".

"Elizabeth R." — sem hesitação.

"Onde você mora?"

Ela disse a rua e a cidade.

"Quem sou eu?"

"O senhor é o dr. Wright."

"Você tem medo de mim, srta. R.?"

"É claro que não" — com um leve sorriso.

Foi muito gratificante notar que, assim como as rugas de ansiedade no rosto da srta. R. se atenuavam sob hipnose, assim como a tensão da boca se abrandava e a voz se despia da relutância, suas reservas de informação se destamparam de imediato, por assim dizer, e ela respondeu às minhas perguntas rapidamente e sem hesitação, embora antes eu tivesse ouvido dela apenas as mais breves das respostas, e sempre dadas aos balbucios e com muita insegurança; pressupus, conforme eu acreditava desde o princípio, que com a assistência inestimável da mente da própria srta. R., livre da pressão de seus comedimentos, poderíamos com facilidade e sem terror torná-la tão livre dos males nervosos quanto os melhores de nós.

Nessa primeira tentativa, relutei bastante em despertar a srta. R. de seu torpor feliz, mas, atento à minha promessa de mantê-la em transe por apenas um ou dois minutos, enfatizei na mente dela (sob a forma do que chamam de *sugestão pós-hipnótica*, uma influência bastante irresistível) a convicção de que ela dormiria profundamente e não sonharia naquela noite, e de que acordaria revigorada no dia seguinte (concluindo que, quando a insônia da srta. R. estivesse sob controle, talvez nos víssemos fortalecidos para abordar as dores de cabeça e nas costas, que eu em certa medida acreditava serem basicamente consequências da fadiga), e a despertei. Na mesma hora ela se tornou a srta. R. que eu havia conhecido antes, taciturna, silenciosa, que olhava para qualquer outra coisa menos para mim ao me perguntar de pronto: "O que foi que eu falei?".

Calado, lhe passei minhas anotações por cima da mesa, e ela as olhou às pressas e disse com enorme surpresa: "Foi só isso?".

"Cada palavrinha está aí", eu lhe disse honestamente, embora, nem é preciso acrescentar, eu tivesse tido a prudência de omitir minhas palavras que lhe inculcavam a sugestão de uma noite de sono sem sonhos.

"Por que perguntou se eu estava com medo do senhor?"

"Porque, claro, o principal dever de um médico é criar confiança entre ele e o paciente", expliquei com loquacidade e, sem dúvida ainda maravilhada com minha tremenda contenção quando estava — pois não tenho dúvidas de que ela pensava nisso vividamente — sob o meu poder, ela se levantou pouco depois e foi embora.

O tratamento, segundo meu plano geral naquela época, era simples o bastante para que qualquer leigo ignorante o compreendesse. Deixando de lado as tecnicalidades, minhas intenções eram as seguintes: pelo uso da hipnose, sob a qual eu desconfiava que a srta. R. poderia falar e agir com mais liberdade do que em vigília, descobrir e eliminar o traço que a fazia se confinar deliberadamente em uma jaula de ferro de silêncio e medo. Tinha certeza de que em algum momento perdido para a memória consciente, a srta. R. havia renunciado a quem deveria ser e imposto a si mesma o estado artificial de tolice no qual vivia havia tantos anos; eu poderia comparar esse estado e sua cura (se o leitor me perdoa a comparação tão ignóbil) a uma suspensão do sistema de abastecimento de água; a srta. R. havia, de algum modo, conseguido bloquear o encanamento central de sua mente (céus, me enrolei na minha própria analogia!) com algum incidente ou acontecimento traumático que, na mente dela, foi indigerível, e não poderia ser assimilado ou atravessar a tubulação. Essa obstrução só permitia que um mínimo filete da personalidade verdadeira da srta. R. fosse escoado, e nos deu a criatura estagnada que conhecemos. Meu problema era, especificamente, voltar pelo cano ao ponto onde estava a obstrução e removê-la. Embora essa figura de linguagem seja muito repugnante para alguém com medo de espaços apertados como eu, a única forma pela qual posso realizar essa remoção é entrando eu mesmo (por meio da hipnose, como você perceberá) pelo cano até, encontrada a obstrução, poder investir contra ela com as ferramentas do senso comum e da identificação aguçada. Pronto: fico contente de enfim sair da minha metáfora, embora confesse pensar que talvez Thackeray se orgulhasse de mim por explorá-la com tamanha persistência, e ela de fato, receio, retrate vividamente meu diagnóstico da dificuldade da srta. R. e meu próprio problema em amenizá-la. Vamos presumir, portanto, que o bom dr. Wright esteja se preparando para rastejar de modo viril por um cano de esgoto (e me pergunto alegremente se ao chamar a mente da pobre srta. R. de esgoto não estou me aproximando de forma perniciosa desses tais psicanalistas, esses encanadores para os quais todas as mentes são fossas e todos os corações são sombrios!). Ah, srta. R., a que situação você levou seu médico!

    Resta outra questão (e agora falo com mais seriedade) que, em prol de clareza futura, deve ser bem compreendida agora. Faz tempo que é um hábito meu — e acredito ser a prática de muitos que utilizam a hipnose profissionalmente como método terapêutico — distinguir a personalidade em vigília da personalidade em transe hipnótico pelo uso de símbolos numéricos; assim, a srta. R., desperta e conforme a vi pela primeira vez, automaticamente se tornou R1, embora o emprego do número inicial não signifique que considerei R1 a srta. R. bem, ou saudável, ou essencial: R1 é a primeira srta. R., na minha cabeça e nas minhas anotações. A srta. R., portanto, sob o leve transe hipnótico no qual já a vi, é R2, e nas minhas anotações é claro que não encontrei dificuldades de diferenciar os comentários e as respostas da srta. R. em vigília ou sob torpor anotando se minhas perguntas tinham sido respondidas por R1 ou R2, já tendo, na minha cabeça, uma nítida preferência pelas respostas e, aliás, a personalidade toda de R2.

Aliás, quando a srta. R. voltou ao meu consultório dois dias depois, imaginei já detectar traços de R2 em seus modos: seus passos estavam mais leves, talvez, e apesar de não olhar direto para mim, ela conseguiu falar algo mais do que o "Boa tarde" emburrado com que sempre reagia aos meus cumprimentos; "Já estou me sentindo melhor", ela observou, e pensei ver um breve lampejo em seu rosto.

Fiquei animado, como qualquer médico ficaria. "Esplêndido", declarei. "Dormiu bem?"

"Muito bem", disse a srta. R.

"No entanto", eu disse, "não devemos com isso presumir..."

"Portanto não vou ser hipnotizada de novo", disse a srta. R.

Fiquei muito tentado a ser ácido com ela, a ressaltar que sua sensação puramente temporária de bem-estar poderia, sem a minha assistência, de repente desertá-la e afundá-la de novo no desânimo profundo do qual eu a havia içado um pouco; no entanto, disse apenas, com delicadeza: "O tratamento, até mesmo o diagnóstico claro, do seu caso, cara srta. R., é impossível sem os dados adequados. Não creio que você possa ou consiga me dar as informações de que preciso de forma voluntária; no estado de hipnose, você me responderá com liberdade e franqueza". Se nessa hora tivesse me lembrado de suas restrições quanto a perguntas "embaraçosas", talvez não tivesse sido tão ríspido; de qualquer modo, ela afundou na poltrona, amuada, e não respondeu. Arrependido no mesmo instante de minhas palavras bruscas, me calei por um momento para que o aborrecimento comigo mesmo não encontrasse vazão em comentários que poderiam ser vistos como uma forma de despejar minha própria irritação sobre a srta. R. Portanto, ficamos os dois em silêncio, e, por fim, soltando um longo suspiro, eu sorri e disse com franqueza: "Não é normal eu me aborrecer com meus pacientes; talvez, minha cara srta. R., você faça bem *a mim*".

Eu tinha, sem me dar conta, achado um jeito de prosseguir; a srta. R. olhou para mim e quase riu. "Não vou deixar o senhor zangado outra vez", ela prometeu.

"Eu acredito que vá, sim, e talvez isso seja bom para um sujeito austero que tende a enxergar os pacientes como problemas, e não como pessoas. De todo modo, sempre que me flagrar considerando você um problema de aritmética..." (ou de esgoto, eu poderia ter dito: ó analogia desventurada!) "... pode me chamar a atenção de modo enfático, apelando ao meu temperamento. Você verá que raiva não me falta jamais, minha cara."

Trocamos olhares amistosos, como se a srta. R. já fosse a pessoa que talvez um dia se tornasse, e acredito de verdade que naquele breve momento de ira, e com meu pedido de desculpas sem graça, nos tornamos mais próximos do que éramos antes. Em todo caso, a questão desagradável do tratamento, apresentada mais uma vez por conta da necessidade, encontrou a srta. R. menos propensa a uma recusa cabal, e basta dizer que mais uma vez ela aceitou se submeter à hipnose. "Mas sem perguntas embaraçosas, por favor", ela pediu, corando como se tivesse vergonha dessa insistência e, contudo, se sentisse coagida a repeti-la, assim como o paciente pede ao dentista inúmeras vezes que não deixe uma extração doer. Como nessa época eu não tinha a menor noção do que poderia parecer à sensibilidade melindrosa da srta. R. uma pergunta embaraçosa, só me restava concordar sem dizer nada, assim como o dentista, e me prometer intimamente a cumprir o combinado da melhor forma possível; ao mesmo tempo, eu tinha ideia de que a interpretação da srta. R. quanto ao que seriam perguntas embaraçosas poderia ser de todo diferente da minha; tinha a convicção de que minha suposição, em um caso semelhante, do que constituiria um "embaraço" seria uma linha de questionamento que se encaminhasse para o ponto do bloqueio no encanamento, mas tinha fortes suspeitas de que aquilo que a srta. R. queria dizer com "embaraço" era justamente o que qualquer menina ignorante poderia querer dizer com a palavra: isto é, qualquer coisa que teria vergonha de discutir na minha frente, quaisquer segredos que a pobre menina pudesse guardar, embora não precisassem ser — aliás, era bem provável que não fossem — o segredo que eu procurava; tolerante, pensei em cartas de amor e coisas semelhantes, e tomei a decisão categórica de que os sentimentos de donzela da srta. R. continuassem sendo apenas dela, intocados por mim.

Enquanto a srta. R. entrava suavemente em estado de transe, eu estava ansioso para rever a menina simpática com quem tinha falado antes, e recebi o rosto amistoso com o deleite de quem cumprimenta uma conhecida encantadora; havia decidido que seria mais conveniente e prático introduzir a breve série de perguntas que eu tinha feito primeiro como um começo formal para toda inquirição hipnótica, criando, por assim dizer, um pequeno ritual de apresentação, e torcia para que em breve tivesse o efeito duplo de tranquilizar a srta. R. nos primeiros instantes do transe e talvez, além disso, servir de método complementar de indução de transe; ou seja, quando a srta. R., ao adormecer, ouvisse minhas palavras familiares, ela se firmaria no estado hipnótico. Portanto, comecei de novo: "Como você se chama?".

"Elizabeth R."

Ela de novo me disse onde morava e garantiu não ter medo de mim. Quando perguntei se ela se recordava do que me falara na consulta anterior, R2 sorriu e declarou que sim, que afirmara não ter medo de mim, e não tinha mesmo. Senti que essa ênfase na confiança plena em mim era muito necessária, e tentei salientar constantemente, nas minhas perguntas e nos meus modos, minha profunda e completa compaixão por ela. Eu me via, muitas vezes, como uma figura paterna, e volta e meia me flagrava me dirigindo a ela como um pai carinhoso fala com uma filha querida.

Como não tinha sido limitado, nessa segunda tentativa, a "apenas um ou dois minutos", pude ser mais minucioso em minhas perguntas à srta. R. sobre sua doença, que ela teve a franqueza de admitir nesse estado de transe, e sobre seu cotidiano; fiquei sabendo, por exemplo, em termos muito mais claros, do trabalho no museu e da rotina da vida doméstica com a tia. Também fiquei sabendo, sem a real intenção de insistir no assunto, que a fortuna substancial que tanta comodidade trazia à srta. R. e à sua tia na verdade era posse futura da própria srta. R., legada em testamento por seu pai; e, durante os anos seguintes, por meio de uma manobra habilidosa e (devo confessar que pensei assim) precavida de advogados e bancários, seria administrada integralmente pela tia, com a devida atenção ao conforto e à conveniência da srta. R.; não finjo entender de questões financeiras, e é óbvio que a srta. R. as entendia até menos do que eu, mas foi inevitável que eu aplaudisse a sabedoria que manteria a srta. R. sã e salva das muitas armadilhas que devem importunar uma menina muito jovem de posse de uma grande fortuna e tão passiva e submissa quanto a srta. R. demonstrava ser. Além do comentário casual que trouxe à tona essa informação, minhas perguntas foram em grande medida banais, no intuito tanto de estabelecer a comunicação quanto de obter informações, e nos entendemos perfeitamente até eu perguntar: "E por que você a princípio se recusou a ser hipnotizada?".

Ela retorceu as mãos e se mexeu na poltrona, desamparada, o que era tão atípico do transe relaxado de R2 que senti de repente e com força que chegávamos a uma visão mais acurada da srta. R.; passado um minuto, ainda torcendo as mãos, ela soltou: "Não vou responder a essa pergunta". Foi ríspida, e era como se relutasse, e esse foi o primeiro sinal que deu como R2 de falta de cooperação. Sorri comigo mesmo pela ideia de que poderia ter feito uma pergunta "embaraçosa", e portanto, docilmente, abandonei o assunto e prossegui: "Então você dormiu bem?".

"Muito bem", ela disse, relaxada e sorridente. "E obrigada por me dizer para dormir profundamente, porque eu sei que a ideia foi sua."

"Por que você está torcendo as mãos desse jeito?" Ela tinha voltado a contorcer os dedos e levar as mãos aos olhos.

"Quero abrir os olhos, mas eles não abrem."

"Prefiro que você permaneça de olhos fechados, por favor."

"Mas eu *quero* abrir" — em tom petulante.

"Fechados, por favor."

"Se eu conseguisse abrir os olhos", ela disse, tentando me adular, "poderia olhar para o senhor, caro dr. Wright."

"Não há necessidade de olhar para mim, cara srta. R., contanto que você me escute."

"Mas se não posso ver o senhor, escolho não escutá-lo."

E nenhuma pergunta minha, depois disso, foi capaz de instigar uma resposta. Ela fez um beicinho teimoso, cruzou os braços e ficou de cara amarrada, com os olhos fechados. Ao perceber que questioná-la era totalmente inútil, enfim lhe fiz as mesmas sugestões para dormir bem e acrescentei que seu apetite deveria melhorar e, não muito bem--humorado com a minha paciente, eu a despertei. De novo ela me perguntou o que tinha dito, mas, dessa vez, em vez de lhe mostrar minhas anotações como tinha feito antes, declarei que ela tinha se zangado comigo e se recusado a me responder. Com um desânimo genuíno, ela disse, impulsiva: "Eu mesma não consigo acreditar; o que o senhor vai pensar de mim?". E em seguida, astuciosa: "O senhor vai desistir do meu caso?".

Eu lhe disse, acreditando que estava compungida de verdade, que tal teimosia não era incomum e acrescentei, de bom humor, que eu a achava mais teimosa adormecida do que acordada, o que lhe provocou risadas. Nós nos despedimos em tom amistoso e como bons amigos, e ela voltou ao meu consultório dois dias depois muito mais alegre e satisfeita e muito mais afável comigo, como se meu desgosto humano com sua última consulta tivesse provado, de algum modo, que éramos igualmente falíveis e parecidos. As bochechas da srta. R. estavam coradas nessa consulta seguinte, e ela relatou, quase tagarela, que não só tinha dormido bem e sem acordar nas últimas duas noites como que (conforme eu havia sugerido durante a hipnose) o apetite tinha melhorado e a dor de cabeça, que a perturbava de maneira intermitente nos últimos anos, tinha desaparecido no dia anterior inteiro e retornado apenas por pouco tempo naquela manhã, sumindo já na hora do desjejum; isso em grande medida confirmou, é claro, uma crença minha de que a dor de cabeça e a dor nas costas e o apetite eram todos decorrentes, por assim dizer, da insônia, e tive a forte esperança de que todos esses sintomas seriam eliminados de pronto quando a srta. R. se livrasse da fadiga extrema de que sofria. Com isso, não pretendo insinuar que tivesse a impressão de que as dificuldades da srta. R. eram apenas físicas, e de que bastaria persuadi-la por meio da sugestão pós-hipnótica a dormir bem para curá-la por completo; até Ryan teria conseguido fazer *isso* com um ou dois comprimidos; minha crença sincera era de que os sintomas físicos banais eram exatamente isso — sintomas; a cura que buscávamos deveria ser procurada de forma mais profunda e mais insistente. Confesso, também, que eu notava que quanto mais relaxada a condição física da srta. R., maior era sua confiança em mim, e mais fáceis, por conseguinte, eram minhas tentativas de compreendê-la.

A essa altura, ela já aceitava o transe hipnótico de imediato e caía sem dificuldade em seu leve torpor habitual. De novo comecei indagando formalmente quem era ela e onde vivia, e de novo ela me respondeu sem hesitação, sorrindo um pouco e fazendo bem ao meu coração com seu rosto sorridente, simpático.

"Você escolhe me escutar hoje?"

"É claro" — surpresa.

"Outro dia você escolheu não me escutar, sabe."

"Eu? Impossível eu ter feito uma coisa dessas."

Virei-me para as minhas anotações e li os comentários dela ao se recusar a me escutar caso não pudesse abrir os olhos. Durante minha leitura, ela ergueu as mãos e de novo passou a retorcê-las e esfregar o rosto.

"Então", ela perguntou, "posso abrir os olhos agora?"

"Insisto que você fique de olhos fechados." Fiz uma pausa. "Você escolhe me escutar de olhos fechados?"

"Acho que tenho que aceitar" — ríspida. "Senão o senhor não vai me deixar em paz."

Franzi um pouco a testa, em uma confusão temporária quanto a como proceder, e foi nesse momento, creio eu, que recebi o golpe mais chocante da minha vida. Estava sentado, como sempre, em um banquinho ao lado da poltrona da srta. R., com uma mesinha à minha frente para poder fazer minhas anotações; a srta. R. estava recostada na poltrona larga, com os pés apoiados no escabelo e uma almofada atrás da cabeça. Lembro-me de ter olhado para ela por um instante, à meia-luz do ambiente com a cortina fechada, e tê-la visto quase nitidamente, o rosto pálido contra a poltrona escura, um mero feixe de sol do fim de tarde tocando sua pele a partir da fresta da cortina.

O rosto dela estava meio que voltado para mim, os lábios ainda entreabertos em um sorrisinho, e os olhos, é claro, fechados. As mãos estavam no busto, ainda entrelaçadas; é como uma bela adormecida, pensei, numa infantilidade; me pergunto, no entanto, como pude achá-la bonita. Porque não era, eu via, nem um pouco bonita, e enquanto eu assistia a ela horrorizado, o sorriso de seus lábios se embruteceu e ficou sensual e grosseiro, as pálpebras tremelicaram numa tentativa de se abrir, as mãos se contorceram de forma violenta, e ela gargalhou, malvada e rude, jogando a cabeça para trás e berrando, e eu, ao ver a máscara do demônio onde um segundo antes eu tinha visto a expressão suave da srta. R., pensei apenas: impossível que esta seja a srta. R.; esta não é ela.

Um instante e evaporou: a gargalhada terminou e ela se virou para mim, tímida. "Por favor", ela perguntou, "posso abrir os olhos?"

Eu a despertei de uma vez; estava abalado demais com a visão grotesca da moça para conseguir fazer algo mais do que lhe desejar uma boa tarde; creio que tenha percebido meu descontentamento com ela, e ela não estava muito enganada; eu estava, como digo, abalado, e estou abalado agora, escrevendo isto. O que vi naquela tarde foi o apavorante rosto sorridente de um diabo, e, ai de mim, já o vi milhares de vezes desde então.

Eu não estava bem a tempo da consulta seguinte da srta. R., nem da outra, portanto demorou quase uma semana para ela voltar ao meu consultório. Quando entrou e eu a cumprimentei, senti em vez de perceber que boa parte do nosso progresso havia sido perdida; pelos seus passos relutantes e pela voz emburrada, me dei conta de que era quase a mesma srta. R. que eu tinha visto da primeira vez. Senti isso, eu digo, em vez de perceber, porque ao olhar para ela só vi em seu rosto a sombra do diabo sorridente que tinha rido de mim, e portanto intercalei, nessa visita, olhares para a perna da mesa e o tapete e milhares de outros objetos sãos, assim não precisaria olhar para o rosto da srta. R. Já ela parecia inquieta e incomodada; confessou que a dor de cabeça tinha voltado, e tive muita dificuldade em submetê-la ao estado de transe; talvez isso se devesse ao meu próprio horror de voltar a ouvir a gargalhada zombeteira. Nossa consulta foi breve; apenas impus as sugestões pós-hipnóticas habituais e a despertei; eu mesmo não estava muito bem e não era capaz de grandes esforços.

Na consulta seguinte, parecíamos ter nos recuperado um pouco; tive a impressão de ter me despido do nervosismo que vinha da minha própria doença, e fui mais capaz de lidar — como quem cria demônios e precisa lidar com eles — com qualquer manifestação que a srta. R. escolhesse exibir sob hipnose. Enfrentamos poucas dificuldades, contudo: a srta. R. adormeceu quase de imediato, e conversamos, R2 e eu, sobre os vários assuntos que já tínhamos abordado antes, sobre sua tia, sua casa, seu trabalho. Uma ou duas vezes, ela suplicou de forma lastimável que eu lhe permitisse abrir os olhos, mas fui firme em minha negativa, e ela desistiu por enquanto. Quando a despertei, embora ainda houvesse entre nós certo constrangimento — a causa inteiramente desconhecida, receio, por ela, pobre moça —, ela se despediu de mim com um resquício de sua antiga simpatia. Nas minhas anotações desse dia, vejo a frase "R2 atipicamente amável". Lembro que usava um vestido que eu nunca tinha visto, de um azul um pouco mais claro do que a srta. R. costumava usar.

Parecia, no entanto, que jamais daríamos um passo à frente sem fazer o mesmo para trás, pois sempre que via motivos para me congratular por uma impressão de progresso, eu ganhava motivos iguais para desespero. Na consulta seguinte àquela em que R2 foi tão atipicamente amável, R1, ou a srta. R., chegou ao meu consultório em tal estado que não consegui persuadi-la a me responder ou, aliás, a sequer falar. A hipnose estava fora de cogitação nessas circunstâncias, e eu não poderia dispensar minha paciente aos prantos; meu único recurso era ministrar uma dose de calmante e esperar. Ocupei-me à mesa e deixei a srta. R. se recompor na poltrona; passado um tempo, quando sua agitação parecia ter se apaziguado, virei para ela e, em tom afetuoso, perguntei: "O que tanto perturbou você, cara srta. R.?".

Levando o lenço de pano de novo aos olhos, ela me apresentou uma carta que, sem poder fazer nada, eu peguei. "Você quer que eu a leia?", perguntei, e ela fez que sim.

Levei-a à minha mesa, onde tinha deixado meus óculos, a segurei sob o abajur e li, em voz baixa: "Prezado sr. Althrop, o Museu de Artes

Naturais e Ciências da Cidade de Owenstown, embora considere que seria uma satisfação exibir sua interessante coleção de caixas de fósforos, é uma organização sem fins lucrativos e subvencionada, e portanto incapaz de pagar por exposições doadas. Assim, com enorme pesar, devo informá-lo de que você é uma menina boba boba ridícula e que vai se arrepender quando eu te pegar...".

"De fato", eu disse. "Singular." A carta tinha sido datilografada com muito cuidado até a linha que começava com "você é uma menina" etc. Essas últimas palavras foram escritas à mão com um lápis preto grosso, em uma caligrafia irregular, disforme. "Singular de fato", repeti.

"Eu datilografei isso hoje de manhã", a srta. R. explicou, a fala instigada pelo tormento. "Deixei na minha mesa para terminar à tarde e, quando voltei do almoço, estava desse jeito, e eu..."

"Acalme-se", eu pedi, "srta. R., acalme-se, por favor."

"Mas eu não quero que *ele* receba a carta. O sr. Althrop."

"Claro que não. Pois bem, você diz que descobriu isso ao voltar do almoço?"

"Estava em cima da minha mesa, onde eu tinha deixado."

"Me perdoe, cara srta. R., mas tem alguém no seu trabalho que possa querer lhe fazer mal? Desabonar seu trabalho, talvez?"

"Acho que não. Não sei de ninguém. De modo geral", disse a pobre moça, "eles não ligam se eu estou trabalhando ou não."

"Entendi." Eu queria falar com R2, para averiguar a veracidade das opiniões de R1 sobre os colegas de trabalho, mas o momento não era propício para evocar minha simpática R2, e tive que fazer o uso relutante que dava de R1. Eu a questionei com rigor sobre o emprego, o acesso que outros tinham ao seu local de trabalho, o tempo que demorava no almoço, até mesmo sobre o sr. Althrop, a quem a carta era endereçada, sobre o qual ela nada sabia. Tinham apenas lhe entregado a carta dele para que a respondesse com a fórmula usada para tais recusas, e era só isso que ela sabia — isso, e o fato de que a carta agora teria que ser refeita, o que, mesmo levando em consideração os sentimentos da srta. R. quanto à organização pessoal, parecia uma razão despropositada para seu sofrimento; ela me disse repetidas vezes que o sr. Althrop *não podia* receber a carta; queria, com mais veemência do que eu vira R1 dar a qualquer outra coisa, levar a carta consigo e escondê-la e, embora eu sorrisse diante da noção pueril de que um erro escondido é um erro esquecido, concordei com ela que a carta teria que ser refeita e me ofereci, aliás, para ajudá-la a elaborar um pedido de desculpas a seus superiores pela demora, caso fosse necessário.

Quando a srta. R. já estava mais calma, mandei-a para casa. Nosso tratamento de praxe era impossível após sua experiência desconcertante no escritório; eu a mandei serena para casa, e decidi interrogar R2 assim que possível, para ver se ela poderia jogar alguma luz sobre esse acontecimento atordoante. A oportunidade pela qual eu esperava chegou na consulta seguinte da srta. R., quando, ao vê-la no que era quase seu estado taciturno de outrora, me arrisquei a sugerir nosso tratamento hipnótico habitual e recebi uma permissão amuada, embora a esta altura eu já soubesse — creio que a srta. R. não — que a permissão dela mal era necessária; então pude submetê-la ao transe à vontade; sem nenhum bom motivo para resistir, ela já não podia se rebelar contra meu tratamento. Assim, era possível evocar minha amiga R2 em paz, e fiquei numa alegria esplêndida ao vê-la naquele dia. Minhas formalidades costumeiras quanto ao nome e ao endereço dela foram ditas, creio eu, em tom de verdadeiro júbilo, e sei que ela me saudou com igual entusiasmo. Nunca encontrei R2 sem um forte pesar impetuoso pela pessoa que a srta. R. poderia muito bem ter sido esse tempo todo, tão escondida, tão esquecida, e acredito que boa parte do meu empenho pela cura da srta. R. tenha sido exercido em nome de R2; talvez eu me visse — até eu! — como o libertador de uma princesa cativa.

De todo modo, foi com grande decepção que ouvi que R2, em geral tão prestativa, estava totalmente no escuro quanto às linhas feias rabiscadas no final da carta da srta. R. e não tinha como me ajudar. Só poderia sugerir que a srta. R. havia, justamente por ser inofensiva, ganhado uma inimiga no trabalho que tinha escolhido aquele jeito covarde de se vingar. "Nem todo mundo", disse R2, com seu estilo afável, "tem a sorte que eu tenho: todo mundo que conheci foi gentil comigo", e ela sorriu para mim.

Essa explicação, entretanto, me parecia evidentemente impossível, no mínimo por ser tão difícil imaginar a srta. R. fazendo inimizades quanto era imaginá-la fazendo amizades. R2 não tinha outras sugestões a fazer além dessa, e por fim decidi tentar um método que até então achara desnecessário — isto é, um transe hipnótico mais profundo, em que eu esperava que fossem revelados fatos e incidentes sobre os quais R2 não sabia nada, como eu.

Sem dúvida era verdade que as respostas para muitas de nossas questões jaziam escondidas no âmago da própria srta. R., e eu acreditava de maneira implícita que apenas a investigação mais penetrante poderia revelá-las. Portanto, atirei R2, minha bela, em um sono hipnótico mais profundo e observei consternado suas feições delicadas se embrutecerem outra vez naquela expressão diabólica de que tão bem me lembrava e que eu já temia de forma sincera e instintiva. Ela primeiro começou com aquelas torções das mãos das quais me recordava muito bem, e então seu rosto se deformou e — eu ao mesmo tempo querendo muito despertá-la e afugentar o demônio que a possuía — sua boca se entortou para baixo em um sorriso demoníaco que eu já tinha visto antes, e ela levou as mãos aos olhos no que parecia uma tentativa desesperada de abri-los.

Donde, Asmodeus, eu pensei, e disse baixinho: "Prefiro seus olhos fechados, por favor".

"O quê", ela disse, ou melhor, gritou, na voz mais ríspida que já ouvi, "me dando ordens de novo, homem perverso? Esteja avisado que um dia desses eu vou te comer!" Ela caiu na risada outra vez, e, desalentado, pensei em aludir à minha fórmula inicial na esperança de aquietá-la. "Como você se chama?", perguntei, no tom mais monocórdio que consegui.

Ela parou de rir no mesmo instante e disse com modéstia: "Sou a Elizabeth R., doutor querido, sou mesmo. O senhor não deve pensar, doutor querido, que por às vezes eu ser um pouco rude com o senhor eu não lhe tenha um respeito profundo, muito muito profundo mesmo, doutor querido, muito profundo mesmo".

Dito com um eco da gargalhada selvagem e um ar de zombaria que me chocou, vindo de uma pessoa e de um rosto ainda muito parecidos com os da minha R2, quase com sua voz, o comentário interrompeu minha pergunta seguinte, e eu ainda tentava organizar as ideias quando ela continuou com a mesma voz zombeteira: "E a

Elizabeth vai te dizer como ela lamenta ter falado com o senhor desse jeito, doutor querido, vai sim, e eu vou obrigar ela a dizer isso".

"Imagino que você faça isso mesmo", declarei, aborrecido. "Agora, por favor, srta. R., vamos continuar com as nossas perguntas. Quero saber mais sobre a carta irritante que…"

Ela voltou a gargalhar e, sabendo que minha enfermeira estava na sala ao lado, tentei aquietá-la baixando um pouco minha voz, assim precisaria ser mais contida para me ouvir. "Você acha que tem como me dar mais informações?", perguntei.

"Posso te contar tudo, meu bom amigo."

"Pois não?"

"E vou contar, mas só se…" Ela arrastou a frase de um jeito atordoante. "Só se você me deixar abrir os olhos", ela terminou, rindo outra vez.

Com ou sem carta, eu já não aguentava mais aquela criatura grosseira. "Você vai continuar de olhos fechados", respondi de maneira brusca, "e se puder me dar alguma informação, torço muito para que o faça. Pois bem, depois de você datilografar a carta…"

"Eu? Eu não sei datilografia."

"A carta", declarei, sucinto, "sem dúvida foi datilografada."

"Por ela, é claro. Você acha mesmo que eu me dou ao trabalho de cumprir as tarefas *dela*?"

Fiquei perplexo. "Dela?", indaguei.

"Da Elizabeth", ela disse com um berro alto, "sua cara srta. R., Lizzie, a ridícula, Lizzie, a simplória." E ela contorceu o rosto em uma paródia apavorante da expressão habitual vaga da srta. R. (E me perdoe, leitor, se digo que em meio à angústia fiquei tentado a rir; que ela escarnecesse de R2 me incomodava muito, mas eu não tinha tanta amizade com R1.)

"Então", eu perguntei, "quem é *você*?"

"Eu sou eu, doutor querido, como você há de descobrir em breve. E quem, você supõe, é *você*?"

"Eu sou o dr. Wright", afirmei, um tanto formal.

"Não", ela retrucou, balançando a cabeça e sorrindo para mim sob as mãos. "Acredito que você seja um impostor. Acredito que seja o dr. Wrong." Sua voz de novo se ergueu numa gargalhada. "E você está fazendo perguntas", ela prosseguiu, aos berros, "que são *muito* embaraçosas."

"Se você não se aquietar", eu disse, com toda a autoridade que conseguia transmitir, "vou te despertar." Isso, dito à toa — e, aliás, isso era o que eu mais queria fazer naquele momento —, acabou se mostrando uma ameaça inesperadamente útil: ela se calou no mesmo instante e se recostou na poltrona.

"Posso abrir os olhos?", indagou, com docilidade.

"Não pode."

"Eu *vou* abrir os olhos."

"Não vai."

"Um dia", ela disse com maldade, esfregando os olhos com as mãos, "vou ficar de olho aberto o tempo todo, e aí vou comer você e a Lizzie." Ela se calou, parecia meditar, e então falou baixinho: "Dr. Wrong. E Lizzie, a ridícula".

"Me conte, por que você quer fazer mal à Elizabeth?"

Fez-se outro longo intervalo, e por fim ela disse, com ódio na voz: "Ela está *lá fora*, não é?".

Foi, de fato, uma reviravolta desanimadora no caso da srta. R. A cura parecera tão simples, apenas questão de tempo e paciência antes que achássemos o caminho certo e fizéssemos a srta. R. recuperar a saúde e o vigor, e agora, obstruindo nossa estrada, tagarelando e balbuciando e bradando infâmias, havia um demônio cuja maldade a princípio parecia quase invencível. A mente é uma coisa curiosa, sem sombra de dúvida, pois me vi zangado comigo mesmo em vez de amedrontado, assim como um cavaleiro (idoso, é claro, e cansado após a longa jornada) que, ao levar sua verdadeira princesa para casa, já não sente mais medo quando confrontado diante das torres do castelo por um novo dragão para matar, mas apenas exaustão.

Os tratamentos da srta. R. já se estendiam por meses, e eu começava a entender que seria um caso mais demorado do que outrora suspeitara. As melhorias consideráveis nos aspectos mais banais de sua saúde, que ela achava incrivelmente maravilhosas, talvez fossem o único avanço feito por nós até então, e não estávamos, confesso, chegando mais perto de um entendimento. Sei tão bem quanto qualquer outro homem da medicina que o conceito de "possessão demoníaca" tinha sido abandonado como diagnóstico; era natural que a srta. R. — e sua tia, é claro, um outro tipo de dragão, com quem eu ainda não tinha ficado cara a cara — ignorasse o novo desdobramento do caso da srta. R.; nenhuma das duas sabia algo mais sobre o tratamento além da melhora superficial da srta. R., e creio que pensassem que o incomparável dr. Wright operava milagres em termos de restabelecimento. Tinha a forte impressão de que seria imprudente informar à srta. R. do progresso mais aprofundado, ou de sua inexistência, em seu caso devido ao perigo de alarmá-la e retrocedermos no pequeno avanço obtido; a srta. R., estando em transe hipnótico durante boa parte do tempo que passava comigo, não sabia nada sobre o que ocorria, e sua tia não sabia de nada porque nem a srta. R., nem o médico da srta. R. lhe contavam. Eu havia telefonado para Ryan e lhe dito de forma sucinta quais eram minhas conclusões a respeito do caso da srta. R. e qual método propunha para tratá-lo, e, como ele era um homem ocupado (seu médico jovial, cordial, costuma ser assim, apesar da competência), não me preocupei mais com esse assunto.

Lamentavelmente, em seguida acrescentei um novo número às minhas anotações — R3, a detestável, a inimiga. Talvez meu sistema numérico fosse um equívoco, talvez eu estivesse convicto demais da minha crença de que poderíamos descartar o passado paralisante e trazer de volta a srta. R. como R2, talvez a raridade do caso e suas características horrendas desacelerassem minhas percepções em geral argutas — de todo modo, levei um bom tempo para, sonhando diante da lareira aconchegante de casa, meio adormecido com meu livro caído no chão e tocado pelas insinuações iniciais de um sonho — foi só então, um tempo depois, que reconheci o que deveria ter percebido de imediato e cheguei ao diagnóstico correto do caso da srta. R.

Agora, para o leigo, a possessão demoníaca é uma descrição tão boa quanto qualquer outra para a srta. R. daquela época, e, no meu coração, suspeito que as imagens sejam próximas: me lembro de maneira vívida das palavras de Thackeray, que eu devia estar lendo antes de cochilar e ainda permanecem comigo: "E todos vocês aqui devem carecer de seriedade quando pensam no próprio passado e presente...". E eu, sozinho diante do fogo e quase sonhando, despertava lembrando daquele rosto diabólico.

Mas me permita recorrer a uma autoridade médica, cujas frases mais palatáveis trazem esperança de uma cura mais garantida (e mais definitiva) do que o mero exorcismo: "Casos desse tipo costumam ser conhecidos como 'dupla' ou 'múltipla personalidade', de acordo com o número de pessoas representadas, mas um termo mais correto é personalidade *desintegrada*, pois cada personalidade secundária é parte apenas de um self inteiro normal. Nenhuma personalidade secundária conserva a vida física integral do indivíduo. A síntese da consciência original conhecida como o ego individual é partida, por assim dizer, e despida de algumas de suas memórias, percepções, aquisições ou formas de reagir ao ambiente. Os estados conscientes que ainda persistem, sintetizados por conta própria, formam uma nova personalidade capaz de atividade independente. Essa segunda personalidade pode *se alternar* com a original desintegrada de quando em quando. Com a dissolução da personalidade original em momentos distintos, seguindo diferentes linhas de clivagem, é possível que se formem várias personalidades secundárias que se revezam" (Morton Prince, *A dissociação da personalidade*, 1905).

Eu mesmo já tinha encontrado três personalidades da srta. R.: R1, tensa, atormentada por uma dor violenta, repleta dos horrores do medo e do constrangimento, recatada, autossuficiente e reservada a ponto da paralisia verbal. R2 era, presumia-se, a pessoa que a srta. R. poderia ter sido, a menina alegre que sorria e respondia com veracidade e com séria ponderação, bonita e relaxada, sem as rugas de preocupação que deformavam o rosto de R1; R2 basicamente não sentia dores e só tinha a doçura de se solidarizar com os tormentos de R1. Por outro lado, R3 era uma R2 mais intensa; se R2 era relaxada, R3 era libertina; se R2 era sincera, R3 era insolente; se R2 era amável e bonita, R3 era vulgar e barulhenta. Ademais, as três tinham uma aparência reconhecível — R1, é claro, a pessoa que conheci primeiro, era acanhada e sem atrativos devido à timidez e à falta de jeito; R2 era simpática e charmosa; R3 era uma máscara tosca, contorcida. O sorriso encabulado, fugaz de R1, a expressão receptiva, feliz de R2, eram em R3 um sorriso maroto ou o grito patente da gargalhada rude; caso se desconfie de que eu não amava exatamente nossa nova amiga R3, é fácil perceber que tinha bons motivos para isso; quando minha bondosa R2 começava a levantar as mãos para esfregar os olhos, quando sua voz se elevava e as expressões ficavam mais relaxadas, quando as sobrancelhas se erguiam com mordacidade e a boca se retorcia, eu era forçado a passar um tempo com uma criatura que não tinha e não demonstrava por mim nenhum respeito, que tentava desfazer com entusiasmo qualquer bem que eu tivesse feito à srta. R., que se deleitava em caçoar de todos que conhecia, e que, no fim as contas, não tinha nenhum senso de moralidade nem limites às suas ações além da falta de visão; que, em certa ocasião, me chamou de maldito velho idiota!

Pois bem, minha impressão era de que tínhamos nos aproximado mais de R3 ao tocar na questão da carta desfigurada da srta. R., e talvez essa ideia, auxiliada por uma reflexão casual da minha parte, nos ponha diretamente no rastro de R3; eu, olhando para a carta quando a srta. R. a mostrou pela primeira vez, pensei com irritação que conseguiria escrever com uma caligrafia melhor de olhos fechados — e cheguei, embora só um tempo depois fosse percebê-lo, à minha pista. No decurso de uma discussão aparentemente despropositada sobre a carta com R2, pedi a ela, botando lápis e papel ao lado de sua mão, que escrevesse algumas palavras que eu ditaria, assim poderia ver sua caligrafia e, levando as mãos de maneira febril aos olhos, ela primeiro bradou: "Não dá, não dá, preciso abrir os olhos", e assim despertou, de modo voluntário, apesar de nunca ter feito isso antes. Eu me perguntei se ela não teria se forçado a despertar devido à pressão de R3 para vir à tona. A srta. R., questionada mais uma vez sobre a carta em outra consulta, irrompeu em lágrimas e se recusou a falar do assunto, dizendo apenas que sua dor de cabeça estava forte demais para qualquer discussão.

Após preparar os nervos, decidi chamar R3 para uma entrevista de que não pretendia desfrutar, mas achava que seria esclarecedora; quase não a via desde sua última consulta, a não ser em um ou outro sorriso rápido ou gesto enquanto conversava com R2, ou vez por outra em um eco de sua gargalhada zombeteira na voz alegre de R2 e, é claro, nos gestos frequentes de suas mãos, acompanhados de súplicas para que eu lhe permitisse abrir os olhos. Para evocá-la, eu já sabia, era necessário apenas induzir a srta. R. a entrar num torpor hipnótico mais profundo do que aquele que trazia à tona R2, durante o qual logo começava a adquirir as características faciais e as qualidades vocais de R3.

"E nos reencontramos, dr. Wrong", ela foi logo dizendo, e bem ao estilo do demônio que a possuía: "Estava pensando quanto tempo você ficaria nessa luta sem mim".

"Desconfio, srta. R., que você possa me dar as informações de que eu preciso."

"Não", R3 disse de forma categórica, "não se você me chamar por esse nome deplorável. Eu sou a srta. R. tanto quanto *você* é. Só estou dentro dela." Ela terminou o comentário com um olhar asqueroso e outro comentário que considerei tão ofensivo que, não contente em omiti-lo de minhas anotações, me esforço desde então para esquecer, assim como faço com todas as observações similares tecidas por R3. Como consequência, levamos uns instantes para nos entrosar; R3 tinha a capacidade desagradável de me confundir e me deixar atônito ao longo de segundos importantes, portanto eu perdia o fio da meada e era obrigado a lhe entregar as rédeas durante meus momentos de distração.

Ela continuou enquanto eu estava consternado: "Elizabeth, Beth, Betsy e Bess, elas todas foram juntas achar um ninho de pássaro... Talvez você, belo dr. Wrong, queira nos rebatizar? Imagino que não sejamos as primeiras crianças que você traz ao mundo". E ela irrompeu de novo naquela gargalhada selvagem, e — embora a srta. Hartley, minha enfermeira, a essa altura já devesse estar acostumada aos barulhos altos vindos da minha sala — eu fiquei meio amedrontado com a ideia de que a srta. Hartley pudesse concluir que eu era o alvo dos risos de uma das minhas pacientes, já que a gargalhada evidentemente não era histérica. O que interessava a R3, ou a intimidava, eram os únicos dois métodos que eu conhecia até então para apaziguá-la, portanto lhe disse, em voz baixa: "Vou despertá-la, srta. R., caso você não se acalme sozinha".

Ela se calou na mesma hora, mas murmurou de forma maldosa: "Um dia você não vai mais conseguir se livrar de mim, dr. Wrong;

um dia você vai tentar despertar *ela* e, quando achar que conseguiu recuperar a nojenta da srta. R., vai ver que sou eu. E então", ela disse, elevando a voz e levando as mãos aos olhos, "e então, e então, e então!".

Senti um leve toque de medo, mas disse: "Oras, então, se eu descobrir que só tenho você não importa quem eu chame, vou aprender a te amar". Dei um sorriso irônico diante da ideia de amar aquela monstra e imagino que ela tenha detectado minha expressão pela minha voz, pois disse logo: "Mas você acha que sou capaz de aprender a amar *você*, dr. Wrong? Quando você deseja o meu mal?".

"Eu não desejo o seu mal, srta. R."

"Então além de mentiroso, você é um idiota", ela retrucou. (Anoto esses comentários em nome da minúcia; sei que não sou mentiroso e espero não ser idiota, e entendi que o objetivo de R3 era me enfurecer; fico contente em acrescentar que apesar de irritado com sua grosseria, tentei, acredito que com sucesso, evitar que ela o percebesse.) "Sei muito sobre as pessoas", ela continuou com complacência, "e quando eu estiver de olho aberto o tempo todo vou ter uma boa convivência. Acho que ninguém vai desconfiar de quanto tempo fiquei presa."

Eu mal ousava respirar enquanto ouvia R3 tagarelar e se revelar a cada palavra que dizia; esse falatório prepotente tornava desnecessário interrogá-la, e eu não a interromperia por nada neste mundo. "*Agora*", ela disse, como quem explica uma opinião esquisita, "eu só posso sair quando *ela* não está olhando, e só por um tempinho, até ela voltar e me fechar outra vez, mas em breve ela vai ver que quando ela voltar e tentar..." Ela se calou de repente, e riu: "Está ouvindo escondido, dr. Wrong?", ela indagou, "você acrescenta bisbilhotar e espionar à sua lista de pecados?".

"Estou tentando ajudar minhas amigas, srta. R."

"Por favor, *pare* de me chamar assim", disse em tom petulante. "Estou te falando, eu *não* sou a srta. R. e *odeio* o nome dela; ela é uma chorona e uma coisinha idiota, e eu não sou."

"Como devo chamá-la, então?"

"Como você me chama nas anotações? As que você mostrou *para ela* uma vez?"

Fiquei pasmo por ela saber das minhas anotações e do fato de que a srta. R. já as tinha visto, mas respondi apenas: "Não tenho nome para você, já que você repudia o nome que lhe é natural. Eu te chamei de R3".

Ela me fez uma careta, mostrando a língua e encolhendo os ombros. "Eu nunca escolheria ser chamada de R3", ela disse. "Pode me chamar de Rosalita, de Charmian, de Lilith, se quiser."

Sorri outra vez diante da ideia de que aquela criatura grotesca se desse o nome de uma princesa de conto de fadas. "Você também desaprova o nome Elizabeth?", indaguei.

"Esse é o nome *dela*."

"Mas", eu reclamei, tomado por uma ideia, "você mesma sugeriu: 'Elizabeth, Beth, Betsy e Bess…'."

Ela deu uma gargalhada rude. "Elizabeth é simples, Beth é a queridinha do médico; pois bem, escolho Betsy." E riu de novo.

"Por que você está rindo?"

"Estava pensando na Bess", ela disse, aos risos.

E eu, meu caro leitor, também estava.

Portanto ela foi Betsy até o fim da sessão. Descobri que à medida que essas várias garotas diferentes iam se tornando familiares, e é claro que no segundo caso mais querida, ficava mais fácil e mais agradável usar os nomes que Betsy escolhera para elas do que a frieza clínica de R1 e R2; R2 consentiu com graça e sorrindo ao meu pedido de que me permitisse chamá-la de Beth, e acho que o nome combinou com seu charme sossegado. Não sei se a srta. R. chegou a perceber que aos poucos eu deixava de me dirigir a ela em tom formal, ou pelo menos de chamá-la de "minha cara srta. R.", para chamá-la de Elizabeth; imagino que estivesse acostumada demais com a autoridade constante da tia para notar se era tratada como criança. Betsy, é claro, era Betsy e nada mais, embora às vezes se divertisse ao se atribuir títulos e sobrenomes grandiosos, e eu não tivesse dificuldade de logo identificar um bilhete assinado por Elizabeth Rex como obra de Betsy.

Minha iniciativa imediata deve ser, ponderei, a de descobrir o momento em que a desventurada srta. R. se subdividiu, por assim dizer, e permitiu que uma criatura como Betsy adotasse outra identidade; era a velha analogia do esgoto, mas complicada pelo fato de que agora eu procurava uma ramificação! (Gostaria, do fundo do coração, de ter escolhido uma comparação mais ensolarada: um carvalho frondoso, talvez, mas confesso ter me equivocado ao escolher algo que me parecia mais distinto e indicativo, embora ignóbil, das circunstâncias; me envergonho ao pensar que sem ir em frente e corrigir meu manuscrito inteiro, e também minhas anotações — pois a comparação se encaixou até nelas —, vou precisar tolerá-la.) Tinha a impressão de que apenas um choque emocional muito grave poderia ter forçado a srta. R. a desmembrar grande parte de si em personalidades subordinadas (até que eu, com um toque de mágica, as trouxesse à vida ativa) e tinha bastante certeza de que a existência separada delas — embora Betsy alegasse ter vida própria, pelo menos em pensamento, desde que a srta. R. havia nascido — datava do choque emocional mais óbvio na vida da srta. R., a morte da mãe. Para mostrar que tipo de problema eu manejava, vou aproveitar minhas anotações para apresentar ao leitor as diversas descrições que recebi desse acontecimento, primeiro de R1, ou Elizabeth, em seguida de R2, a colaborativa e encantadora Beth, e depois, por fim, de nossa vilã Betsy.

(Em 12 de maio, para Elizabeth, durante consulta) Wright: Você acha que conseguiria me falar sobre sua mãe, minha cara?

Elizabeth: Acho que sim.

W.: Quando foi que ela faleceu?

E.: Acho que faz mais de quatro anos. Era uma quarta-feira.

W.: Você estava em casa?

E.: (confusa) Eu estava no andar de cima.

W.: Na época, você morava com sua tia?

E.: Com tia Morgen?

W.: Você tem outras tias?

E.: Não.

W.: Então, quando sua mãe faleceu, você morava com sua tia?

E.: Sim, com tia Morgen.

W.: Você acha que consegue falar mais sobre a morte da sua mãe? (Ela parecia contrariada, e imaginei que estivesse à beira das lágrimas; como sabia que poderia obter todas as informações de que precisava com as outras personalidades, não pretendia insistir em uma inquirição cruel, mas queria o máximo de informação possível para fins de comparação.)

E.: Só sei disso. Digo, tia Morgen veio me falar que minha mãe tinha morrido.

W.: Ela foi te falar? Ou seja, você não estava com sua mãe quando ela morreu?

E.: Não, eu estava lá em cima.

W.: Não com sua mãe?

E.: Lá em cima.

W.: Então sua mãe estava no andar de baixo?

E.: Tia Morgen estava com ela. Não sei.

W.: Tente manter a calma, por favor. Isso tudo aconteceu há muito tempo, e eu acho que falar disso vai lhe fazer bem: sei que é um assunto doloroso, mas tente acreditar que eu jamais perguntaria sobre isso se não achasse necessário.

E.: Não. Quer dizer, eu não sei.

W.: Sua mãe estava doente?

E.: Eu achava que ela estava bem.

W.: Então a morte dela foi bastante repentina, na sua opinião?

E.: Foi — (numa profunda reflexão) — um infarto.

W.: Mas você não estava presente?

E.: Eu estava no andar de cima.

W.: Você não a viu?

E.: Não, eu estava lá em cima.

W.: O que você estava fazendo?

E.: Não lembro. Acho que estava cochilando. Lendo.

W.: Você estava no seu quarto?

E.: Não lembro. Estava lá em cima.

W.: Rogo que você se recomponha, srta. R. Essa agitação é desnecessária e inconveniente.

E.: Estou com dor de cabeça (tocando na nuca).

E esse foi, é claro, o fim da minha comunicação com Elizabeth: a essa altura, já sabia que suas dores de cabeça, assoberbantes, tirariam quase toda a sua atenção de mim e das minhas perguntas. Por isso, segui com minha linha de inquirição após ter o prazer de evocar Beth.

Ansiava, nesse momento, ter com ela uma conversa informal, além de minuciosa, e almejava lhe permitir que abrisse os olhos, assim pareceríamos amigos, e não médico e paciente, mas era impedido pelo medo constante de Betsy; como agora a cegueira era a única coisa que eu sabia que continha Betsy, ousei não seguir minhas tendências e considerar Beth uma personalidade livre. Muitas vezes me entristecia pensar que toda a existência de Beth até então se restringia ao meu consultório, e que ninguém além de mim conhecia aquela garota simpática; minha convicção de que a srta. R. devia ter sido muito parecida com Beth ainda não havia se confirmado, e no entanto eu tinha um enorme desejo de ver Beth assumir seu lugar no mundo e na família, o lugar que meu coração menos científico dizia que ela merecia. De todo modo, era sempre um grande prazer evocar Beth e ouvir seus cumprimentos afetuosos. Aqui estão as anotações que fiz sobre essa conversa, que se seguiu à que acabei de narrar com Elizabeth.

(Em 12 de maio, Beth, ou R2, durante consulta) Wright: (após a introdução preliminar indutora de transe composta de nome e endereço) Minha cara, quero falar sobre sua mãe.

B.: (com um sorriso saudoso) Ela era uma mulher adorável.

W.: Assim como você?

B.: Sim. Adorável e muito feliz e um doce com todo mundo.

W.: Você se lembra da morte dela?

B.: (relutante) Não muito bem. Ela morreu naquele dia.

W.: Onde você estava quando ela morreu?

B.: Eu estava pensando nela.

W.: Mas onde?

B.: Dentro. Escondida.

W.: Como você costuma estar?

B.: A não ser quando estou com você.

W.: Espero que um dia possamos mudar essa situação, minha cara. Mas você precisa me ajudar.

B.: Faço qualquer coisa que você me pedir.

W.: Esplêndido. Quero muito, no momento, saber tudo o que tiver para saber sobre a morte da sua mãe.

B.: Ela era muito bondosa com todo mundo, até com tia Morgen.

W.: Você morava com a sua tia na época?

B.: Ah, sim, nós já vivíamos com *ela* fazia anos, desde a morte do meu querido pai.

W.: E quando foi que o seu pai morreu?

B.: Quando eu tinha dois anos, mais ou menos. Não me lembro muito bem dele.

W.: Você estava com a sua mãe quando ela morreu?

B.: Eu? Nunca tive permissão para ficar com ela. Sempre fico escondida.

W.: Recomponha-se, Beth, querida. Podemos mudar de assunto se este te perturba.

B.: Não, estou disposta a ajudar como puder; não quero que você pense mal de mim.

W.: Garanto que jamais pensaria. Você sabe me dizer, então, exatamente o que fez depois da morte da sua mãe?

B.: (perplexa) Nós almoçamos. E tia Morgen falou para eu não me preocupar.

W.: Não se preocupar? Ou seja, não sofrer?

B.: Não me preocupar. Nós almoçamos, e tia Morgen falou para eu não me preocupar, tia Morgen falou que eu não devia chorar sobre o leite derramado, tia Morgen chorou. Foi deplorável.

W.: (entretido) Você não permite que sua tia sofra?

B.: Ela chorou sobre o leite derramado.

W.: (rindo abertamente) Beth, quanto cinismo.

B.: Não é; eu não penso mal de ninguém.

O homem que acaba de ter uma conversa, embora inconclusiva, com Beth não se apressa em entabular uma conversa com Betsy. No entanto, era óbvio que a informação que Elizabeth e Beth eram incapazes de me dar teria que ser extraída de Betsy, e portanto, resoluto, rejeitei a simpatia do rosto bonito de Beth e a troquei por Betsy; me esforcei para não mudar de semblante quando a cabeça virada de Beth revelou aquele rosto arreganhado, embora ela não pudesse, é claro, me ver, e forcei minha voz a continuar firme e controlada.

(12 de maio, Betsy, ou R3, durante consulta) W.: Boa tarde, Betsy. Espero que sua saúde esteja excelente.

By.: (escarnecendo) As outras não ajudam, então você vem perguntar *para mim*.

W.: Eu esperava que você me falasse...

By.: Eu sei. Estava ouvindo. (em tom desdenhoso) O que você acha que *elas* teriam para te contar?

W.: ... sobre sua mãe.

By.: *Minha* mãe? Você acha que eu considero a pobre coitada da morta *minha* mãe? Talvez (insolente) eu tenha minha própria mãe, interrogador.

W.: (se tivesse mesmo, sua demônia, eu pensei, ela seria um diabo amaldiçoado) A mãe da srta. R., então.

By.: Assim como você é o pai dela? (gargalhada rouca)

W.: A mãe da srta. R., que morreu alguns anos atrás. A mãe da Elizabeth.

By.: Eu sei de que mãe você está falando, seu velho. A que ela... (aqui ela fechou a boca, deu um sorriso misterioso e levou o dedo à boca num gesto infantil de sigilo) Falando da Lizzie pelas costas, meu querido! Que vexame!

W.: Betsy, gostaria que você confiasse em mim. Acredite, sou apenas alguém disposto a fazer o que for para garantir que você, Elizabeth e Beth convivam de forma pacífica e sejam felizes; você não gostaria de voltar a ser uma pessoa só?

By.: Nunca fui uma só pessoa com ela, sempre fui prisioneira dela, e nem se você fosse capaz me ajudaria. Pode ser que queira ajudar Beth, talvez até Lizzie, mas não tem espaço para mim no seu mundinho lindo.

W.: Realmente, sinto muitíssimo em ver alguém tão amargo a ponto de recusar ajuda quando ela é tão necessária.

By.: Já te falei centenas de vezes que a melhor forma de me ajudar é deixar que eu abra o olho (gestos de retorcer as mãos e levá-las aos olhos). Posso? (em tom adulador) Posso abrir, querido dr. Wright? E eu te conto tudo que você quiser saber, sobre a Lizzie e sobre a mãe da Lizzie e sobre a velha tia e vou até falar bem de você para a Beth se eu puder ficar de olho aberto (Isso foi dito em tom tão zombeteiro que fiquei muitíssimo preocupado; de repente concluí que Betsy caçoava de mim, e talvez abrisse o olho num segundo se decidisse fazê-lo, e fiquei assustado de verdade com essa ideia).

W.: Insisto que você mantenha os olhos fechados. Você entende, minha jovem, que se eu descobrir que você não tem serventia para minhas investigações, te mando embora e nunca mais volto a recebê-la? (Eu bem que gostaria, sem dúvida, e talvez nesse momento ainda pudesse agir assim.)

By.: (apreensiva) Você não vai me mandar embora.

W.: Posso mandar, fui eu quem trouxe você aqui, para começar.

By.: Posso vir sozinha.

W.: (optando por não insistir *nesse* ponto) Veremos. (em tom descuidado) Será que você gosta de doce? (Eu tinha pensado nisso mais cedo; me ocorreu que seria justo tratar uma criatura tão infantil como criança; tinha como alternativas uma boneca e algumas bijuterias espalhafatosas.) Posso pôr uma bala na sua mão?

By.: (ávida) Você tem bala aqui?

W.: (colocando na mão esticada uma bala que ela consumiu de forma voraz) Que bom que você está começando a me achar mais simpático. Ninguém que não deseje o seu bem lhe daria uma bala.

By.: (com satisfação) Se você tiver me envenenado, Lizzie e Beth morrem.

W.: Não tenho nenhuma intenção de envená-la. Quero que sejamos amigos, você e eu.

By.: Vou ser sua amiga, seu velho aliado. Mas quero mais bala e quero abrir o olho.

W.: Garanto que você jamais vai abrir os olhos com a minha permissão. Mas não podemos conversar como amigos, Betsy?

By.: (astuta) Você ainda não me deu mais bala.

W.: (ainda mais astuto) Depois que você me falar da sua mãe.

By.: (com uma delicadeza inesperada) A mãe da Elizabeth? Ela sempre foi legal. Teve um dia em que dançou pela cozinha quando estava de vestido novo e disse: "Que besteira" para Morgen e fez cachinhos no cabelo. Eu gostava de ficar observando ela.

W.: Onde você estava?

By.: Uma prisioneira, sempre prisioneira, dentro, junto com Beth, só que ninguém sabia que eu estava lá.

W.: Você já foi livre? Isto é, já esteve do lado de fora?

By.: (fazendo que sim, em tom sonhador) Às vezes, quando Lizzie está dormindo ou quando ela vira a cabeça um instantinho, eu consigo sair, mas é por muito pouco tempo, e aí ela me põe de volta. (se recompondo de repente) Mas eu não vou te contar, você não é simpático comigo.

W.: Que bobagem; você sabe que agora nós somos amigos. Você estava dentro quando a mãe da Elizabeth morreu?

By.: É claro, e eu a fiz gritar bem mais alto e bater na porta.

W.: Por que ela bateu na porta?

By.: Ué, para sair, dr. Wrong.

W.: Sair de onde?

By.: Sair do quarto dela, dr. Wrong.

W.: O que, em nome de Deus, Elizabeth estava fazendo fechada no quarto enquanto a mãe agonizava?

By.: Mas veja, dr. Wrong, eu não disse que a mãe dela estava agonizando, embora sem dúvida estivesse, e no entanto não foi em nome de Deus (gargalhada selvagem), e quanto ao que Lizzie estava fazendo no quarto dela, bom, estava batendo na porta.

W.: Me explica?

By.: Agora de jeito nenhum, dr. Wrong; fomos todas juntas procurar um ninho de pássaro; lembra do homem que era um sábio admirável e pulou em uma sarça e arranhou os olhos... posso abrir o olho *agora*?

W.: Não.

By.: ... botou ela numa casca de abóbora e guardou ela ali direitinho. E então a mãe da Lizzie morreu, e isso também foi bom. Ela não gostaria da nossa Lizzie de agora.

W.: Elizabeth mudou depois que a mãe morreu?

By.: (atordoante) Eu só disse isso para caçoar de você, seu fechador de olhos. Posso te contar histórias incríveis da sua queridinha. Pergunta para Lizzie sobre a caixa de cartas que ela guarda no armário. Pergunta para Beth sobre tia Morgen. (tornando a dar uma risada selvagem) Pergunta para a tia Morgen sobre a mãe de Lizzie.

W.: Já chega, por favor. Agora vou te mandar embora.

By.: (subitamente sóbria) Posso ficar mais um minutinho, por favor? Resolvi te contar por que tia Morgen trancou Lizzie no quarto.

W.: Muito bem. Mas chega de besteira.

By.: Primeiro, você me prometeu mais bala.

W.: Só mais uma. Não queremos que Elizabeth passe mal.

By.: (desleixada) Ela já vive mal mesmo. Mas nunca tinha pensado em dor de estômago.

W.: Você faz a cabeça dela doer?

By.: Por que eu te falaria? (insolente) Se eu te falasse tudo o que sei, você seria tão esperto quanto eu.

W.: Então me conte por que Elizabeth estava trancada no quarto.

By.: (empática) Porque ela assustou a mãe, e tia Morgen disse que foram todas juntas achar um ninho de pássaro.

W.: Como é?

By.: *Agora* eu posso abrir o olho?

W.: Como foi que ela assustou a mãe?

By.: Colocou ela numa casca de abóbora. Boba boba boba boba...

Eu a dispensei com uma angústia inexprimível por conta das histórias bizarras, insinuadas, que ela contou, porém bem menos disposto a acreditar nelas do que a ver a própria Betsy como uma criatura perversa e maldosa, empenhada em causar problemas — com que desígnios temerosos em seu coração escuro, não sou capaz de imaginar. Quando Elizabeth despertou, me vendo perturbado, indagou com certa aflição se tinha falado bobagem enquanto dormia, e eu pedi que ela fosse embora, garantindo-lhe, sem exatamente mentir, que eu não estava bem. Na manhã seguinte — uma terça-feira —, quando cheguei ao meu consultório, havia sobre a mesa um bilhete, deixado ali pela srta. Hartley, que atendera a um telefonema da tia da srta. R., no sentido de que a srta. R. tinha um começo de gripe e portanto não poderia comparecer às consultas pelo menos até o fim da semana e muito possivelmente na semana seguinte. Registrei em minha agenda de consultas a intenção de fazer uma visita à srta. R. e à tia dela nos próximos dias, com a desculpa de perguntar educadamente sobre a saúde da srta. R., mas na verdade a intenção era definir se sua recuperação não poderia ser acelerada por um breve tratamento prescrito por mim; é claro que estava ciente de que em um caso desses o médico responsável seria o dr. Ryan, e que sem dúvida ele conseguiria uma meia hora a sós com minha paciente.

Como creio já ter mencionado, não vejo muitos pacientes hoje em dia, e portanto tive uma trégua, por conta da doença da srta. R., da minha maior preocupação; me sinto muito favorecido pelo destino porque, no apogeu da minha vida, apesar de viúvo, tenho a sorte de ter uma situação que me permite evitar as ambições e batalhas que acompanham o trabalho de muitos homens da medicina em seus esforços para ganhar a vida em um ramo em que a ênfase está na obediência, e não no gênio (quantas vezes não suspirei diante do ceticismo do velho adágio de que um bom médico enterra seus erros!), e que é superlotado no nível medíocre e, infelizmente, não muito povoado no nível superior. Thackeray me diz que qualquer mão idiota é capaz de desenhar uma corcunda e escrever embaixo que é o papa: a calúnia, eu sei, sucede o mal-entendido nos corações dos bem-intencionados. Ninguém que deseje meu serviço foi dele privado, embora muitos que dele necessitam tenham sido dissuadidos de se consultar comigo; desconfio de que, caso tivesse sido mais batalhador, talvez estivesse com minha sala de espera cheia de manhã até a noite, mas nunca foi da minha índole procurar briga e levar uma questão ao ponto da divergência; me contentei em ficar sentado e, sabendo muito bem do meu valor, não me esforçar para impô-lo sobre os outros. Não se trata, declaro com humildade, de modéstia, virtude de que não sou anormalmente dotado (e *você*, senhor?), mas de um bom senso fervoroso.

Portanto, embora no dia seguinte a srta. R. não saísse da minha cabeça, Thackeray tampouco saía, e o velho cavalheiro e eu passamos muitas horas agradáveis juntos no consultório de porta fechada com a srta. Hartley do lado de fora, sem dúvida imaginando que eu estivesse ocupado com alguma questão obscura de pesquisa ou então — a srta. Hartley tem um humor raro — cochilando.

Na manhã de quarta-feira, telefonei para a residência da srta. R. e falei, conforme me foi dito, com sua tia, a srta. Jones. Nossa conversa foi breve e prática; me identifiquei e perguntei como estava a saúde da srta. R., a srta. Jones declarou que a srta. R. não se sentia bem, estava com a temperatura alta e tinha, a tia contou, delirado ao acordar de madrugada. Fiquei preocupado e perguntei sobre o tratamento de

Ryan, temeroso de que ele desse menos importância a essa doença do que deveria, mas a srta. Jones me tranquilizou, contando que Ryan ia à cabeceira da cama da srta. R. duas vezes por dia etc., e fui obrigado a desligar após exprimir minha torcida pela pronta recuperação da srta. R. Considerava bastante improvável que uma visita pessoal de minha parte tivesse algum valor naquele momento, tampouco, aliás, seria razoável eu cogitar a hipnose, com seu possível efeito desestabilizador sobre a srta. R. na atual condição. O resultado, portanto, é que passei um instante ponderando ironicamente que forma concebível o delírio da srta. R. poderia adquirir que fosse mais assustadora do que aquela vista no meu consultório e torcendo para que minha palavra seguinte a respeito dela fosse mais promissora; depois, me resignei a não saber notícias dela por alguns dias e voltei, complacente, a Thackeray.

Portanto, foi só na noite de quinta-feira que o golpe se deu. Tinha passado o fim de tarde sossegado em casa, havia me recolhido e estava, a bem da verdade, dormindo quando o telefone à mesa de cabeceira tocou e, há alguns anos desacostumado a telefonemas de emergência no meio da noite, primeiro me sobressaltei e depois fiquei assustado e bravo ao ouvir a voz da srta. Jones, controlada, mas ainda assim com algum nervosismo, pedindo que eu fosse à sua casa depressa. "Minha sobrinha", ela disse, na voz hostil que tantas vezes acompanha o terror bem controlado, "insiste em vê-lo agora; faz mais de uma hora que chama seu nome."

"A senhora não ligou para o dr. Ryan?", indaguei, decidido a não sair de minha cama quente.

"Ela não o deixa entrar", a srta. Jones explicou; parecia, em meio à ansiedade, incapaz de parar de falar, e eu não conseguia silenciá-la. "Ela trancou a porta para a gente", a srta. Jones continuou, a voz se elevando de forma histérica.

Suspirei e lhe disse, sem nenhum entusiasmo, que chegaria logo. Ainda assim, ela insistiu — como parentes assustados costumam insistir — em me segurar implorando que eu me apressasse! "Durante um bom tempo", ela disse, "a gente não conseguia entender que médico ela queria ver; ela não parava de chamar o dr. Wrong!"

Desliguei o telefone quando ela ainda falava e me vesti mais rápido do que nunca; nascimentos, cirurgias, acidentes — todos podem esperar os dez segundos que um médico demora para jogar água fria nos olhos sonolentos, mas eu não me demoraria por tal satisfação; eu sabia, para a minha tristeza, apenas de uma pessoa no mundo que me chamava de dr. Wrong.

E ela me esperava atrás da porta trancada do quarto da srta. R.; escutei seus berros quando a srta. Jones abriu a porta da casa para mim e, hesitando apenas para murmurar meu nome à srta. Jones, passei por ela correndo e, ainda de casaco e chapéu, subi a escada pulando os degraus de dois em dois — um esforço, aliás, na minha idade, e um a que eu mal poderia me dar ao luxo naquele momento — e me aproximei da porta da qual a voz de Betsy gritava uma canção que me surpreendeu apenas porque não entendia como ela teria aprendido a letra durante a experiência limitada da srta. R. "Betsy", chamei, batendo à porta, "Betsy, abra logo a porta; é o dr. Wright."

Estava ciente da minha respiração ofegante ao encostar o rosto na porta, escutando a voz que vinha lá de dentro; Betsy tinha interrompido a canção ao ouvir minha voz e agora parecia falar sozinha em voz baixa. "É esse velho idiota mesmo?", ela indagou — se referindo a mim, é claro —, e "Acho que é o Ryan outra vez, veio tirar uma com a minha cara".

A srta. Jones subia a escada atrás de mim, e eu queria muito estar no quarto da srta. R. de porta fechada antes que a participação da srta. Jones fosse cogitada; "Betsy", eu disse, "me deixe logo entrar, estou pedindo".

"Quem é?"

"O dr. Wright", declarei, impaciente, "abra a porta."

"Não é o dr. Wright coisa nenhuma, é o dr. Ryan."

"Eu", retruquei furioso, "sou o dr. Victor Wright e estou mandando você abrir essa porta."

"Mandando?" A voz dela se prolongou, zombeteira. "Em *mim*, dr. Wrong?"

"*Betsy*", eu disse na voz mais firme que conseguia; a srta. Jones se aproximava do patamar.

"Então me fala quem é você", disse Betsy.

"Sou o dr. Wright."

"Não é, não", disse Betsy, rindo.

Respirei fundo, pensei por um instante e com carinho em castigos para a srta. Betsy; "Sou o dr. Wrong", declarei, e foi em tom bastante suave.

"Quem?"

"O dr. Wrong", eu disse.

"*Quem?*" Eu ouvia suas risadas.

"*Dr. Wrong.*"

"Ah, claro", ela disse, e eu ouvi a chave na fechadura. "Você devia ter falado quem era de uma vez, meu querido doutor, que aí eu teria deixado você entrar logo." E a garota perversa abriu a porta e recuou enquanto eu entrava rápido, e então ela bateu a porta na cara da tia. "Pobrezinho", ela disse bem alto, "tia Morgen te atacou?"

"Srta. R.", eu disse, "isso é intolerável. Me recuso a ser tratado assim."

"E eu", ela disse, "não vou ser tratada de forma nenhuma, e me surpreende que você enfim tenha vindo me visitar como profissional, e não como um amigo querido." Ela voltou seu olhar lânguido para mim, e pela primeira vez fiquei frente a frente com Betsy, seus olhos abertos, nós dois nos encontrando como iguais, sem a barreira protetora do meu consultório, da hipnose e da falta de visão, e percebi, olhando para Betsy, que ela tinha uma consciência tão plena e nítida disso quanto eu.

"Pois bem?", ela disse, achando graça.

Respirei fundo, tentando recuperar o autocontrole, e disse com a voz mais branda que consegui: "Estou vendo que você está de olhos abertos".

Ela assentiu e se abraçou, e riu, e sorriu, e arregalou os olhos para mostrá-los a mim, e se virou com alegria. "Eu te falei, eu te falei, eu te falei", cantarolou, e então, se aproximando de mim e encarando meu rosto com malícia, "e que atitude você vai tomar, seu velho fechador de olhos?"

Supus que, com toda aquela pose e bravata, ela ainda estivesse de fato assustada comigo, e foi nessa suposição — aliás, a única esperança que nos restava — que decidi basear meus atos. Dando-lhe um sorriso plácido, me sentei à beira da cama e peguei meu cachimbo. "Eu tinha entendido que você estava doente", declarei para puxar conversa.

"*Ela* estava; eu nunca fico doente."

"Então", ironizei, "um bom médico como eu tem razão em permitir que você permaneça até a infecção da srta. R. seguir seu rumo natural."

Ela riu. "Acredito que eu *tenha* feito bem a ela", disse, complacente. "Se ela não estivesse fraca e doente, eu não teria como sair, e se não tivesse saído, ela continuaria fraca e doente." Ela abriu os braços como quem demonstra um argumento cheio de lógica. "Então, como você pode ver, eu *estou* bem", declarou. Ela se sentou na cadeira ao lado da cama e me fitou, sóbria. "Dr. Wright", disse — e eu nunca tinha visto Betsy tão comedida —, "você não acha que agora que eu *saí*, eu deveria poder ficar?"

Ela deve ter confundido meu silêncio com hesitação quanto à possibilidade de concordar ou não com ela, pois continuou em tom persuasivo: "Você está vendo que sou mais saudável e mais feliz do que ela, e faz um tempão que sou paciente, e é *justo* eu ter uma oportunidade. Além do mais", ela prosseguiu quando eu comecei a falar, "tudo o que eu falava sobre querer fazer mal a você e querer feri-la era apenas por eu estar cansada de ser prisioneira e só querer sair e ser feliz e não ser mais uma prisioneira, e…".

"Betsy", eu disse com delicadeza, "como eu permitiria que você ficasse? Pense em Elizabeth, pense em Beth."

"Por que *eu* deveria pensar nelas só porque *você* se importa mais com elas do que comigo, e você espera que eu desista só porque *você* decidiu que *as* prefere?"

Contive um sorriso diante de seu egoísmo impetuoso e repeti para mim mesmo que na verdade ela era pouco mais que uma criança, e por isso disse, tolerante: "Bom, Betsy, e se eu negociasse com você? E se eu concordasse em deixar você ficar esta noite?".

"Então quero uma semana", ela retrucou. "Uma semana, e sem ninguém para me incomodar."

"Mas a srta. R. está doente."

"Ela vai melhorar", Betsy disse fechando a cara, e então olhou para mim, inocência pura. "Pelo menos", disse Betsy, "ela vai parar de delirar."

"É claro", eu disse, me dando conta. "Era você."

"Me diverti à beça", declarou Betsy. "E a pobre da tia Morgen do outro lado da porta, torcendo as mãos e tremendo."

Eu não conseguia fazer Betsy entender o quanto seu comentário era cruel, assim como não conseguia explicar para sua cabeça infantil a impossibilidade de deixar que ela assumisse o controle, por assim dizer, da personalidade inteira da srta. R.; a única coisa que podia fazer, como se faz com crianças difíceis, era fingir concordar com seus planos, me reservando às escondidas o direito de definir com meu próprio — e, preciso dizer, superior — juízo o que era melhor para todos nós. Assim, continuei em tom ameno: "Então, minha querida Betsy, estamos combinados? Se eu permitir que você fique por um ou dois dias, você vai colaborar comigo ajudando a curar a srta. R.?".

"Vou", ela afirmou com sinceridade, e acredito mesmo que tenha achado que falava sério. "Vou fazer tudo o que der se puder apenas ser livre, às vezes, e ser feliz durante um tempinho."

"Não me parece uma insensatez", reconheci. "Agora você vai voltar para a cama e tratar de ficar quietinha para dormir?"

"Eu não durmo nunca", ela me disse. "Passo o tempo todo deitada lá dentro."

De novo tive que refrear meu deleite; quantas crianças já não ouvimos declararem que não dormem de jeito nenhum, não dormem nunca, não saberiam dormir nem se tentassem? No entanto, disse apenas: "Você deixa a Elizabeth voltar só um instante, então, para eu hipnotizá-la um minutinho e pedir que ela melhore?".

Ela refletiu, com as mãos no queixo. "Ainda que você não durma", acrescentei em tom solene, "a Elizabeth precisa descansar, e proponho que eu faça uma ou duas sugestões nesse sentido para que isso aconteça. De toda forma, você não tem nada o que fazer esta noite, a não ser que decida que sua tia desventurada deva continuar retorcendo as mãos em frente à sua porta; portanto, caso você queira um mínimo de liberdade, é melhor ajudar a srta. R. a recuperar a saúde *dela*."

"Doente ela não tem serventia nenhuma *para mim*", Betsy declarou, agradável. "Mesmo que *eu* esteja bem, tia Morgen não deixaria *ela* ir a lugar nenhum."

"É verdade", confirmei, dando graças pelo dragão lá embaixo. "Mas você também tem que prometer", acrescentei, "que enquanto estiver livre não vai tentar de modo algum fazer mal à srta. R. Enchendo-a de doces, por exemplo, ou estragando a imagem que os amigos têm dela."

"Ou fazendo ela passar na frente de um trem", disse Betsy, sorrindo. "Você deve me achar louca", ela disse, às risadinhas.

Levantei-me da cama e tentei arrumar as cobertas caídas. "Agora deite na cama como uma boa menina", pedi, em uma tentativa firme e bastante relutante de ser amável. Afaguei seu ombro quando ela se acomodou na cama, pensando na diferença extraordinária entre Betsy e Elizabeth ou Beth; me sentia um tio botando uma criança má para dormir, e nem a personalidade adulta da srta. R. reduzia meu forte sentimento avuncular. Puxei as cobertas até seu queixo e me sentei a seu lado na cama. "Agora me mostre como você faz para deixar a srta. R. voltar", pedi, e então, enquanto eu falava, vi seus olhos me fitarem de forma débil e soube que sem que eu percebesse Betsy tinha se retraído rápida e completamente e era a srta. R. quem estava à minha frente, de olhos arregalados e assustada, como qualquer moça ficaria ao acordar do que devia ter sido um sono pesado e se deparar com um homem, ainda que fosse seu médico, sentado à vontade na beirada de sua cama e ao que parecia dando continuidade a uma conversa com ela.

"Dr. Wright!", ela exclamou, me reconhecendo, e tentou se erguer, mas com delicadeza pedi que continuasse deitada.

"Está tudo em ordem", apaziguei. "Você está doente, e sua tia mandou me chamar." Ela se deitou, ainda incomodada, e me dirigi a ela com delicadeza, explicando que ela havia me chamado durante o sono, e que a tia achava que talvez eu pudesse ajudá-la, portanto ali estava eu, e eu planejava "colocá-la para dormir" por um ou dois minutos. Dava para ver que estava muito doente, o rosto muito mais afinado apesar de fazer poucos dias que não a via, e estava pálida e tão fraca que não tinha como se opor à hipnose; não tive dificuldade para submetê-la a um leve transe, e então, falando depressa e baixando a voz por medo de que a srta. Jones estivesse escutando lá fora, eu disse: "Beth — Beth, é você?".

Ela se agitou, sorriu e disse: "Meu caro amigo, estava com saudades de ouvir sua voz". Minha pobre Beth também estava esgotada e pálida, e fiquei triste ao ver seu rosto doce abatido pela doença e ouvir sua voz macia tão exausta. "Querida Beth", eu disse, segurando sua mão, "lamento que você esteja tão mal, mas em breve vai se sentir melhor."

"Estou melhor agora", ela disse, "com *você* aqui."

"Mas, Beth, você precisa fazer uma coisa por mim, uma coisa importantíssima; acha que consegue? Vai me ajudar e também vai te ajudar a melhorar bem mais rápido."

"Faço o que você mandar."

Titubeei só por um instante, ponderando qual seria o modo mais forçoso de inculcar minha ideia; então eu disse com urgência: "É isto o que você tem que fazer: tem que insistir, constantemente e com toda a força que puder, em se recuperar da sua doença; tem que procurar sempre sinais de fraqueza e distração; não pare de insistir em sua força e controle. Tente manter sua tia por perto o máximo possível. E, o mais importante, resista a quaisquer atos que não lhe sejam costumeiros. Seja cautelosa. Caso se sinta compelida a se comportar mal diante de amigos, a consumir grandes quantidades de doce, a se jogar na frente de um trem ou a fazer uma das centenas de coisas que em geral não passariam pela sua cabeça, lute contra o impulso. Você pode me prometer que vai agir assim?".

"Eu prometo", ela sussurrou.

"Vou te ajudar de todas as formas possíveis, e vou ficar o mais perto de você que puder. É muito importante, mas não posso dizer o porquê agora, mas um dia eu explico tudo."

"Se você quer, eu faço", ela declarou.

"Querida Beth", e apertei sua mão.

Ela abriu os olhos, sorridente. "Aposto que você nunca sonhou que eu fosse capaz de interpretar a Beth tão bem assim", disse Betsy.

Não sei como desci a escada, trôpego, passando pela srta. Jones no meio do caminho; "Ela está bem, doutor?", creio que a srta. Jones tenha me perguntado, e eu, balançando a cabeça cegamente, consegui chegar à porta e abandonei a casa.

O general que recua quando sua tropa é forte e apta a lutar é um covarde, mas quem condenaria um guerreiro que, desprovido de armas, vendo os aliados o desertarem, confrontado por um campo em que o adversário reina triunfante, se retira da batalha? Naquela madrugada, me sentei para escrever uma carta à srta. Jones renunciando aos cuidados de sua sobrinha: disse-lhe que estava velho e doente, expliquei que minha força era insuficiente, descrevi as muitas pressões dos meus negócios e afazeres, recomendei um retorno a Ryan e sugeri (com pontadas de dor pela minha adorável Beth) que ela considerasse seriamente uma boa instituição particular, e encerrei, seu humilde criado, tendo me cercado por todos os lados e dito tudo, menos a verdade, que sabia ser que eu estava muito assustado e indisposto a arriscar minha própria saúde em prol de uma menina que havia me enganado; tinha posto minha fé em Beth e tinha sido ludibriado, e embora não pudesse condená-la por não passar de um fantoche fraco, minha confiança nela havia acabado. Escrevi até tarde, como eu disse, e muito bem (aliás, eu guardei a carta, e ela está à minha frente neste instante), mas poderia ter dormido naquela noite e economizado minhas palavras inconvenientes.

De manhã, quando me afastei, exausto, da escrivaninha, a srta. Jones voltou a ligar. No tom de voz mais estável, como quem tenta não fazer juízos prematuros e injustos, ela avisou que a sobrinha tinha desaparecido. A mala feita às escondidas, as roupas tomadas às pressas na calada da noite, nossa inimiga havia nos enganado: Betsy tinha levado a srta. R. e Beth embora, não sabíamos quando nem para onde.

3
Betsy

Tudo transcorreria muito muito muito bem, contanto que ela tomasse o cuidado de lembrar de sempre calçar os dois sapatos e de não correr para a rua e de nunca falar para eles, é claro, aonde estava indo; ela se recordou da capacidade de assobiar e pensou: não posso nunca ter medo.

Sabia que o ônibus partia às doze horas; tinha feito planos mais detalhados do que jamais suspeitariam. Tinha sido extremamente engenhosa ao arrumar as malas sem fazer barulho e com passos minúsculos entre o armário e a cama, e como a essa altura sabia para onde estava indo, tinha escolhido apenas as roupas mais corretas para usar ao ar livre e no ônibus; tinha pegado um bocado de dinheiro da bolsa da tia Morgen, tinha enganado redondamente o médico. Mesmo quando descobrissem que tinha ido embora, levariam um bom tempo para saber tudo sobre a mala e o dinheiro e o ônibus; tinha escondido seus rastros muitíssimo bem. Assobiando, chegou à esquina e pensou: jamais vão imaginar que sei pegar um táxi sozinha, e ele vai me levar à rodoviária a tempo. "Me leve à rodoviária, por favor", ela disse ao taxista; foram as primeiras palavras libertas que falou na vida, mas o taxista apenas concordou com a cabeça e a levou à rodoviária. Ela lhe deu uma cédula de dinheiro que guardava na bolsa, ele lhe deu o troco e ela disse "Obrigada" e "Boa noite" ao fechar a porta do carro. Ninguém se virou, ninguém berrou, ninguém parou para apontar para ela e cair na gargalhada; tudo transcorreria muito muito muito bem.

Tinha onze notas de um dólar na bolsa e o resto, uns cento e poucos dólares que havia pegado da carteira da tia Morgen, estava muito bem escondido no bolso da mala, já que em circunstância nenhuma poderia ser vista como relaxada ou boba, e a perda do dinheiro todo, além de indicar que não era totalmente capaz, poderia colocá-la na situação incômoda de ter que pedir ajuda a estranhos. Ela havia determinado com precisão que assim que saltasse do ônibus iria para um hotel, onde é claro que no próprio quarto ela poderia abrir a mala sozinha e pegar a quantia que quisesse.

Como tinha tanto dinheiro como tempo, pôde tomar uma xícara de café na rodoviária enquanto aguardava, e também comprou uma revista; ler não era muito do seu gosto, de modo geral, mas se encantou com a capa colorida e tinha observado que quase todo mundo que estava na rodoviária segurava revistas ou livros, e não podia em hipótese alguma ser vista como esquisita ou diferente. Tinha um livro na mala, um enorme dicionário para usar caso precisasse de ajuda para falar, escrever ou soletrar; de todo modo, já que mais cedo ou mais tarde pretendia se desfazer de todos os pertences, o livro, que era grande e bem impresso, poderia render dinheiro se alguma hora precisasse, mas teria que se lembrar de riscar o nome de Lizzie na folha de rosto. No momento, estava bem seguro na mala, junto com o dinheiro, e não valia a pena pegá-lo só para dar a impressão de que estava lendo no ônibus. Ela terminou o café e pôs a xícara no pires como todo mundo fazia, desceu da banqueta, pegou a bolsa e a mala e foi ao guichê. À sua frente, uma mulher dizia ao balconista: "Passagem unitária para Nova York, por favor", e, como o balconista não ergueu os olhos nem riu, imaginou que aquele fosse o jeito normal de se arranjar uma passagem; sentiu uma satisfação extremamente grata pelo balconista e pela mulher à sua frente e o homem que vendia café e o taxista e todo aquele mundo estranho; "Passagem unitária para Nova York, por favor", ela pediu, tomando o cuidado de acertar a inflexão, e o balconista não ergueu os olhos nem sorriu, mas lhe passou o troco exausto. "Em quanto tempo o ônibus sai?", teve a audácia de perguntar ao balconista, e ele deu uma olhada no relógio e disse, sem surpresa: "Doze minutos, porta lateral".

Pensando no que poderia fazer em doze minutos, já que sem dúvida chamaria atenção se tomasse outra xícara de café tão pouco tempo depois da primeira, ela reparou em um mostruário de cartões-postais, e a ideia de uma mensagem de despedida lhe ocorreu: era natural que percebessem que ela os havia deixado, mas não poderia se privar do prazer de dizer a eles que a haviam afugentado. Escolheu dois cartões-postais, lamentando que não houvesse retratos do museu; endereçou o que tinha uma imagem do monumento à tia Morgen, escrevendo com a caneta que Lizzie sempre tinha na bolsa. "Você não vai me ver nunca mais", escreveu. "Vou a lugares desconhecidos. Espero que você sinta remorso." E então, já que o cartão-postal parecia muito insensível, e tia Morgen nunca tinha, afinal, lhe feito nenhum mal, ela acrescentou: "Com amor, E. R.".

O outro ela endereçou, depois de guardar essa satisfação particular para o final, ao dr. Wright, e por um instante ela pensou, com a caneta na mão, qual seria a forma mais clara e vívida de dizer naquele espaço pequeno reservado a mensagens o que o dr. Wright precisava ouvir; a recordação da partida iminente do ônibus por fim a agitou, e ela acabou escrevendo às pressas: "Querido dr. Wrong, nunca tente me encontrar. Não volto nunca mais. Vou a um lugar onde as pessoas me amem, e não do mesmo jeito que você. Muito cordialmente, Betsy". A mensagem não a agradou muito, mas não tinha tempo para tentar outra porque o homem bradava: "Ônibus para Nova York, porta lateral, três minutos para a partida, ônibus para Nova York, porta lateral, três minutos para a partida, ônibus para Nova York, porta lateral...".

Ela saiu correndo, seguindo a mulher que estivera à sua frente na fila do guichê, e entrou no ônibus, maravilhada por um instante com seu tamanho e conforto se comparado aos ônibus menores que Lizzie pegava a caminho do trabalho no museu. Após hesitar um pouco depois de passar pela porta, ela se sentou ao lado da mulher que estivera à sua frente na fila e tornou a se levantar para enfiar a mala no bagageiro de cima, como viu outras pessoas fazerem, pois é claro que não podia de jeito nenhum parecer diferente e não podia ficar com a mala no chão se todo mundo a colocava no bagageiro de cima. Depois de acomodada, com a revista e a bolsa no colo, ela se recostou e suspirou, e virou um pouquinho a cabeça e viu que a mulher do banco ao lado a encarava (teria feito alguma coisa para ser encarada? Teria sido lenta demais com a mala? Rápida demais ao se recostar?) e portanto foi logo dizendo: "Quanto tempo leva a viagem?".

"Para onde você vai?", perguntou a mulher, erguendo as sobrancelhas.

"Para Nova York, que nem você."

A mulher franziu a testa, olhou para a frente, em direção ao motorista, e então disse: "Como é que você sabe que eu vou para Nova York?".

"Eu ouvi você comprar a passagem, então comprei uma para o mesmo lugar."

"Ah?", disse a mulher, erguendo as sobrancelhas de novo e olhando de soslaio.

Não seria seguro confiar em ninguém, Betsy ponderou com uma clareza triste e ágil, ninguém mesmo. A mulher era velha, velha como tia Morgen, parecia cansada e dava a impressão de não gostar de trocar o sono na cama de casa pela viagem noturna de ônibus; não era justo que uma mulher da idade de tia Morgen e com aparência tão fatigada tampouco fosse digna de confiança. Talvez mais do que o desejo de ser jovem e cheia de vida outra vez, a mulher desejasse ganhar a confiança de Betsy, pois se virou e deu um sorriso largo só para Betsy, e perguntou: "Então você está indo para Nova York?", e assentiu, e virou o rosto e o corpo inteiros para Betsy como se prometessem um lar e segurança. Será que ela pensa que *eu* vou pensar que ela está jovem outra vez? Betsy se perguntou, e disse: "Acho que sim. Quer dizer, a minha passagem é para Nova York, mas pode ser que eu resolva ir para outro lugar. Nova York é empolgante?".

"Não muito", a mulher respondeu. Ela tornou a olhar para o motorista, e então se aproximou mais de Betsy. "Lugar nenhum é empolgante sem que você tenha pessoas queridas lá", ela explicou, e assentiu de novo. "Para mim, Nova York não é nada — nada. As *minhas* pessoas queridas estão mais longe."

Betsy olhou para além dela, para a janela preta do ônibus, e de repente pensou que não era, no fim das contas, impossível que não fossem atrás dela; será que aquele não era o rosto de tia Morgen espiando através do vidro, ou o médico fazendo gestos imperiosos da porta da rodoviária? "Quanto tempo falta para a gente partir?", ela indagou à mulher, que pôs a mão coberta por uma luva preta em cima da mão de Betsy e disse: "A gente sente esse desejo de se encontrar com eles, querida, a saudade das pessoas queridas às vezes é um sofrimento, uma dor *aqui*", e ela afastou a mão de Betsy por tempo suficiente para levá-la demoradamente ao peito, depois tornou a colocá-la sobre a mão de Betsy.

Mas, Betsy refletiu, ainda que a essa altura já soubessem da mala e do dinheiro e do ônibus (*será* que aquela era tia Morgen correndo, berrando, abanando o lenço sem parar?), jamais a procurariam conversando com uma mulher abatida de luvas pretas, jamais procurariam embaixo da mão da mulher para ver se a mão de Betsy estava ali, e ela voltou a se recostar, e teve a cortesia de virar a cabeça para a mulher; eram duas mulheres engatadas em uma conversa, e o ônibus se mexeu e gemeu. O motorista anuiu, tranquilizador, para a rodoviária, as portas se fecharam, e então o ônibus movimentou sua estrutura enorme, tirando-a da rodoviária e levando-a para a rua (o médico, era ele?; saltando do táxi, sacudindo o guarda-chuva?), em seguida ganhou velocidade rumo os limites da cidade. "Acho que partimos", Betsy constatou com alegria.

"... muita sorte", disse a mulher. "Eu, sabe como é, não tenho ninguém querido me esperando em Nova York. Uma menina como você jamais entenderia..."

Tchau, tchau, Betsy pensou, se virando para ver a cidade que deixavam para trás. Tchau.

"Mais longe, se pelo menos eu conseguisse falar com eles."

"Por que você não consegue falar com eles?", Betsy se virou e olhou com curiosidade para a mulher que ainda segurava sua mão e agora usava a outra para enxugar os olhos com o lenço. "Onde é que eles estão?"

"Em Chicago. Infelizmente, não tenho nenhuma condição de viajar para um lugar mais longe que Nova York. Uma menina que nem você, sem malícia, feliz, livre — uma menina que nem você, com uma pensão generosa..."

"Eu não tenho pensão", Betsy disse e deu uma risadinha. "Só tenho o que eu recebo da tia Morgen."

"Quem sabe um pequeno empréstimo..."

"De todo modo eu agradeço, mas o que eu tenho basta", Betsy declarou. "Está na minha mala."

A mulher olhou para cima de relance e apertou a mão de Betsy. "Que doce de menina", ela disse. "*Como* você se chama, querida?"

"Betsy."
"Só?"

De repente, talvez porque Betsy escutasse e olhasse as luzes se moverem pela janela, ou talvez só porque havia se permitido ficar animada e interessada — Lizzie escapou, e olhou com frieza para a mulher enquanto Betsy, pega totalmente desprevenida, lutava para tentar retomar o controle, e Lizzie disse: "Perdão?", e olhou com assombro para o ônibus.

"Só perguntei 'Como você se chama?'", a mulher disse, recuando.

"Elizabeth Richmond, madame. Como vai?"

"Como vai você?", a mulher indagou sem firmeza, e então Betsy respirou fundo e dominou Lizzie, e disse no tom mais educado possível: "Não quero mais conversar, obrigada. Você foi muito simpática, mas prefiro não falar mais nada".

Torcendo para não ter sido muito rude, ela se levantou e foi para um banco vazio no fundo do ônibus; não poderia tentar pegar a mala com o ônibus correndo tanto, mas era mais importante ficar onde não precisasse conversar com ninguém, e era fácil vigiar a mala dali. A mulher ao lado de quem estava sentada antes se virou uma vez, olhou para ela e, então, balançando um pouco a cabeça, deu uma olhada para a mala e abriu um livro para ler. Que bom, pensou Betsy; talvez não tivesse nem percebido Lizzie falando aquelas coisas; talvez a mulher tivesse sua própria Lizzie.

Embora Betsy não tenha dormido, e imaginasse que nunca tinha dormido, era obviamente necessário que Elizabeth cochilasse; desde que Betsy era prisioneira, ela observava Elizabeth dormir, deitada no seu cantinho escondido da mente, inerte e quase impotente, olhando como se através de uma névoa estonteante para o universo dos sonhos de Elizabeth, vendo as figuras obtusas do mundo de Elizabeth quando os olhos de Elizabeth estavam abertos, e os fantasmas aos gritos dos pesadelos de Elizabeth quando os olhos de Elizabeth estavam fechados; tinha ficado ali, berrando, muda e entorpecida, incapaz de mexer as mãos ou os pés de Elizabeth, louca por movimento, por ver, pela fala, paralisada e enredada num silêncio angustiante; agora, percorrendo a superfície da mente de Elizabeth, ficou satisfeita em permitir que Elizabeth sonhasse, e se deleitou com a imagem de Elizabeth ali embaixo, muda e indefesa e à espera. Além de Elizabeth, no reino distante da mente, jazia Beth, que se movimentava de maneira preguiçosa, alheia, desatenta, perdida em sombras silenciosas. Betsy sentia que estavam ali embaixo, prontas para despertar, assim como ela estivera, a qualquer visão ou som nítidos que as mandasse acordar. Agora, Elizabeth dormia, e franzia um pouco a testa, e se remexia, desconfortável, no assento macio do ônibus, e sacolejava com o movimento do ônibus, e Betsy se recostava na almofada maleável dos sonhos de Elizabeth, planejando o que faria agora que era livre.

Sabia que saltaria do ônibus em Nova York e seguiria todo mundo para sair da rodoviária e ganhar a rua (seria uma rua, ela supunha, bem parecida com a que tinha deixado para trás; não podia permitir que seu medo do desconhecido lhe trouxesse dificuldades imaginárias; precisava estar preparada para adotar certa firmeza em relação à parte do mundo exterior), e então pegar um táxi, como tinha feito para chegar na rodoviária — só que agora, ela conjecturava, seria dia, e por isso seria mais fácil achar um táxi, e poderia olhar pelas janelas durante o trajeto. Então iria a um hotel. Tia Morgen já tinha se hospedado em um hotel chamado Drewe; este, já que ela sabia pela estadia de tia Morgen que devia ser um lugar decente e adequado a uma moça que viajasse sozinha (sem dúvida tia Morgen tinha viajado sozinha, não?), era o melhor lugar para procurar primeiro. Mais tarde, quando tivesse tempo para desfazer a mala e talvez dar uma volta e conhecer a cidade, ela se mudaria para um hotel cujo nome tia Morgen não soubesse; não lembrava se o dr. Wrong tinha mencionado alguma familiaridade com nomes de hotéis em Nova York, mas achava que era seguro supor que ele não saberia os nomes dos hotéis convenientes para mulheres que viajam sozinhas. Tive uma criação muito estrita, ela ponderou com satisfação, e vou me comportar muito bem. Em especial, lembrava-se de ter dito à tia Morgen e ao dr. Wrong que eles não conseguiriam achá-la, portanto era muito provável que não fossem procurá-la em Nova York, pois em Nova York talvez a achassem. Uma ideia lhe ocorreu, e ela deu uma risadinha — Elizabeth se remexendo no sono —, talvez, ela pensou, devesse ter mandado cartões-postais para Lizzie e Beth, dizendo-lhes adeus; vou fazer isso assim que der, prometeu a si mesma, vou escrever um cartão para cada uma no hotel, elas merecem. Elizabeth se mexeu de novo, e gemeu, e Betsy ficou imóvel, querendo que Elizabeth continuasse dormindo.

Durante todas as horas escuras da noite o ônibus seguiu adiante, se movimentando com suavidade e embalando Elizabeth com suavidade; como era importante não parecer vigilante quando todos dormiam, Betsy fechou os olhos, e um maravilhamento a dominou, por ela mesma estar sozinha a noite inteira. Estava pela primeira vez nas mãos indiferentes de estranhos, se confiando à ternura do motorista, confiando seu nome à mulher que cochilava no assento bem à frente; ela passaria o resto da vida em um ambiente que pertence a outra pessoa e comeria à mesa de um desconhecido e percorreria ruas que não reconheceria debaixo de um sol que nunca tinha visto, desperta, antes. Em pouco tempo ninguém sequer conheceria seu rosto; dr. Wrong se esqueceria, e tia Morgen estaria procurando Elizabeth; dali para a frente ninguém que pusesse os olhos nela a teria visto antes; era uma estranha em um mundo de estranhos, e eles eram estranhos que tinha deixado para trás; "Quem sou eu?", Betsy sussurrou, espantada, e nem mesmo Elizabeth a escutou, "para onde eu estou indo?"

Era, nesse momento, de uma importância premente ser uma pessoa, ter sempre sido uma pessoa; em todos os mundos onde entrava não havia ninguém que não fosse uma pessoa específica; era vital ser uma pessoa. "Sou Betsy Richmond", repetiu diversas vezes em voz baixa, para si mesma, "eu até nasci em Nova York. E o nome da minha mãe é Elizabeth Richmond, Elizabeth Jones antes de se casar. Minha mãe nasceu em Owenstown, mas eu nasci em Nova York. A irmã da minha mãe se chama Morgen, mas não a conheci muito bem." Invisível no breu do ônibus, Betsy abriu um sorriso. "Meu nome é Betsy Richmond", murmurou, "e estou indo para Nova York sozinha porque tenho idade suficiente para viajar sozinha. Vou para Nova York de ônibus sozinha e quando chegar em Nova York vou de táxi para um hotel. Meu nome é Betsy Richmond e eu nasci em Nova York. Minha mãe me ama mais que tudo na vida. O nome da minha mãe é Elizabeth Richmond, e meu nome é Betsy, e minha mãe sempre me chamou de Betsy e ganhei esse nome por causa da minha mãe. Betsy Richmond", sussurrou baixinho no movimento surdo do ônibus, "Betsy Richmond."

"*Minha* mãe", ela prosseguiu, meio que se lembrando, e Elizabeth gemeu, e juntou bem as mãos, e sonhou. "Minha mãe ficou brava com Betsy e agora estou sozinha, estou em um ônibus a caminho de Nova York; tenho idade suficiente para viajar sozinha e meu nome é Betsy Richmond, Elizabeth Jones antes de me casar. 'A Betsy é minha queridinha', minha mãe costumava dizer, e eu dizia: 'A Elizabeth é minha queridinha', e eu dizia: 'A Elizabeth gosta mais de Robin'."

Betsy se sentou com as costas retas no ônibus, e foi tão de repente que Elizabeth meio que despertou e abriu os olhos e disse: "Doutor?", "Não, não", disse Betsy, e então, tremendo, ela olhou ao redor para ver se tinha feito algum barulho alto, se tinha se esquecido de ser cuidadosa enquanto todos dormiam. É Robin, ela pensou, Robin quase acordou a Lizzie. Ela aguardou um instante, tentando enxergar no escuro do ônibus; o motorista lá na frente parecia muito tranquilo, e então alguém mais adiante se mexeu e soltou um suspiro profundo, e Betsy se recostou, aliviada; está tudo bem, ela pensou, os outros se mexem e fazem barulhos; ninguém liga. Ela se recostou e olhou pela janela; eu nem sei mais onde está Robin, ponderou, e ele se lembraria de mim tanto quanto qualquer um, mesmo se me visse, Robin acharia que sou alguém que ele não conhece, e se minha mãe soubesse dele, ele ficaria pesaroso. Minha mãe ama mais a mim, de todo modo, Betsy disse a si mesma, melancólica, minha mãe estava só brincando quando falou que eu não era a preferida, minha mãe puxou meu cabelo e disse: "A Elizabeth ama mais o Robin", e minha mãe me ama mais do que todo mundo. Meu nome é Betsy Richmond, e o nome da minha mãe é Elizabeth Richmond, e ela me chama de Betsy. Robin fazia tudo mal.

Ela queria se levantar e se movimentar, mas não se arriscaria; era importante que Elizabeth dormisse, e ainda que ela fosse — digamos — até o motorista e perguntasse a que velocidade estavam indo, ou quando chegariam a Nova York, ou se o nome dele era Robin, as pessoas repararim nela e a encarariam, pois até onde sabia devia ser muito incomum que as pessoas se perguntassem a que velocidade o ônibus estava indo. No entanto, pensar em Robin sempre a deixava nervosa, e era importante não ficar nervosa nem amedrontada, e ela contorceu as mãos e esfregou os olhos e mordeu o lábio; o que tenho que fazer, ela ficou matutando, se eu esbarrar com o Robin em algum canto de Nova York.

O ônibus fez uma curva aberta e Betsy bateu na lateral do banco e deu risada; que divertido, ela pensou. Então, de repente muito feliz por estar enfim fugindo e porque ninguém conseguiria achá-la — então como é que ela acharia Robin? —, ela se recostou e entrelaçou as mãos e falou sozinha num tom bastante duro.

Se é para manter tudo em ordem e criar sozinha uma pessoa de verdade, pensou consigo mesma, Robin precisa estar ali como todo mundo; ele não pode escapar tão fácil assim. E também, todo mundo que se lembra tem coisas ruins para se lembrar além de coisas boas; as pessoas achariam muito esquisito se eu só tivesse as coisas boas na vida de que me lembro. Tem que haver algumas coisas ruins, senão parece esquisito. Então tem que incluir Robin, porque ele foi ruim e detestável. Fomos fazer um piquenique, Robin, minha mãe e eu. Não, ela pensou, balançando a cabeça, se é para incluir, tenho que incluir tudo, desde o começo, do jeito que as coisas têm que ser lembradas, então comece lembrando bem do começo desse dia, do zero, e se lembre de tudo. Ninguém nunca se lembra só da coisa ruim, as pessoas se lembram de tudo o que envolve, de tudo o que aconteceu antes e depois e, é claro, disse a si mesma, em tom consolador, é provável que uma coisa ruim já baste, e quando lhe perguntarem do que você se lembra que seja ruim e detestável, você pode falar de Robin, e isso vai satisfazê-los. Então, ela continuou, em silêncio, despertei na manhã desse dia e o sol brilhava e o lençol da minha cama era azul. Um vestido verde estava no pé da minha cama e imaginei que fosse ficar esquisito com o lençol azul, mas não ficou. Ouvi minha mãe lá embaixo, e ela dizia: "Que dia lindo para fazer um piquenique com a minha Betsy, que dia lindo lindo", e eu entendi que dizia isso para mim e repetia a frase várias vezes ao subir a escada, assim eu acordaria com ela dizendo isso. E então ela entrou e estava sorridente e o sol reluzia em seu rosto, e eu não me lembro de como ela estava naquela manhã porque o sol reluzia em seu rosto. "Um dia lindo para a minha Betsy", ela disse, "e um dia lindo lindo para fazer um piquenique, vamos à baía." E ela veio e me fez cócegas e rolei para fora da cama e ela me bateu com o travesseiro e eu ria. Em seguida, ela disse "Pasta de amendoim" e saiu correndo do quarto, e eu disse "Geleia", berrando para ela, e pus o vestido verde e desci a escada e comi laranja e torrada no café da manhã porque fazia calor. Minha mãe preparou sanduíches de pasta de amendoim e geleia e, enquanto eu comia a laranja, ela me fitava e dizia "Pasta de amendoim", e eu a encarava e dizia "Geleia", e foi engraçado porque ela queria pasta de amendoim e eu queria geleia, e era engraçado que duas pessoas que se amavam e tinham o mesmo nome gostassem de duas coisas tão diferentes. Ela fez ovo cozido e guardou tudo em uma cesta com cookies e uma garrafa térmica cheia de limonada, e em seguida minha mãe disse: "Vamos levar o pobre coitado do Robin, Betsy, minha menina. Porque o pobre coitado do Robin está se sentindo só, e ele é o queridinho da Elizabeth", e eu respondi: "Geleia", e ela fez uma careta para mim e disse: "Pasta de amendoim, mas vamos levá-lo mesmo assim".

Fingi jogar um ovo cozido na minha mãe, mas mesmo assim ela foi telefonar para Robin e dizer para ele vir logo e pegamos nossas roupas de banho. Robin e minha mãe e Betsy foram de bonde até a baía e minha mãe e Betsy puseram as roupas de banho e Robin pôs a roupa de banho dele e a água estava quente e sempre que Betsy jogava água na minha mãe, Robin jogava água em Betsy e dizia: "Betsy é uma menina muito muito malvada", e o sol estava forte e não havia mais ninguém por perto. Robin e minha mãe e Betsy comeram os ovos cozidos e os sanduíches de pasta de amendoim e quando Betsy disse "Geleia", minha mãe disse: "Betsy, precisa fazer graça o tempo todo?", e todo mundo se deitou ao sol na praia. Depois minha mãe disse: "Betsy, meu estorvo, vai andar pela praia e catar setenta e três conchas das mais bonitas que você achar, e nós vamos ser sereias e fazer uma coroa com elas para o nosso Robin". Betsy andou pela praia e catou conchas e ficou totalmente sozinha, não havia nem desconhecidos perto dela, e a água estava de um lado e a praia do outro e as rochas mais adiante, e ela cantava: "Amo sofá, amo cama, amo a Betsy e a Betsy me ama", e combinava conchas porque era filha do rei do mar e estava recolhendo os olhos dos marujos afogados para pagar o resgate de seu amado da prisão do rei do mar nos rochedos. Havia um pote de pipoca vazio, e era o baú coral onde guardava suas joias, e as duas rochas eram seu trono, e quando cantava as ondas corriam em direção a seus pés, e havia naufragado, e vivia sozinha na ilha, e o pote de pipoca vazio tinha aparecido na costa, e dentro dele achou milho para plantar e um martelo para construir uma casa. Fez pratos e panelas de areia e os assou ao sol, e acima da cabeça tinha um teto de algas marinhas que a abrigava do sol. Os rochedos eram sua torre de sinalização, para acender um fogo para os barcos que passavam. Piratas apareceram e a capturaram, e os rochedos eram a cabine do navio pirata onde guardavam o ouro, e eles afundaram um navio mercante e fizeram todas as conchas andarem na prancha, e o pote de pipoca estava cheio de esmeraldas e pérolas. Então Betsy se levantou de supetão, sentindo frio, e as conchas caíram de seu colo, e as rochas tornaram a ser rochas, e a areia estava apenas revirada e amontoada em vez de ser pratos e plantação de milho, e não havia nenhum pirata afogado na baía. "Fiquei tempo demais", Betsy pensou, e juntou as conchas no pote de pipoca e andou depressa, pois estava com frio, e escutou Robin dizer: "Da próxima vez deixa essa menina chata com a Morgen".

"Não", disse Betsy, alto o suficiente para que as pessoas do ônibus a escutassem, e alguém se virou para olhá-la; tive um pesadelo, ela pensou com violência, um pesadelo, só isso. Aguardou, tensa, e as pessoas se viraram e se mexeram e voltaram a dormir, e ninguém sabia nem que Betsy estava acordada ou que tinha estado acordada.

"Meu nome é Betsy Richmond", ela recomeçou, por fim, sussurrando, "e o nome da minha mãe é Elizabeth Richmond, Elizabeth Jones antes de se casar…"

Quando o ônibus enfim parou e as pessoas se agitaram e abriram os olhos e um homem se levantou e começou a vestir o casaco, Betsy ficou aliviada por não ter mais que ver o interior do ônibus e as janelas que, não importava o que emoldurassem, faziam tudo parecer igual; foi uma das primeiras pessoas a se levantarem e se apressou em cruzar o corredor, passando pelo homem que vestia o casaco, rumo ao lugar onde estava sua mala, no instante em que a mulher de luvas pretas se levantava e tirava a mala de Betsy do bagageiro. "Bom dia", a mulher disse, sorrindo para Betsy. "Você dormiu? Eu fico com a mala, querida."

"Quero a minha mala", disse Betsy. Não era incomum, ela sabia, que houvesse brigas por malas em ônibus, e ela não podia ficar brava, portanto segurou o braço da mulher e repetiu: "Quero a minha mala, por favor".

"Eu levo para você", declarou a mulher, com um sorriso radiante para as outras pessoas do ônibus. "Querida", acrescentou, voltando a sorrir para Betsy.

Era errado e muito lastimável. "Quero a minha mala", Betsy repetiu mais uma vez, sem saber o que fazer e sem ter noção de até que ponto confiava em si mesma para demonstrar raiva; ali, numa situação como aquela, era onde seu despreparo ficava mais evidente — quanta raiva, na verdade, a pessoa podia ter quando sua mala lhe era tirada à força? Até que ponto aquela senhora de sorriso falso era repreensível, com sua vivacidade ilusória e seu ar ordinário espalhafatoso; será que Betsy poderia bater nela? Empurrá-la? Pedir ajuda?

Ela se virou, querendo conselhos, e trocou um olhar com o motorista; "Quero a minha mala", Betsy disse para ele, que estava mais à frente, e, como a maioria das pessoas já tinha descido, ele se levantou do banco e foi em direção a Betsy.

"Algum problema, minha senhora?", ele perguntou à mulher que ainda se agarrava à mala de Betsy e que botou a mão de luva preta desocupada no braço dele, com um suspiro aliviado; "Queria que essa menina se comportasse", ela disse, com um gesto para Betsy cujo intuito era excluí-la do círculo de maturidade em que a mulher e o motorista de ônibus naturalmente se incluíam. "Sozinha na cidade grande", a mulher disse em tom vivaz.

A perversidade da cidade não passou despercebida ao motorista; ele assentiu e olhou com tristeza para Betsy. "Quando as pessoas querem te *ajudar*", ele começou, "acho que é bom ser mais gentil com elas."

Qualquer desperdício desnecessário de emoção da parte de Betsy seria quase uma extravagância criminosa; "Velha ladra de malas", ela disse à mulher. "Só porque eu te falei que meu dinheiro todo está na mala."

"Bom, sem dúvida...", disse a mulher, erguendo a cabeça. "Eu queria *ajudar* a menina", ela disse ao motorista. "O dinheiro dela...", e ela indicou que, de todas as recompensas fajutas com que contava, o dinheiro era o menos relevante e o mais incerto; "Sozinha numa cidade estranha", ela disse, "alguém te oferece ajuda e você vai logo acusando a pessoa de roubo". Ela tirou as luvas pretas e lançou a Betsy e ao motorista um olhar longo e infeliz de compaixão. "Eu sei bem que tipo de pessoa você é", ela disse, monocórdia, para Betsy.

"Minha senhora", o motorista disse com tristeza, "se a menina não quer a sua ajuda, a senhora não tem como obrigá-la. Quem sabe", acrescentou sem humor, "quem sabe ela não *gosta* de segurar o próprio dinheiro?"

"Naturalmente", disse a mulher, que deu as costas para os dois; ela pegou a própria mala e a bolsa e saiu do ônibus, caminhando com os passos altivos de quem não rouba. "É melhor você ficar de olho aberto para não se meter em encrenca de verdade", o motorista disse a Betsy. "Não dá para confiar em quase ninguém."

"Eu sei", Betsy respondeu. "Pretendo ser bastante cuidadosa."

"Você conhece alguém daqui?", o motorista perguntou, olhando pela primeira vez para Betsy, e não para a mala. "Digo, você tem para onde ir?"

"Claro que tenho", disse Betsy, percebendo com clareza pela primeira vez aonde tinha ido. "Vou me encontrar com a minha mãe."

O Hotel Drewe era um nome em um toldo, uma letra dourada em maiúsculas e bolsos de colete e caixinhas de fósforo; Betsy nunca tinha pisado em um tapete onde seus passos não fizessem barulho, e nem no museu tinha visto um lustro tão reluzente nas instalações de metal. Ficou impressionada com a atenção que a gerência lhe despendera; alguém tinha pensado em onde ficaria a cama e contado os cabides do armário, e não havia cetim ou aquarela ou verniz de nogueira capaz de encobrir o fato de que alguém havia planejado um ambiente fechado onde Betsy realizaria todos os atos mais íntimos de sua vida durante um período que dependia dela mesma, na ordem que escolhesse, às suas próprias custas, escondida com prudência e segurança. Quando estava fechada e trancada (tinha certeza de que tia Morgen e o dr. Wrong não a procurariam em um quarto com lençóis de cetim azul, mas tinha prometido ao motorista de ônibus ser cuidadosa com a mala, por isso trancar a porta lhe parecia uma precaução consciensiosa), Betsy foi logo à janela e se debruçou. O quarto ficava num andar alto, e não muito longe, entre um prédio e outro, ficava o rio; debruçando-se no parapeito, tinha a impressão de sentir um toque leve, como o do rio se aproximando das margens e se chocando contra a terra com suas ondulações, assim até o Hotel Drewe era acariciado, à distância; ouviu a agitação indefinível de uma música vindo de algum lugar.

A ideia do mundo a dominou, de pessoas vivendo à sua volta, cantando, dançando, rindo; lhe parecia inesperado e alegre que naquele mundo vasto da cidade houvesse milhares de lugares aonde poderia ir e viver numa profunda felicidade, entre amigos que a esperavam, nas multidões agitadas da cidade (ah, as danças em salas pequenas, as vozes cantando juntas, as longas conversas à noite sob o frescor das árvores, o andar afetado de braços dados, os casamentos e a música e a primavera!); talvez houvesse alguns, procurando de rosto em rosto com olhares ávidos, se perguntando quando Betsy chegaria. Foi pega por um leve toque de risada, como o toque das ondas do rio, e fechou os dedos em torno do parapeito com deleite; como somos felizes, nós todos, ela pensou, e que sorte que eu enfim cheguei!

Lá embaixo, em uma plataforma estreita entre um dos prédios e o rio, um homem surgiu, se esgueirando; ela não via seu rosto nem seu objetivo, mas observava contente, sabendo que ele alcançaria com competência o que tentava alcançar. Quando ele tropeçou, se equilibrou e deu o que era sem dúvida um sorriso largo para trás, por cima do ombro, como quem diz: "*Desta* vez eu quase fui", e então, à toa, levantou a cabeça como que para ter certeza de que Betsy observava. Enquanto ela tinha o prazer de prender a respiração, ele tirava a mão da borda da plataforma e acenava, embora ela soubesse que não era para ela, e, sorrindo e acenando perigosamente, gritava para alguém, percorria a plataforma e desaparecia. Ela continuou olhando para a água movediça do rio, maravilhada com o homem que andava tão tranquilo, pensando nele agora seguro do outro lado da plataforma, rindo e já absorto em uma nova tarefa, circulando entre os amigos e talvez a caminho de um lugar querido onde era bem-vindo; talvez um dia ele seja *meu* amigo, ela pensou; talvez eu também seja bem-vinda.

Agora que sabia que estava ali para achar a mãe, a cidade havia começado a adquirir uma forma mais coerente ao seu olhar, pois em algum ponto do centro havia a figura solitária que era a mãe, e irradiavam dessa figura em todas as direções sinais e pistas do que ela poderia encontrar e que sem dúvida a levariam ao centro do labirinto. Qualquer coisa, ela ponderou, olhando com expectativa para as janelas ao longo do caminho, qualquer coisa pode ser uma pista.

Embora ao refletir ela percebesse que a mãe devia sempre ter esperado que Betsy aparecesse ali um dia, era impossível que sua mãe previsse exatamente quando Betsy conseguiria escapar, portanto era provável que não pudesse esperar muita ajuda da parte da mãe até que a mãe descobrisse definitivamente (talvez através do homem na plataforma?) que Betsy enfim havia chegado e dado início à busca. Talvez se esbarrassem por acaso, mas lhe parecia um disparate, tendo-se em conta o número de pessoas que havia na cidade. Betsy chegou à sábia conclusão de que precisava se lembrar de tudo o que tinha ouvido a mãe dizer sobre Nova York, porque o tempo inteiro, muitos anos antes, a mãe deixava pistas para que um dia Betsy a achasse, construindo um futuro em que ela e Betsy poderiam ser livres juntas.

Primeiro, então: Betsy e a mãe tinham ido embora de Nova York quando Betsy tinha dois anos; consequentemente, era impossível esperar que Betsy se lembrasse de muita coisa sobre a cidade, embora desconfiasse de que a qualquer momento fosse dobrar uma esquina e de repente entrar em um cenário de que se recordasse de forma nítida e mais real do que qualquer coisa que tivesse visto depois. A única coisa que Betsy sabia a respeito da cidade, além do que tinha visto da janela do táxi, do Hotel Drewe e de seu conhecido da plataforma — mas era provável que o motorista de ônibus e a mulher de luvas pretas a essa altura estivessem em algum canto entre as pessoas da cidade —, era o que tinha ouvido a mãe dizer, o que não passava de uma dezena de referências à toa em uma ou outra conversa. Com muito cuidado, Betsy tentou recordar as dicas dadas pela mãe.

"... aquele da lojinha de roupas de que eu te falei, Morgen, lembra... Abigail." Betsy se lembrava com muita nitidez desse comentário, e até da voz ligeiramente impaciente que a mãe sempre adotava ao falar com tia Morgen; o esquisito é que não se lembrava do vestido ao qual a mãe se referia e não conseguia nem imaginar a mãe conversando sobre esse assunto com tia Morgen; apenas essa frase solitária havia permanecido em sua cabeça, e tinha quase certeza de que isso a transformava em uma pista.

E então... a mãe não tinha falado em tom nostálgico sobre o lugar onde morara sozinha com Betsy? "... E eu dançava com a minha bebê, e cantava, e de manhã a gente via o sol despontar; era que nem Paris." Talvez devesse cogitar a possibilidade de procurar a mãe em Paris? Seria mais sensato, ela decidiu, procurar aqui primeiro; era difícil chegar a Paris e ela já estava em Nova York; além disso, embora Elizabeth soubesse um pouco de francês, Betsy nunca tinha se dado ao trabalho de aprender e se sentiria muito esquisita caso precisasse pedir a Lizzie para traduzir as coisas mais simples; não, ela pensou, Paris não. Mas dançávamos juntas, e cantávamos, e morávamos num lugar alto, pois havia muitos degraus ("... e a minha Betsy descia a escada e descia e *descia* a escada, e eu ficava sentada ao pé da escada e esperava e esperava e *esperava*..."). Ela gargalhou, debruçada no parapeito e pensando na mãe.

Passaria essa primeira manhã no quarto de hotel, em certa medida porque ali a sós poderia afrouxar a atenção sobre Elizabeth por um tempo, mas também porque achava que ficaria estranho se saísse outra vez tão pouco depois de chegar; lá embaixo, pensariam que ela não tinha desfeito a mala nem lavado o rosto. Com isso, se lembrou de que não seria bom, de jeito nenhum, continuar com as roupas insípidas de Elizabeth, pois se tia Morgen e o dr. Wrong de fato estivessem à sua procura, eles teriam uma descrição: Elizabeth Richmond, vinte e quatro anos, um metro e sessenta e sete de altura, cinquenta e quatro quilos, cabelo castanho, olhos azuis, de terninho azul-marinho, blusa branca, sapatos pretos de salto baixo, chapéu preto normal, vista pela última vez com uma mala bege. Supunha-se ter sido raptada por uma moça chamada Betsy Richmond, de cerca de dezesseis anos, um metro e sessenta e sete de altura, cinquenta e quatro quilos, cabelo castanho, olhos azuis, usando um terninho azul-marinho... não, roupas novas eram essenciais. Betsy pensou com ironia que se algo pudesse estimular Elizabeth a reafirmar sua autoridade sem dúvida seria o súbito espetáculo dela mesma em sapatos escarlate e vestido de lantejoulas, portanto se decidiu a contragosto por um meio-termo, talvez apenas um chapéu vermelho e algumas bijuterias baratas.

Desfez a mala, botando as roupas íntimas limpas e as meias extras de Elizabeth na gaveta da cômoda, pendurando o casaco simples e a blusa limpa de Elizabeth no guarda-roupa. Ela se despiu e tomou um banho e, em seguida, saindo da banheira, se deparou consigo mesma, inesperadamente, no espelho de corpo inteiro do quarto, e por um instante quase se perdeu na surpresa. Onde, ela se perguntou, está Elizabeth? Onde na firmeza da pele dos braços e das pernas, nos ossos estreitos das costas e na estrutura planejada das costelas, nos dedos minúsculos dos pés e das mãos e no arranjo vital do pescoço e da cabeça... onde, naquilo tudo, havia espaço para mais alguém? Seria possível ver Lizzie se movimentando de maneira furtiva por trás da clareza de seus olhos, se aproximando com cautela para espiar a si mesma; teria ido longe dentro dela, onde esperava atrás do coração ou da garganta, para agarrar com as duas mãos e se apoderar com um ataque homicida? Estaria debaixo do cabelo, teria encontrado refúgio em um joelho? Onde estaria Lizzie?

Por um instante, com o olhar fixo, Betsy teve uma vontade louca de se rasgar, dar metade a Lizzie e nunca mais ser incomodada, dizendo toma isso, e toma isso e toma *isso*, e pode ficar com *isso*, e agora fique longe de mim, se afaste do meu corpo, vá embora e me deixe em paz. Lizzie poderia ficar com as partes inúteis, os seios e as coxas e as partes que tinha muito prazer em deixar que lhe causassem dor; Lizzie poderia ficar com as costas para sempre ter dor nas costas, e a barriga para sempre ter cólicas; dar a Elizabeth todo o mundo interior e deixá-la ir embora e deixar Betsy de posse de si mesma.

"Lizzie", Betsy disse com crueldade, "Lizzie, saia", e Elizabeth, olhando por um instante através dos próprios olhos, se viu nua em um quarto estranho em frente a um espelho grande e, se virando para se encolher, cheia de medo, contra o espelho, ela caiu no choro, e se agarrou, e olhou horrorizada para o quarto.

"Onde?", ela sussurrou, "quem?", e esquadrinhou com os olhos, talvez na esperança de localizar seu agressor, o vilão que, depois de apanhá-la no meio da multidão sem ser percebido, a havia levado até ali, malvado, para saciar suas paixões de escrava branca; "Oi?", ela disse por fim, débil, e Betsy riu e a empurrou para baixo; "Sua pobre coitada", disse Betsy, de novo olhando no espelho o corpo que tanto amedrontara Elizabeth, "sua bocó ridícula."

E então, com as lágrimas de Elizabeth ainda nas bochechas, ela pensou: "Eu queria ter uma irmã *de verdade*".

Ela escutou, com tanta clareza quanto se alguém falasse com ela dentro do quarto, a voz da mãe dizer: "Não, eu quero a menina comigo. Não vou abrir mão da minha Betsy".

Essa é a minha mãe, ela pensou, se virando, minha mãe falou, quer que eu vá com ela. Mas ela não disse isso agora, Betsy ponderou, quando foi que ela disse? Quando eu estava escutando e minha mãe disse isso? "Não, eu quero a menina comigo..."

"Se livre da pestinha. Deixe ela com a Morgen. Que vantagem ela traz para *nós*?" E *essa*, Betsy pensou, foi a voz de Robin. "Eu *odeio* a menina", ele dissera, fazia um bocado de tempo, uma vez para a mãe de Betsy, "eu *odeio* a menina." E a mãe dela tinha dito: "Mas ela é a minha Betsy; eu a amo"; — a mãe tinha dito isso? Tinha?

"A pobrezinha da bebê está com frio", Betsy disse, e foi para a cama e se enrolou nas cobertas e pôde ficar deitada pensando; à medida que se esquentava, Lizzie se inquietava, e Betsy cantava: "Bebê, bebê, você soube, a mamãe vai te arranjar um olifante; se o olifante não cantar, a mamãe vai te arranjar um anel de diamante...". Eu bem queria um anel de diamante, ela pensou, enquanto Lizzie sossegava; se eu tivesse um anel de diamante, poderia dizer a eles que estou com o casamento marcado. Se eu estivesse com o casamento marcado, não poderiam me pegar de volta porque meu marido não deixaria. Se eu tivesse marido, minha mãe poderia se casar com ele e poderíamos nos esconder juntos e ser felizes. Meu nome é Betsy Richmond. O nome da minha mãe é Elizabeth Richmond, Elizabeth Jones antes de eu me casar. Pode me chamar de Lisbeth assim como você chama a minha mãe, porque Betsy é meu querido Robin...

("Você é uma menina boba", a mãe dissera.

"Mas eu quero que o Robin também me chame de Lisbeth. Porque ele deve me chamar do mesmo jeito como te chama."

"Betsy", disse Robin, aos risos, "Betsy, Betsy Betsy.")

Enquanto Elizabeth sonhava com voo e queda, Betsy planejava comprar roupas novas, talvez hoje se conseguisse achar a loja da Abigail logo. Talvez na Abigail ela conseguisse achar um jeito de localizar a mãe de uma vez; talvez — e a ideia a fez rir às escondidas e se contorcer na cama —, talvez, ao abrir a porta da loja, ela já se deparasse com a mãe se olhando no espelho, analisando um vestido de lantejoulas, as bijuterias; "Betsy, Betsy", a mãe diria, abrindo os braços, "por onde você andou? Eu estive esperando e esperando e *esperando* você".

Um tempo depois, quando se admirou com as próprias roupas e ficou mais um pouco na janela (apesar de o homem da plataforma não ter voltado) e se vestiu e Lizzie dormiu, ela pensou em comida e de repente sentiu fome. Não tomei o café da manhã, ela ponderou; com tia Morgen, a esta altura eu estaria almoçando, tomando sopa ou comendo waffle ou macarrão ou sanduíche de alface com maionese e leite e chocolate quente e cupcakes pequeninos e cookies e pudins e pratos de abacaxi e picles; ela titubeou à porta do quarto, olhando para trás. Estava tudo bem guardado e não havia sinal de que estivera ali, portanto, se por acaso fossem lá para procurá-la, não haveria nada que revelasse onde estava ou aonde ia. Trancou a porta com cuidado e pôs a chave na bolsa de Elizabeth, que carregava por não ter outra. Dentro dela estava o lápis de Elizabeth e um batom que Elizabeth usava para botar uma leve cor nos lábios, o lenço que Elizabeth sempre fazia questão de ter, um lápis e um caderninho e uma embalagem de aspirina; Betsy deu um sorriso largo ao fechar a bolsa, se perguntando como a chave de um quarto de hotel desconhecido se explicaria dentro da bolsa ao casto lenço branco de Elizabeth, e desceu de elevador até o saguão pensando aqui estou eu enfim.

A coisa mais importante que tinha aprendido até então — e já era algo saber isso, depois de apenas doze horas — era que não precisava fingir a todo momento ser capaz ou estar à vontade em uma atmosfera estranha. Outras pessoas, havia descoberto, volta e meia ficavam preocupadas e inquietas, perdiam o rumo ou o dinheiro, enervavam-se ao serem abordadas por desconhecidos ou desconfiavam de autoridades; isso tornava a situação muito mais fácil para Betsy, pois poderia ir ao funcionário da recepção do hotel e perguntar onde ficava o restaurante sem parecer esquisita ou peculiar, e confiava piamente que chegaria ao fim de uma refeição seguindo esse mesmo princípio; contanto que não tentasse pedir nenhum prato de nome francês e observasse muito bem o que os outros faziam na hora de se acomodarem, mexerem nos pratos, chamarem o garçom, ela achava que se sairia bem. Não ficou impressionada com o tamanho ou a brancura do restaurante depois de ver as cobertas de cetim do quarto, e todas as mesas que não eram de tia Morgen lhe eram igualmente estranhas. Ela se acomodou, pensando de bom humor que se pisasse no pé do garçom, ou deixasse a bolsa cair, ou talvez errasse a mira da cadeira ao se sentar, sempre poderia escapulir e deixar ao encargo de Lizzie resolver a situação. Desdobrou o guardanapo, olhou ao redor e se recostou na cadeira macia, satisfeita. Cada coisa, ela pensou com deleite, é mais legal do que a anterior; as coisas só melhoram.

Com um enorme sentimento de perversidade contente, pediu uma taça de xerez ao estilo tia Morgen, e não percebeu a hesitação do garçom quanto à possibilidade de que tivesse a idade que aparentava, e portanto pudesse ser servida, ou a idade que seu comportamento demonstrava, e portanto precisasse ter seu pedido recusado; o garçom, no entanto, foi nessa última análise filosófico e concluiu que seria mais provável a mulher aparentar a idade do que ter um comportamento condizente com ela, por isso Betsy recebeu a taça de xerez e foi graciosa ao tomá-lo aos golinhos, de um jeito tão profissional quanto tia Morgen o tomaria. Como não era possível, naquele mundo tão encantador, que acontecesse um equívoco ou uma indisposição, quando Betsy quis companhia, ela ergueu os olhos para a primeira pessoa que passou ao lado de sua mesa e disse: "Olá".

"Oi", ele disse, surpreso, hesitando junto à mesa.

"Sente-se, por favor", Betsy pediu com educação.

Ele arregalou os olhos, olhou para algo atrás dela, para a mesa vazia que era sua meta, e riu. "Está bem", ele disse.

"Me sinto estranha sentada aqui sozinha", Betsy explicou. "Sem ninguém para conversar nem nada. Tia Morgen estava sempre em casa e mesmo quando ela não falava nada eu tinha para quem olhar. Alguém conhecido, em outras palavras", ela disse.

"Entendo", ele disse, se sentando. "Faz muito tempo que você está aqui?", ele indagou, pegando o guardanapo.

"Cheguei hoje de manhã, e o motorista de ônibus me falou para tomar cuidado, então é claro que eu tomo, mas achei que você parecia uma pessoa legal para conversar." Ele parecia ser um homem muito civilizado, não tão velho quanto o dr. Wrong, mas com idade mais avançada do que Robin, e nem um pouco desconfortável em conversar desse jeito com alguém que nunca tinha visto. "Você não estava em frente à minha janela há um tempinho?", ela perguntou de repente, "andando em uma plataforma?"

Ele fez que não, surpreso. "Não sou tão ágil assim", respondeu.

"*Eu* conseguiria se quisesse. Lizzie fica tonta, mas é claro que eu não fico nunca."

"Quem é Lizzie?"

"Lizzie Richmond. Eu a trouxe comigo, e ela quer sair, mas não pode." Ela parou e o olhou com desconfiança. "Eu não ia falar da Lizzie para ninguém", ela disse.

"Não tem importância", ele disse. "Não vou contar para ninguém."

"Bom, a minha mãe vai se livrar da Lizzie — a gente não vai querer *ela* por perto o tempo todo, depois da encrenca que foi a gente se livrar do Robin e tal."

"Você vai almoçar?" Ele pegou o cardápio das mãos do garçom, sorrindo para ela, e Betsy disse: "É a primeira vez que eu entro num restaurante", e se contorceu de alegria. "E eu estou *varada* de fome", acrescentou.

"Então é bom transformarmos este num almoço especial", ele disse. "Quer que eu escolha para você?" Ele estendeu o cardápio para ela e disse: "Ou você prefere escolher alguma coisa?".

Betsy pegou o cardápio, deu uma olhada rápida e o devolveu. "Lizzie fala francês", ela declarou, "mas é claro que *eu* nunca me dei ao trabalho de estudar, então é melhor você escolher. Só tem que ser muita coisa, por favor. Tudo empolgante." Ela hesitou. "Nada", ela disse, "nada ao estilo… macarrão, ou picles, ou sanduíche ou coisa assim. As coisas que tia Morgen faz."

"Pois bem", ele disse, muito sério. Examinou o cardápio absorto em pensamentos. "Nada de picles", ele repetiu, reflexivo, "nada de sanduíche." Por fim, com o garçom do lado, e os dois assentindo para

Betsy, ele fez o pedido com calma e como se vivesse escolhendo o almoço de moças que queriam que tudo fosse empolgante e sem picles. Enquanto escutava as palavras adoráveis que significavam comidas tão empolgantes que ela nem sabia em que ordem seriam servidas e ouvia a música que vinha de longe, de um canto do salão, e ouvia o barulho harmonioso de garfos encostando em facas e xícaras no pires, Betsy pensou consigo mesma que era assim que seria o tempo inteiro, a partir de agora.

"Pronto", ele disse por fim, entregando o cardápio ao garçom. "Acho que você vai gostar de tudo. Agora, me conta — não sei nem o seu nome."

"Sou Betsy. Betsy Richmond. O nome da minha mãe é Elizabeth Richmond, Elizabeth Jones antes de se casar. Nasci em Nova York."

"Há quanto tempo?"

"Eu me esqueço", ela disse vagamente. "É para mim?" O garçom pôs uma taça de frutas à sua frente e ela pegou a cereja de cima com os dedos e a enfiou na boca. "Minha mãe me deixou com tia Morgen", ela prosseguiu, numa fala nebulosa, "mas não foi com o Robin."

"Aquele de que você teve dificuldade à beça de se livrar?"

Betsy assentiu bruscamente, engoliu e disse: "Mas eu não preciso me lembrar dessa parte, eu resolvi isso no ônibus. Uma coisa ruim sobre o Robin já deve bastar, não acha?".

"Imagino que sim", ele disse. "Sabendo como você fez para se livrar dele."

Ela riu, erguendo a colher. "*E* me livrei da tia Morgen, *e* me livrei do dr. Wrong, *e* vou me livrar da Lizzie e eu sou o menino do pão de mel, eu sou."

"Fico me perguntando se tia Morgen não vai ficar preocupada com você", ele foi cauteloso ao dizer.

Ela tornou a fazer que não. "Escrevi um cartão-postal para ela com um retrato e avisei que não iria voltar, e de qualquer forma eles vão atrás da Lizzie, não de mim. Posso comer mais fruta?"

"Ele já vai trazer outra coisa."

"Posso pagar — tenho dinheiro à beça." Quando viu que ele sorria, ela pensou e então disse, esperta: "Foi errado, não foi? Foi errado dizer isso — por quê?".

"Eu meio que te convidei para almoçar", ele explicou. "Isso quer dizer que eu vou pagar, então você não deve falar nada sobre isso. Tem que esperar e ser muito afável quanto ao fato de eu pagar."

"Afável", ela repetiu. "Ou seja, '*Muito* obrigada'? Que nem a tia Morgen?"

"Exatamente que nem a tia Morgen", ele confirmou. "Onde a sua mãe está?"

"Eu ainda não sei direito onde. Ainda estou descobrindo. Como o homem da plataforma. Vão ter que me falar porque não vou parar de perguntar e procurar e procurar e perguntar e perguntar e procurar e procurar e..." Ela se calou de repente, e fizeram silêncio. Quando ela ergueu os olhos, ele estava sereno, terminando as frutas dele. "Às vezes", ela disse, cheia de cautela, "eu me confundo. Você vai ter que me desculpar."

"Não tem problema", ele disse, sem surpresa.

"Então, veja bem", Betsy disse, olhando com profunda satisfação para a cumbuca de sopa clara em que, no fundo, formas estranhas e pequenas se mexiam, e se agitavam, e fitavam, e andavam.

"Quem é você?", perguntou Elizabeth, inexpressiva.

"Como vai?", ele disse. "Sou seu amigo."

Elizabeth olhou para a frente, ofegante, e arredou a cadeira, e fechou a cara para ele. "Você trate de não dar ouvidos a ela", pediu. "Ela mente."

"Está bem", ele disse, mexendo a sopa com a colher.

"Não quero sopa nenhuma", Betsy disse, de mau humor.

"Está bem", ele disse. "Mas é boa, eu sempre tomo a sopa."

"Tia Morgen gosta de sopa", Betsy disse. "O tempo inteiro."

"E picles?"

Betsy deu uma risadinha apesar do incômodo. "A velha tia picles", ela disse.

"O velho doutor picles", ele retrucou.

"A velha Lizzie Picles."

"Elizabeth Jones, não era isso?"

"O quê?", indagou Betsy.

"Elizabeth Picles antes de se casar", ele disse.

"Você pare com isso agora mesmo", Betsy mandou, furiosa. "Você pare de falar desse jeito. Vou contar para a minha mãe."

"Desculpa", ele disse. "Era brincadeira."

"Minha mãe não gosta de brincadeiras. Não de brincadeiras cruéis, e quando o Robin fazia brincadeiras cruéis minha mãe o mandava parar, e quando você faz brincadeiras cruéis você parece o Robin."

"E você vai se livrar de mim?"

Ela riu. "Foi esperta a forma como eu me livrei do Robin", ela disse, e em seguida, esbaforida: "Ah!", se virando para olhar o carrinho de doces que passava rente à sua cadeira. "Posso comer um?"

"Primeiro você almoça. Tome sua sopa gostosa."

"Quero bolo", disse Betsy.

"Sua mãe não ia gostar que você comesse a sobremesa primeiro."

De repente Betsy sossegou. "Como é que você sabe?", ela disse. "Como é que sabe do que minha mãe ia gostar?"

"Ela *sem dúvida* não ia querer você passando mal. Seria uma besteira."

"É verdade", Betsy disse com alegria. "A Betsy da mamãe não pode passar mal, a Betsy é o bebê da mamãe e não pode chorar, e tia Morgen a mandou parar de mimar a menina."

"Eu acho", ele disse, devagarinho, "que a gente não gosta da tia Morgen, não é, você e eu? Acho que a tia Morgen não vale muita coisa."

"Tia Morgen manda ela fazer a menina parar de bajular o Robin o tempo inteiro. Tia Morgen fala que a menina está velha demais para ficar às voltas com o Robin desse jeito. Tia Morgen fala que a menina sabe mais do que deveria."

"A velha tia picles", ele disse.

"Quero bolo", Betsy disse, e ele riu, e acenou para o garçom com o carrinho de doces. "Um só", ele pediu, "e depois você come o resto do almoço que pedi. Não vamos deixar você passar mal, não se esqueça."

"Não *eu*", disse Betsy, se curvando de forma amorosa sobre os bolinhos suculentos, os olhos brilhando com os reflexos do chantili, o chocolate e os morangos; "é a Lizzie que passa mal", ela disse; um tinha banana e um tinha nozes picadas e outro tinha cerejas; Betsy suspirou.

"E você disse que eles vão atrás da Lizzie?"

"Quem sabe o quadradinho?", Betsy disse. "Só para começar. Escolho o quadradinho", ela disse ao garçom. "Porque aí depois eu posso provar outro, e se um deles for muito bom eu posso voltar e comer de novo, depois de provar todos. Porque eu moro lá em cima", ela comentou de passagem com o garçom, "então eu posso voltar várias vezes. Então escolho…"

Ela se interrompeu quando o maître se aproximou da mesa. "Telefonema para o senhor, doutor", ele disse.

"Doutor?", Betsy exclamou, se levantando. "Doutor?" Ela agarrou a bolsa e disse, enraivecida: "Você é o dr. Wrong com outra cara e tentou me fazer de boba…".

"Espera um minutinho, por favor", ele pediu, esticando o braço para impedi-la de passar, mas ela passou rente, os lábios estremecidos e as mãos tremendo de raiva. "Que crueldade a sua", ela disse, "e eu vou contar para minha mãe que você fingiu ser meu amigo, e agora eu não vou poder comer o quadradinho." Deu alguns passos à frente e então se lembrou. "*Muito* obrigada por pagar", ela disse, abaixando a cabeça de um jeito gracioso, e em seguida, quase correndo, foi embora do restaurante, atravessou o saguão do hotel e ganhou a rua. Um ônibus, ela pensava, sempre pegue um ônibus para cair fora, e ela virou para a direita e acelerou o passo. Viu que um ônibus ia parar na esquina, correu, subiu nele e se sentou, aliviada, ao lado de uma mulher de roupa de seda verde que a olhou de relance.

Depois de recuperar o fôlego, ela se inclinou para a frente para olhar pela janela, para além da mulher, e disse: "Para onde será que *este* ônibus vai?".

"Para Downtown, óbvio", a mulher respondeu em tom formal, como se Betsy tivesse contestado a honra do ônibus, ou, pior ainda, o escrúpulo da mulher de roupa de seda verde; "este ônibus vai para Downtown".

"Obrigada", disse Betsy. "Espero conseguir achar o lugar que estou procurando. É bem pouco provável, começando desse jeito, mas eu posso pelo menos tentar."

"Tem gente", a mulher disse, reflexiva, "que pensa que é mais difícil achar os lugares em Downtown. Eu sempre acho *muito* mais complicado achar coisas em Uptown. Você vai muito longe?"

"Bom, a verdade é que não sei direito", Betsy respondeu. "Estou só olhando. Muita escada. E parede rosa", ela prosseguiu, se recordando, "e da janela dá para ver o rio."

"Então deve ficar no West Side", a mulher sugeriu. "Lá tudo tem escada." Ela suspirou. "Eu moro no East Side", declarou, "mas a verdade é que vamos nos mudar no outono."

"O West Side fica a oeste do quê?"

"A oeste do ônibus, óbvio", disse a mulher. "À sua direita quando você descer."

"Então eu viro à direita e qualquer lugar vale?"

"Qualquer lugar?", repetiu a mulher com uma inflexão sutil, e se virou de forma enfática para olhar pela janela.

As pessoas ficam sempre tão confusas, Betsy pensou, impotente, e disse: "É que eu estou procurando a minha mãe e não sei direito onde ela mora porque faz muito tempo que não venho aqui".

"Sério?", disse a mulher, olhando pela janela.

Meu Deus, Betsy pensou, e encostou a mão timidamente no braço da mulher. "Por favor", ela disse, "se você não se importar, posso te perguntar?"

A mulher se virou, titubeante, como se tivesse certa convicção de que Betsy pudesse ter em mente uma pergunta indecorosa — se ela sempre tinha morado no East Side, talvez, ou se seu prédio tinha elevador? —, e fez um breve aceno afirmativo. "Logicamente", a mulher disse, "não sei responder *tudo*."

"Só preciso de um rumo", Betsy disse. "Uma pista. Eu sei aonde estou indo, é claro, e tenho certeza de que vou reconhecer o lugar na hora, mas não sei direito qual é a casa. A janela tem vista para o rio e as paredes são pintadas de rosa..."

"Rosa?"

"E", Betsy disse, triunfante, "lembro que tinha um quadro bom na parede." (E ouviu, ao longe, a voz da mãe: "E, sério mesmo, se você tiver só um quadro *bom*, não precisa...". Precisa de quê? Seria de flores? Camas? Betsy?)

A mulher ao lado estava imersa em pensamentos. "Você se lembra da rua?", perguntou, esperançosa.

"É Downtown, sem dúvida. Por causa da escada."

"Bom", disse a mulher. "Eu *sei*, sim", ela prosseguiu, por fim, "que algumas pessoas conhecidas — não amigos nossos, claro, não alguém que eu *conhecesse bem*, não esse *tipo* de gente…"

Ela fez um gesto de repúdio, e Betsy disse, impaciente: "Conheço um monte de gente assim, sim".

"*Elas* tinham, essas pessoas, uma casa lá no… deixa eu pensar; era na rua 10 porque a gente saía de lá direto… não, não. Mentira. Era na 16. Tenho certeza. No meio do quarteirão."

"Meio do quarteirão", repetiu Betsy. "Dava para ver o rio?"

"A razão para eu me lembrar, agora que você mencionou isso", disse a mulher, "porque é claro que nunca mais voltei, porque não conhecia bem as pessoas e foi só uma festa e tal, foi que eles tinham um quadro de que falavam muito. Era pintor, *ele*."

"Ah", rebateu Betsy. "Não, ela não é pintora, a minha mãe."

"Ah, não *profissional*", explicou a mulher. "Não *boêmio*. Pode ter certeza de que eu não te mandaria para um lugar aonde você não devesse ir. Afinal", e ela cruzou os braços e foi firme ao virar a cara para a janela.

"Não foi isso o que eu quis dizer, me desculpe", disse Betsy. "Só queria dizer que esse não me parece ser o lugar certo."

"Bom, você falou, *sim*, em um quadro", a mulher retrucou.

"É a minha mãe, entende", Betsy explicou de novo. "Está esperando eu ir atrás dela depois de um bocado de tempo."

"Você salta aqui", a mulher disse em tom definitivo.

"Obrigada", Betsy disse, se levantando. "E obrigada por me dizer aonde ir."

"Não precisa fazer menção a mim quando chegar lá", disse a mulher. "É provável que nem se lembrem do meu nome."

A rua não era das que despertavam lembranças alegres; olhava com avidez para coisas que, sem intervenção, tendiam a ser permanentes — a vista do fim da rua, até o ponto estreito onde desaparecia, supostamente no rio, mas a visão de longe não era mais bonita do que a de perto, e no cimento da calçada sob seus pés não havia a inscrição ELIZABETH AMA BETSY, e a cerca imunda à esquerda não tinha nenhum entalhe reconhecível, e até a flecha feita com giz e o rabisco "por aqui" indicavam apenas um portão baixo com "cede do clube" escrito com uma letra incerta. Não é meu clube, Betsy ponderou, minha mãe não está *aí*, de todo modo, e pelo menos um lugar está riscado da lista. Meio do quarteirão, ela disse, meio do quarteirão, vista para o rio, e não um lugar sinalizado QUARTOS, Costureira, Canários à Venda, Médium. Do outro lado da rua um prédio de pedras brancas se espremia defensivamente entre os vizinhos anunciando QUARTOS, e Betsy atravessou a rua para ir lá; alardeava seu número e o tamanho dos apartamentos em tabuletas enfáticas, mas não dizia se tinha escada ou não, e Betsy, se perguntando em que momento a recordação súbita se iniciaria, acelerou o passo em um caminho arborizado e subiu um degrau baixo — talvez apenas uma ostentação, já que ao entrar ali havia outro degrau para descer a mesma distância — e adentrou o vestíbulo apertado, onde havia um mural de peixes laranja num mar preto. Por mais vivos que estivessem quando a pintura do mural foi feita, a essa altura os peixes já estavam mortos havia tempos, boiando desgraçadamente na superfície pintada da água, arrastando as nadadeiras; talvez em certo momento pudessem ser salvos, quando, tentando tomar fôlego, subiram à tona e voltaram seus olhos agonizantes asfixiados para o hóspede qualquer que entrava no prédio; um pouco de água fresca, um olhar bondoso, poderia ter reanimado os peixes pintados e feito o visitante se sentir bem-vindo à meia-luz. Os peixes haviam morrido, entretanto, e uma mulher corpulenta de vestido de algodão estava sentada à mesa, numa busca ávida por gentileza; "Imagino que você queira um quarto?", a mulher indagou, se debruçando sobre a mesa e se apoiando sobre uma revista, e o peso tranquilizante de seu busto sobre a mesa a fez se recompor, pois se recostou e disse: "Posso perguntar quem você está procurando?".

"Minha mãe", Betsy respondeu.

"Ela está *aqui*?" De novo a mulher se recompôs e se recostou. "Nome, por favor?"

"Meu nome é Betsy, mas estou procurando a minha mãe. Ela está aqui?"

"Não tenho como saber, querida. Que apartamento você quer?"

"Não sei bem. Mas tinha parede rosa e vista para o rio, e um quadro bom, porque se tiver um quadro bom você não precisa..." Betsy se calou, mas a mulher não pôde ajudá-la; estava com o olhar perdido em uma propaganda da revista que prometia ensinar engenharia em seis semanas. "Parede rosa?", a mulher repetiu quando Betsy se calou.

"E vista para o rio."

A mulher levantou a cabeça, olhou de esguelha e depois para baixo. "O que é que te faz pensar que sua mãe está *aqui*?", ela perguntou. "Se a mãe de alguém está *aqui*, eu não sei de mais nada."

"Mas ela falou..."

"Parede rosa", a mulher disse, irritada, com uma impaciência obscura diante de um mundo onde poderiam existir paredes rosa e ela passava os dias vendo peixes laranja num mar preto; "um desses decoradores", acrescentou, numa condenação definitiva.

"Então a minha mãe não está aqui?", Betsy indagou, desanimada.

"Não", disse a mulher, "não está. Pobre coitada. Perdeu a mamãe, foi?" Ela virava as folhas da revista depressa, como se procurasse uma referência, e disse: "Agora você trate de ir embora daqui, entendeu?".

Betsy obedeceu e passou pelos peixes mortos outra vez, e ao se deparar com o degrau correspondente ao degrau de fora, ouviu a mulher reclamar com fastio: "Sempre querem o que não tem. Parede rosa!".

Lá fora, ela tornou a andar pela rua. Não parecia haver nenhum outro lugar onde procurar, e Betsy desistiu quase de imediato da ideia de tentar ir de porta em porta, e então, quando viu alguém percorrendo a rua, vindo em sua direção, indistinto nas sombras dos prédios, pensou que é claro que não faria mal nenhum perguntar, e quando dessem o recado à mãe, contariam que Betsy estava muito empenhada.

"Perdão", ela disse, esticando a mão para tocar no braço do homem, "mas você viu a minha mãe? A sra. Richmond?"

"Olá", ele disse.

"Robin?", disse Betsy, e então, de novo, "Robin?", e se virou e correu, e o ouviu gargalhar às suas costas, como quem caça devagar sua presa garantida; então ela chegou a um lugar iluminado e seguro.

"Chame o dr. Wright, por favor, eu preciso falar com o doutor, anda logo, por favor."

"Quem?"

"Por favor, eu estou num telefone público e estou com pressa. Por favor, o dr. Wright. Diz para ele que é a Beth."

"Com quem você quer falar?"

"Por favor, o doutor. O dr. Wright."

"Você errou de número, senhora."

"É claro que errei de número, seu tonto. Você acha que *eu* sou louca?"

De volta à segurança do hotel, ela estava ao mesmo tempo amedrontada e furiosa, e no entanto não ousava ceder nem ao medo, nem à fúria, já que ambos gastavam estoques vitais de controle. Estava furiosa com Beth por pegar o telefone às escondidas e quase levar todas elas à ruína; estava com medo do homem que dissera ser Robin e no entanto a deixara escapar. Mais que tudo, no hotel, estava furiosa e com medo daquele médico que ficava por perto em busca de pessoas metidas em encrenca para lhes oferecer almoço e assim traí-las; não vai ser seguro, Betsy lembrou a si mesma, com amargura, confiar em absolutamente ninguém. Desabou na cadeira junto à mesa, a porta do quarto muito bem trancada e a chave guardada na bolsa, e se esforçou para pensar. As coisas não iam bem, não tão bem quanto tinham ido no começo. Ela havia cometido um erro, é claro, e estava quase certa de que tinha sido sua conversa com o médico no almoço (ele não tinha prometido ser amigo dela no breve instante em que Lizzie saiu?; não queria dizer, portanto, ser amigo de *Lizzie*?); felizmente, a presença de Robin a prevenira a tempo contra o bairro visitado naquela noite: a mãe dela não estava lá. Em consequência, embora sem dúvida sofresse pela mãe, não estava de todo abandonada; só precisava ser mais cuidadosa com a próxima pista e não se arriscar a correr para os braços de Robin. ("Querido Robin", ela disse em voz alta, "me chame de Lisbeth.") Então, quando ficou com frio e de repente começou a tremer, ela percebeu claramente que as coisas não estavam bem: algo tinha acontecido.

Pensou logo ter sido pega, e então se deu conta de que ainda estava sozinha, com a primeira luz da manhã surgindo acima dos prédios do outro lado da rua. De repente correu desenfreada até a porta, sacudindo-a sem parar para verificar se estava trancada, e quase chorou de alívio ao ver que estava firme; ela não escapou, portanto, Betsy ponderou, e então se perguntou: Quem?

Ainda estava muito escuro para enxergar dentro do quarto; quando Betsy acendeu a luz ao lado da porta, as mãos ainda tão trêmulas que teve dificuldade para tocar no interruptor, ela viu primeiro a mala de Lizzie aberta no meio do quarto. "Então ela achou a mala", Betsy falou alto, e em seguida, com frio e inerte, disse no silêncio prolongado do quarto: "Lizzie! Cadê você?". Mas não recebeu resposta.

Lágrimas escorriam pelas suas bochechas, de novo as lágrimas de Lizzie, e Betsy as enxugou com irritação, pensando: que coisa caótica caótica *desleixada*, não dá para ela deixar minhas coisas em paz? A mala estava desfeita pela metade, roupas jogadas de qualquer jeito e, como se Lizzie tivesse se desesperado e desistido da arrumação no meio, outras peças estavam espalhadas pelo quarto, rasgadas e dispersas. A melhor blusa branca que Lizzie tinha estava jogada na beirada da cama, a gola arrancada e os botões pendendo dos fios, e Betsy, esquadrinhando o quarto devagar, teve medo ao ver as cobertas puxadas da cama e retalhadas com tesourinha de unha, o travesseiro aberto, o papel da escrivaninha atirado em um monte desarrumado, como se recolhido por um braço louco de raiva; as cortinas haviam sido derrubadas e estavam no chão, os abajures haviam sido tombados, e em um canto até o tapete tinha sido puxado e virado do avesso; "Não tenha medo", Betsy sussurrou, "a Betsy é minha queridinha, minha queridinha". Ela se espremeu contra a parede, ainda sentindo a fraqueza do pânico e ciente de que, caso cedesse uma fração minúscula de sua força, ela sumiria de novo; não podia se dar ao luxo da fúria, do medo ou do desespero; não poderia desperdiçar nem um instante para olhar para trás. "Sou Betsy Richmond", ela sussurrou, "o nome da minha mãe é Elizabeth Richmond…"

Foi sossegando aos poucos. A luz no ambiente aumentou, vindo mais forte de cima dos prédios, e ela pensou no homem da plataforma e se animou. Por fim, se afastou da parede, soltando um suspiro profundo como uma criança que acabou de chorar, e andou pelo quarto devagarinho, pensando: não seria de imaginar que ela teria mais respeito pelas coisas dos outros? Pegou uma meia retalhada com a tesoura e cheia de nós e de repente caiu na risada. Ora bolas, Betsy ponderou, ela está aprendendo *comigo*; esse é o *meu* tipo de coisa, não o dela, e agora estamos quites por eu ter estragado aquela carta dela. E ela tem mais vida do que nunca, Betsy pensou, ainda aos risos, ao pegar a blusa branca rasgada; a imagem das mãos cansadas de Elizabeth puxando de forma desenfreada as costuras delicadas da blusa de repente pareceu de uma graça irresistível a Betsy, e ela caiu na cama e se revirou numa gargalhada desarmada. Pobre coitada, pensou, se esforçando tanto para estragar minhas coisas, pobre coitada desvairada. O rosto e o cabelo ficaram cheios de plumas do travesseiro rasgado, e enquanto sua risada se atenuava, ela descobria que podia soprar a pluma no ar repetidas vezes, pegando-a sempre que caía; então, por sorte, a luz do sol tocou seu rosto, por sorte porque é claro que ainda tinha muito o que fazer para achar a mãe e não podia se dar ao luxo de ficar deitada na cama brincando com plumas. Ela se levantou e se olhou no espelho com desgosto. Suas roupas tinham sofrido durante a noite, sem dúvida: estavam cobertas de plumas e desalinhadas, e por um instante se perguntou se também não estariam cortadas e rasgadas, até que se deu conta de que Lizzie andava tramando uma fuga, e com aquelas roupas. Perguntou-se à toa se Lizzie teria atacado o quarto num ato desesperado ao tentar fugir e não achar a chave da porta, ou se teria destruído o quarto primeiro, por vingança, planejando fugir em seguida, mas fora tomada pela exaustão; "Pobre coitada", Betsy repetiu, e, assobiando, começou a procura por algum pedaço de seu pente para poder arrumar o cabelo. Então, de súbito, uma das mãos na mala, ela sentiu o maior frio e indisposição e medo de sua vida. O dicionário grande que tinha trazido para verificar a ortografia e várias palavras utilizáveis estava na mala, com a costura desfeita, as folhas arrancadas e amassadas, seus milhões de palavras boas, práticas, úteis irremediavelmente destruídas.

"Lizzie", Betsy disse em voz alta, recuando, "mas a Lizzie não faria uma coisa dessas com *um livro* que é dela, não com um bom livro que é dela..."

De repente, enlouquecida, pegou o livro e, levantando-se e se virando, o atirou com toda a força contra o espelho. "Pronto", ela disse, em meio ao estrondo, "para você ver que sou *ainda* pior do que você, seja *você* quem for!"

Passado um tempo, de volta à cama, brincando com a pluma, ela tornou a sossegar. Era apenas um indício, ela raciocinava, de que tinha menos tempo do que havia imaginado. Precisava apenas encontrar a mãe o mais rápido possível.

A essa altura já era quase meio-dia, e não se lembrava se tinha ou como tinha jantado na véspera. Resoluta, deu as costas para os lembretes gélidos de que parecia haver um bocado de momentos dos quais não se recordava; por que, por exemplo, era de tarde quando abandonou o almoço e era noite no momento de sua volta, depois do encontro com Robin? Considerou pouco provável que tivesse jantado, pois estava muito esfomeada, e sentiu gratidão pela fome, que sem dúvida era uma sensação saudável e normal, e nada perigosa, a não ser pelo fato de acarretar uma saída do quarto de hotel. Por fim, ponderou com astúcia que se o médico continuasse a observá-la lá embaixo, uma hora ele também precisaria parar para comer, e se parasse para almoçar ou jantar ele colocaria outra pessoa para vigiá-la, e quem ficasse de olho nela também precisaria jantar ou almoçar, portanto ela ficaria, para todos os efeitos, invisível se estivesse apenas jantando ou almoçando, e poderia entrar e sair a seu bel-prazer. Pensando nos bolinhos, ela se aproximou às pressas do espelho estilhaçado e arrumou o cabelo, e então, depois de pegar a bolsa — graças ao fato de tê-la, ao estilo de tia Morgen, escondido numa prateleira do armário, a bolsa tinha escapado ilesa da ruína do quarto —, destrancou a porta do quarto e tornou a trancá-la, deixando o caos lá dentro, pôs a chave libertina na bolsa casta de Elizabeth e desceu de elevador até o saguão. Ao entrar no restaurante, caminhava altiva, e chegou a parar por um instante junto à porta para refletir e escolher uma mesa específica; sentou-se com tranquilidade total e pediu uma taça de xerez.

"Mas então por que o Robin fugiu?", ele perguntou.

"Porque eu falei que ia contar para a minha mãe o que a gente tinha feito." Ela ergueu a cabeça, atônita, com o garfo na mão; "não", sussurrou, fitando-o com medo, "não", ela disse, e então, assim como Elizabeth, "por quê?", olhando para ele, para o prato, para o garfo, para os doces, "por que você está conversando comigo?", ela perguntou.

"Por favor", ele disse, se levantando um pouco, "por favor, está tudo bem, Bess, de verdade..."

"Bess?", ela disse. "*Bess?*"

Agora ela sabia de maneira concreta que quase não tinha tempo; tinha desperdiçado minutos à beça olhando pelas janelas e exultante com bolos, e agora estavam chegando perto dela, o médico do restaurante e tia Morgen e talvez até o motorista de ônibus traidor, e ainda tinha a cidade inteira para procurar a mãe. Talvez, ela pensou, interrompendo a fuga para ficar um instante na penumbra distante da entrada do hotel, talvez se eu ficar parada aqui ela venha. Mãe, disse em silêncio para as pessoas que passavam, mãe, venha me achar; estou perdida e cansada e com medo, venha achar sua bebê, por favor.

"Minha menina querida", ele disse, se aproximando dela por trás, "volte para dentro; eu juro que só quero..."

"É o Robin", ela disse, e correu de novo, costurando o caminho entre as pessoas, sem se perguntar se a viam ou se a achavam esquisita, escutando apenas para saber se ele a seguia. Chegou à esquina e virou e entrou pela porta iluminada de uma loja clara e infinita; "Tarde demais, estamos fechando", uma garota lhe disse, junto à porta, e ela se virou sem dizer nada e saiu por outra porta em uma rua e percorreu a rua e seguiu até ver um grupo de pessoas e pensou: "Ele está ali, esperando", e se virou e correu no caminho contrário e virou a esquina e parou.

"Como é que ele me acha?", ela pensou, enfim sensata. "Ele nem sabe o meu nome." Respirou fundo, apoiada na parede de um edifício. Essa esquina era mais escura e menos pessoas circulavam ali, sempre indo em direção às luzes; passou alguns minutos observando o sinal ficar vermelho e verde e vermelho e verde, e então ponderou que não fazia sentido desperdiçar *mais* tempo ainda, ninguém jamais me acharia aqui, e ela riu porque ainda tinha a bolsa, porque durante todo o tempo a alça estivera pendurada com firmeza na altura do cotovelo.

"Onde tem ônibus?", perguntou a um homem que passava, e o homem parou, refletiu e indagou: "Ônibus que vá para onde, moça?".

"Não faz diferença", ela disse.

"Bom", disse o homem, "se não faz *diferença*, para quê tomar o ônibus? Por que não andar?"

"Sei lá", ela respondeu. "Para onde *você* está indo?"

"Vou cruzar uns três quarteirões da cidade", ele disse. "Vou comprar um presente de aniversário para a minha esposa, um colar."

"Posso ir junto? Minha mãe gosta de colares e coisas desse tipo."

"Venha comigo", ele disse. "Você pode me ajudar a escolher. Ela gosta", ele prosseguiu, enquanto Betsy caminhava a seu lado, "ela gosta de joias, mas não de joias comuns. Não do tipo que se compra em *qualquer* lugar. Coisas incomuns."

"Esse é o melhor tipo", Betsy declarou. "É claro que qualquer coisa é incomum quando não se está acostumado."

"Bom, é disso que eu estou falando", disse o homem. "Eu sei de uma lojinha, e é óbvio que *ela* não sabe. Então vai ser surpresa."

"Tenho certeza de que ela vai gostar bastante", Betsy disse. "Vindo de você."

"Bom, acho que vai mesmo", disse o homem. "Ela gosta de praticamente tudo que eu escolho, porque é claro que eu sempre procuro coisas incomuns."

"É claro que eu também", disse Betsy. "No momento, estou procurando a minha mãe, e como sou nova aqui eu não sei o que é incomum ou não, mas minha mãe vai saber. Ela vive em algum lugar aqui."

"É uma cidade ótima", declarou o homem, reflexivo. "É claro que é preciso viver aqui para valorizar."

"Vou viver com a minha mãe depois que eu a encontrar", Betsy explicou.

"Ela mora no Brooklyn?"

"É provável", Betsy disse, sem saber direito.

"Como é que você vai *encontrá-la*?", o homem questionou.

"Bom", disse Betsy, "você está procurando uma coisa, e eu estou procurando a minha mãe, então se eu for junto com você talvez eu ache a minha mãe."

"Já a *minha* mãe", disse o homem, "*ela* você acha a qualquer momento."

"Bom, eu vim para cá para achar a minha mãe e eu ainda não consegui, entende? É preciso procurar. A sua esposa mora no Brooklyn?"

"Não", o homem disse, surpreso. "Ela mora comigo."

"Onde você mora?"

"Em Uptown." Ele parou e lhe lançou um olhar penetrante. "Você está legal, menina?", ele perguntou.

"Claro que estou", Betsy respondeu. "Por quê?"

"Achando que eu moro no Brooklyn", o homem explicou, seguindo adiante. "A esta hora da noite."

"A sua esposa", Betsy indagou, acelerando o passo para alcançá-lo de novo, "sabe que você vai dar presente de aniversário para ela?"

"Claro", disse o homem. "Ela só não sabe de onde, entendeu?"

"Que tal um bolo?", Betsy disse. "Ela precisa de um bolo escrito 'Feliz aniversário' e de velas."

"Meu Deus", o homem exclamou, interrompendo os passos outra vez. "Meu Deus. Vejamos", ele disse. "Vamos calcular que um bolo custe... quanto? Uns sessenta centavos?"

"Mais ou menos, acho eu", disse Betsy.

"E daí você precisa de velas", o homem continuou. "Agora, vamos pensar bem. Você diria que as velas custam mais ou menos dez centavos? E o bolo, sessenta? Porque aí você tem que arrumar uma coisa que diga 'feliz aniversário', que deve custar uns vinte e nove centavos, tenta só achar uma loja de coisa baratinha *para você ver*. Daí lá se vai mais um dólar. Então o colar custa..."

"*Eu* sei", Betsy retrucou. "*Eu* compro o bolo e tal. *Você* compra o colar. Aí fica tudo bem. O bolo eu dou, o colar você dá."

"Certo", o homem disse. "O bolo você dá, o colar dou eu. Digamos que de chocolate, talvez? De café?"

"Eu gosto de chocolate", Betsy disse. "Arruma também um cartão legal e fala para ela que fui eu." Ela parou sob o poste de luz e lhe deu um punhado de trocados que tirou da bolsa. "Porque", ela ressaltou, "se você vai para Uptown ou para o Brooklyn, não me serve, porque minha mãe está na direção oposta. Mas muito obrigada mesmo assim."

"Certo", disse o homem. "O bolo é seu", prosseguiu, preocupado, "o colar é meu. Mas escuta...", ele chamou, já que Betsy se virou para seguir na direção contrária, "que nome eu coloco? No cartão?"

"Fala que é da Betsy, com carinho."

"Certo", o homem disse. E quando Betsy avançou às pressas por uma ruazinha, ouviu-o gritar: "Ei... obrigado".

"Felicidades", ela gritou de volta e seguiu seu caminho. Embora tivesse pouquíssima esperança de achar a mãe tão rápido, ficou contente de ter se lembrado do bolo. Sempre comíamos bolo nos aniversários, ela pensou; minha mãe ficaria decepcionada caso eu me esquecesse; meu nome é Betsy Richmond, e o nome da minha mãe é... Ela se deteve e riu alto; as coisas enfim estavam boas de novo.

"Perdão", ela disse, se metendo entre as pessoas que andavam; ela segurou o braço de uma mulher que circulava sozinha e disse "Perdão" outra vez.

"Bom", a mulher disse de bom humor, "se você não for policial, pode me pedir perdão e ficar impune. Está querendo alguma coisa?"

"Conhece uma pessoa chamada Elizabeth Richmond? Digo, onde ela mora?"

"Richmond? Não. Por quê?", a mulher questionou, analisando Betsy, "Você está procurando por ela?"

"É a minha mãe. Preciso me encontrar com ela, mas esqueci onde é que ela mora."

"Por que você não olha na lista telefônica? Na letra R, por exemplo?"

"Eu não tinha pensado nisso", Betsy respondeu, inexpressiva.

A mulher riu. "Vocês, crianças", ela exclamou, e seguiu em frente.

Era tão fácil que Betsy quase teve medo. Foi até a esquina, a uma loja de conveniência iluminada, entrou e foi direto à prateleira onde as listas telefônicas estavam empilhadas; era fácil demais, ela pensou, desconfiada, relutando em tocar nas páginas, era uma cilada; mas como poderia olhar para a mãe e dizer que tinha demorado tanto porque imaginava ser uma cilada? As pessoas podiam se dar ao luxo de ter medo indo encontrar a mãe? Por que a mãe iria querer armar uma cilada para sua Betsy, que era sua queridinha?

RICHMOND, ELIZABETH. Saltava da folha, preto, e depois, logo abaixo, RICHMOND, ELIZABETH, e logo abaixo RICHMOND, ELIZABETH, e, mais uma vez, RICHMOND, ELIZABETH. Quem, pensou Betsy, olhando fixo, quem? O nome da minha mãe...

Às pressas, deu as costas para as listas telefônicas e disse a si mesma, séria, não, nada de ciladas, e se virou de novo, e encostou o dedo na página. Boba, ela pensou, muita gente tem o mesmo nome. *Eu* tenho o mesmo nome. E de qualquer forma eu quero o *lugar*, o *nome* da minha mãe eu já *sei*. Então achar o endereço, e é por volta da rua 16, ela disse, e de qualquer jeito quantas pessoas fazem aniversário hoje? É a oeste do ônibus, *disso* eu sei, e dá para ver o rio, e só vou tomar o cuidado de não falar para ninguém aonde estou indo por causa das ciladas.

Um dos endereços dizia rua 18 Oeste, e parecia bom, assim como rua 12 Oeste, e os outros eram no East Side, e um deles era cento e poucos, o que lhe parecia ser Uptown, portanto resumiu a dois, e *agora*, Betsy ponderou, triunfante, as coisas estão indo muito muito bem, porque agora tenho a melhor pista de todas, e posso ir direto para lá e talvez até chegue a tempo das velas.

Quando saiu da loja iluminada para a rua escura, se deu conta de que realmente havia ficado bem tarde, e não ousou procurar um ônibus, com um tempo tão curto; preferiu entrar num táxi e mandou que fosse para a rua 18 Oeste. Seu tempo estava ficando mais exíguo; sentia-se arrastada pelos minutos, e quando olhou da janela do táxi para as luzes lá fora sentiu que avançavam de forma nauseante contra ela, e teve que se segurar para impedir que os olhos se turvassem, e teve um desejo intenso de não respirar. Só mais um pouquinho, ela sussurrou, só mais um pouquinho, a Betsy é minha queridinha. O táxi a deixou na esquina da Quinta Avenida com a rua 18, e o motorista lhe mostrou qual direção seguir. Ela se apressou, porque era melhor ir caminhando, e as ruas estavam quase desertas. Eu disse que faria isso e vou fazer, ela sussurrou, eu disse que faria isso e vou fazer, a *minha* mãe está me esperando, e o resto de vocês vai morrer.

Ela não lembrava se o primeiro endereço era doze ou cento e doze ou doze ao quadrado ou cento e vinte e um; o doze parecia ser uma loja, e ao olhar através das vitrines escuras, de passagem, ela percebeu que devia ser uma loja de vestidos e, embora não conseguisse ler o nome obscurecido na vitrine, sabia que devia ser a de Abigail e entendeu que enfim estava certa; lá vou eu, ela sussurrou, estou chegando e meu nome é Betsy... Deve ser cento e doze ou cento e vinte e um; um ficava quase em frente ao outro, e ela parou e olhou as luzes do cento e doze e pensou: aqui, é aqui.

Não havia peixe ali, ela ponderou, ao entrar, e se surpreendeu porque pareceria importante haver peixes pintados nas paredes. "Com licença", ela disse, aproximando o rosto do vidro com grade que parecia pequeno demais para sua mãe passar, "estou tentando achar a sra. Richmond. Elizabeth Richmond."

"Não é aqui."

"Mas tenho certeza de que o endereço é este. Seus quartos têm vista para o rio?"

"Como seria de esperar, moça. *Todos* os nossos quartos..."

"Então talvez ela esteja usando outro nome. Procure como Jones."

"Não é aqui."

"Mas eu tenho certeza..."

"Tente do outro lado da rua."

É claro, ela pensou; era mesmo o lugar com peixes, eles provavelmente só fingiam ver o rio. Ela atravessou a rua, resoluta ao dar as costas para o edifício imprestável, e entrou em outro vestíbulo; *ali* não havia peixes, ela pensou com satisfação. "Estou procurando a minha mãe", ela disse, com os joelhos espremidos contra a mesa do saguão; a senhora atrás do balcão estava de vestido rosa, e é claro que esse era um sinal muito *muito* bom. "Minha mãe", ela disse.

"Nome?"

"Richmond. Elizabeth Richmond. Ou talvez Elizabeth Jones."

"Se decide."

"Ela estaria lá em cima agora, se arrumando; vamos dar uma festa porque é aniversário dela."

"Não permitimos barulho após as dez horas. Não permitimos festas em horário nenhum."

"É só para a nossa comemoração de aniversário. Só minha mãe e eu, e eu vou comprar um colar para ela."

"Não pode fazer festa aqui. Procure em outro lugar."

"Mas a minha mãe..."

"Tente do outro lado da rua."

Ela saiu com altivez porque estava com vergonha de ter sido levada a falar da mãe com estranhos e dar a essas duas pessoas o nome da mãe; o que o homem da plataforma acharia se soubesse que ela estava por aí contando às pessoas onde a mãe vivia? Ali estava ela, tão perto da mãe, e poderia ter estragado tudo falando com os peixes; "Perdão", ela disse, e segurou o braço de uma senhora que passava, "você não é a minha mãe, é?".

"Ora, *o que é isso?*", disse a senhora, e então riu. "Engano seu", ela disse. "Desculpe, por favor."

"Richmond", ela disse. "Elizabeth Richmond."

A mulher se virou e fechou a cara. "Ela se chama Lili?", exigiu saber. "Lili?"

"Pode ser." Betsy tentou se afastar, mas a mulher a segurava com força. "Se ela é a sua mãe, minha jovem", ela declarou, "e não estou querendo dizer que *não seja*, você é quem tem que saber, afinal, mas se *ela* é a sua *mãe*, eu teria vergonha de dizer que é, e ponto-final."

"Richmond", Betsy disse.

A mulher fez que sim, ainda segurando o braço de Betsy. "E é essa mesma", ela disse, assentindo, "e eu teria vergonha se não fosse pelo fato de que *eu* não tenho motivo para ficar com vergonha nessa situação toda, eu fiz a minha parte e colaborei, mas ele estava o tempo todo atrás *dela*, entende? E me aparecia de cara lavada, e eu sem nem saber, o que eu quero dizer, a não ser que você tenha um parecer suspeito, é que você nem *pense* nesse tipo de coisa."

"Robin", Betsy disse. "Eu já sei do Robin."

"Tem outro, é? Mas é claro que mais cedo ou mais tarde eles vão descobrir, é o que eu quero dizer. O que eu quero dizer é que *alguma* coisa vai acontecer, não dá para ser tonto a vida inteira. Então, quando ele chegou para mim, lá estava eu, e ele disse oi do mesmo jeito de sempre, e eu — o que eu quero dizer, eu não estava deixando transparecer a princípio, entende? —, eu disse oi, e daí ele perguntou o que houve, e eu não respondi, e ele repetiu, deste jeito: 'Ei, o que houve?', e então, o que eu quero dizer, dei uma bronca nele. Você acha que eu sou tonta, falei para ele, você acha que eu vou aguentar isso para sempre, acha que vou ficar esperando e esperando e esperando e esperando e esperando, e você atrás *dela* esse tempo todo? Não é dinheiro, eu fui logo dizendo para ele, não é dinheiro..."

"Foi o Robin", Betsy bradou, empurrando a mulher, "não foi mais ninguém, só o Robin, eu *sei*."

"Pode ser que saiba *mesmo*", a mulher disse com ódio, segurando Betsy a certa distância para encará-la, "pode ser que você saiba *mesmo* de tudo, eu não ficaria surpresa, porque tenho a plena consciência de que fui *a última* a saber, então ele diz o que você está falando — todo inocente, entende? —, e eu falei quanto tempo você acha que vou ficar esperando e esperando e esperando e esperando e esperando *você*? As pessoas já andam falando, eu disse, e eu acho que fui a última a saber. Você está pensando que eu sou louca? Eu fui logo perguntando para ele. Então você não acredita que ele teve a ousadia de confessar? E me *contar*? Eu fiquei tão brava que não conseguia nem *chorar*, e eu, eu choro quando fico brava, sempre que fico tão brava que não me aguento, entende o que eu quero dizer? E ele diz que ela é legal. O que é que você quer dizer, eu pergunto para ele, com legal? Você quer dizer legal? O que uma garota legal iria querer contigo? Eu fui logo perguntando para ele."

"Não o Robin", Betsy disse, desesperada. "Eu sou uma garota legal, não sou?" Ela tomou fôlego e disse com firmeza: "Você não me deixaria ficar perto do Robin de novo?".

"Carnais", a mulher declarou com satisfação. "Desejos carnais, e é isso que você chama de *legal*! E, o que eu quero dizer, você aguenta esse tipo de coisa para sempre? Então fui direta e disse para ele: ou ela ou eu; eu disse: pode se decidir que eu fico aqui esperando, ou ela ou eu. Assim, eu não ia fazer um estardalhaço, se ele a quisesse, ele ficaria com ela, e se ele me quisesse, só precisaria provar. Então eu fui logo falando, entende, eu nunca gostei de fazer rodeios e eu não daria nenhuma satisfação a ele, entende, e pude perguntar se eu tentei segurá-lo quando ele quis ir embora, sabe, se ele queria desperdiçar os desejos carnais dele com ela, ele tinha minha bênção para ir. Porque tinha chegado a um ponto, entende, que era ou ela ou eu."

"Onde é que ela está?", indagou Betsy.

"Lá para o meio do quarteirão. Está vendo aquela luzinha ali? É bem provável", disse a mulher, que agora Betsy percebia ser tia Morgen, "que você encontre os dois juntos."

Agora, ela ponderou, dando passos largos pela rua, agora eu estou muito zangada com essa minha mãe, escondida com Robin e tentando evitar que eu ache Robin esse tempo todo, e a única coisa que eu queria era ser feliz, e que sorte a tia Morgen por acaso me contar, porque se não fosse assim eles continuariam se dando bem e fingindo ser aniversário dela. Aqui não tem peixe, ela reparou, ao subir o degrau baixo que era compensado pelo degrau que descia; que sorte *a deles*; "Quero a minha mãe, por favor", ela disse ao homem do balcão logo depois da porta. "Eles vão tentar se esconder."

"Sua *mãe?*"

"Não deve fazer muito tempo que eles estão aqui. Eles queriam ficar a sós, escondidos. Mas ela é minha mãe."

O homem da recepção sorriu. "O quarto rosa?", fez uma sugestão significativa.

"Isso", disse Betsy, "o quarto rosa."

"Srta. Williams", disse o homem, se recostando na cadeira ao falar com a garota da mesa telefônica. "Tem alguém no 372?"

"Vou verificar, sr. Arden. É o nosso quarto rosa?"

"Creio que sim, srta. Williams. A jovem está perguntando."

"O número 372 está ocupado, sr. Arden. Deve ter alguém lá, já que o telefone está em uso. No nosso quarto rosa, sr. Arden."

"O quarto rosa", o sr. Arden disse com ternura. "Srta. Williams, a gerência mandou o champanhe?"

"Vou verificar, sr. Arden. Champanhe e ramo de rosas. Cumprimentos e felicitações. Hoje de manhã, sr. Arden."

"Esplêndido, srta. Williams. E agora a jovem está perguntando." Ele se virou e sorriu para Betsy. "Uma cerimônia pequena", explicou.

"Cumprimentos do estabelecimento. O...", ele titubeou. "O toque *pessoal*", ele disse, e o rosto ficou visivelmente corado.

"Posso ir lá?", Betsy indagou.

"Estão te esperando?", ele retrucou, erguendo as sobrancelhas.

"É claro", Betsy respondeu. "Eles estão me esperando."

"Bom", disse o sr. Arden antes de virar a mão num gesto eloquente. "Tem *certeza*?"

"É claro", disse Betsy. "E agora eu estou atrasada."

O sr. Arden inclinou a cabeça. "Srta. Williams", ele disse, "leve a jovem ao quarto rosa."

"Claro, sr. Arden. Me acompanhe, por favor, senhorita?"

Não havia peixes pintados nas paredes do elevador, e este era um sinal muito *muito* bom, e as paredes do andar de cima eram verde-claras e em nada parecidas com água do mar, ainda que o verde-claro fosse uma cor de profundidade e mergulho e perda e desbotamento e afogamento e fracasso; "O nosso quarto rosa é muito popular", a srta. Williams explicava andando a passos suaves depois de saírem do elevador. "A gerência *sempre* manda champanhe e ramo de rosas para a noiva. Cumprimentos do hotel, é claro. É um costume tão charmoso."

"Eles estão querendo se esconder", disse Betsy.

"Por aqui. Último quarto à esquerda. Privacidade, sabe?" A srta. Williams deu uma risadinha, mas muito suave.

"Aqui?"

"Não, não", disse a srta. Williams. "Deixa que *eu* bato, por favor." Ela deu outra risadinha. "Sempre bata *duas* vezes na porta do nosso quarto rosa", ela disse e soltou uma risadinha.

"Alguém falou que pode entrar", Betsy anunciou.

"Boa noite", a srta. Williams cumprimentou ao abrir a porta. "Aqui está a jovem que o senhor estava esperando, sr. Harris."

"Boa noite, Betsy", disse Robin, dando um sorriso horrendo do canto oposto do quarto.

"Não, não", disse Betsy, esbarrando na srta. Williams, "não *este*, não o Robin de novo."

"O que você disse?", reagiu a srta. Williams, encarando-a. "O *que* você disse?"

"Não vou deixar, nunca, nunca mais", Betsy disse a Robin, "e minha mãe também não." Ela se virou e foi violenta ao tentar passar pela srta. Williams na porta, se desvencilhou e correu. "Eu lhe peço *mil* desculpas, sr. Harris", a srta. Williams disse atrás dela, "no nosso quarto rosa... Eu nem sonhava..."

"Está tudo ótimo", ele disse. "Foi só um engano."

E ela o ouvia às suas costas, atravessando o corredor e descendo a escada, rezando para não tropeçar, o Robin de novo não, não era justo, não depois de tudo o que ela tinha feito, não depois de todas as tentativas, o Robin de novo não, não era justo, ninguém poderia fazer *aquilo* de novo, rezando para avançar depressa o bastante, para sair em segurança e ganhar distância antes que ele pudesse encostar nela, sair em segurança; "Robin", ela disse, "Robin querido, me chame de Lisbeth, Lisbeth"; ele estava no seu encalço? Ficar longe da luz e invisível, dobrar a esquina e sumir, deixá-lo muito para trás... ele estava lá embaixo? Na porta? Esperando sorridente de braços abertos para segurá-la, ela conseguia ir mais rápido? Ali estava o fim da escadaria, e a porta que dava para a rua, e ela se jogou contra a abertura e ela se abriu e ali estava ele, como sempre, sempre esperando por ela, e ela disse: "Não, chega, *por favor*", e passou por baixo de sua mão e soluçou e correu em direção à porta; "Ladra", alguém bradou bem alto, e outra pessoa berrou: "Socorro?", e a seu lado ela o ouviu rir enquanto ela se apressava e ela levantou os braços para esconder o rosto e correu e quase tropeçou no degrau baixinho que subia e descia; havia luzes, e ela abriu um pouco os olhos e não se atreveu a olhar para trás porque o ouvia se aproximar.

"Robin", ela disse, "Robin, me chame de Lisbeth, Lisbeth, me chame de Lisbeth, Robin querido, me chame de Lisbeth." E caiu, e caiu, e era impossível se agarrar, e caiu.

Ela estava no quarto de hotel e tentava arrumar na mala os fragmentos de roupas que imaginava valer a pena levar embora. Tinha retalhado e rasgado peças e cortinas e fronhas porque estava com raiva, mas agora tinha a bolsa e a chave, e só sentia a necessidade urgente de correr, porque — e ela sabia exatamente onde morava o maior perigo — Betsy poderia voltar a qualquer momento. Foi na escrivaninha, em meio às canetas quebradas e a tinta derramada, que descobriu um papel importantíssimo que sabia que deveria ficar escondido entre seus pertences e ser entregue a um destinatário ainda não identificado. Apesar de não entender como alguma coisa de enorme relevância poderia ser anotada em um papel tão pequeno, sabia muito bem que não podia cair nas mãos de Betsy; tinha a ligeira impressão de que era algo de valor artificial, como o tesouro da caça ao tesouro ou a batata da batata quente, que valia durante o jogo e depois era sem importância para ninguém. Além do mais, ela não conseguia ler. Parecia com as centenas de papeizinhos que passam pelas mãos das pessoas todos os dias, anexados às sacolas de lavanderia, por exemplo, recomendando lavagem a seco de cortinas na primavera, ou os rótulos que garantem que os ovos de Páscoa são puros, ou a papeleta grudada no programa do teatro destacando um erro acidental na página doze, onde o nome da srta. Fulana sem querer aparece como srta. Sicrana; de qualquer forma, ela não conseguia ler.

Não fazia ideia de quem tinha escrito nem do porquê, nem de quem deveria recebê-lo, nem como, nem quando, mas o enfiou na bolsa de todo modo, já que Betsy não deveria vê-lo e isso já era razão suficiente para escondê-lo e se esforçar ao máximo para garantir que fosse devidamente entregue. Desperdiçou um tempo precioso tentando lê-lo e, desconcertada, conseguiu concluir apenas que parecia conter alguns números e algumas palavras que, embora claros e distintos ao serem vistos de relance, se transformavam em marcações sem sentido quando o aproximava o bastante para lê-lo. Como tinha muita certeza de sua importância desesperadora, resolveu prender o papel ao dinheiro da carteira; sabia que não tiraria uma nota para pagar bala ou revistas ou o táxi até a rodoviária sem pensar muito bem, e portanto não corria o risco de perdê-lo.

Não conseguiu achar muita coisa para enfiar na mala. Era irritante refletir que se Betsy fosse sensata e tivesse cedido a chave sem transtornos nada daquilo teria acontecido, e suas roupas de qualidade, que afinal tinham custado dinheiro, não precisariam ter sido destruídas, mas Betsy era uma garota perigosa, calculista, e era, além do mais, uma vadia; pense, em primeiro lugar, neste quarto de hotel, que sem dúvida foi um gasto desnecessário e teria que ser pago com o dinheiro dos outros. Queria muito pagar e sair antes que o pessoal do hotel descobrisse o estrago da suíte; tinha sido culpa de Betsy, afinal, e sem dúvida iriam querer que ela pagasse também pelo espelho quebrado por Betsy.

Depois de arrumar a mala com tudo o que considerava passível de conserto, ou remendo, ou aproveitável para outros fins, fechou a mala e se levantou para olhar o quarto à procura de algo que pudesse ter passado despercebido. Em seguida, se movimentando com agilidade, vestiu o casaco e pegou a bolsa e a mala. Então se deteve e ficou imóvel; Betsy estava voltando.

Agora não havia tempo para a mala, e ela a largou e revirou a bolsa em busca da chave e correu para a porta. No instante em que encostou a chave na fechadura, Betsy a encontrou e com um grito enfurecido avançou sobre a mão dela e a mordeu até ela largar a chave, e Betsy a pegou quando caiu. Se Betsy pusesse a mão na chave não haveria esperança de fuga; enlouquecida, pôs a mão no cabelo de Betsy e puxou, e a arrastou para tirá-la de perto da chave, que estava no chão enquanto as duas, esbaforidas, ficavam paradas, uma esperando a outra feito dois gatos se rondando. Em seguida, com uma agilidade inacreditável, Betsy avançou em direção à chave outra vez, só encostou as pontas dos dedos, e ela pisou com força na mão de Betsy e não arredou o pé.

Nada doía em Betsy, ela sabia; nenhum tipo de dor seria computado naquela mente escura, e portanto só poderia tentar subjugar Betsy fisicamente, e derrubá-la; com uma força serena e vagarosa, passou a mão quase com delicadeza em torno do pescoço de Betsy e fechou os dedos de forma lenta mas firme; não fez barulho nenhum, pois precisava de todo o seu fôlego, mas Betsy gritou, e arfou, e depois arranhou sua mão com as unhas afiadas, cortantes, e chutou, e gritou de novo, afundando; o calcanhar do sapato de Betsy enganchou na corda da luminária e derrubou o abajur; o barulho vai chamar alguém, ela pensou. Sentiu as unhas de Betsy arranharem a lateral do rosto, e então Betsy berrou: "Mãe!", e foi derrotada.

Ela tirou a mão do pescoço de Betsy e, soluçando na tentativa de tomar fôlego, rolou no chão e pegou a chave nas mãos. Então, se movendo devagar e com dor, ela se levantou, enfiou a chave na porta e girou.

"Bom", a enfermeira disse com grande entusiasmo, "você dormiu *um bocado*. Está mais animadinha agora?"
Muitos quartos têm paredes brancas, e muitas camas têm cobertas brancas, mas só hospitais têm paredes brancas e cobertas brancas e uma mesa de cabeceira com copo d'água e canudo dobrável e enfermeiras que falam exatamente com esse tipo de entusiasmo; "Onde?", ela indagou, e lhe causava uma dor enorme falar.
"Você não pode ficar falando", disse a enfermeira, com um dedo brincalhão em riste. "Temos uma garganta inflamada à beça, não é? Mas não vamos pensar nisso; vamos tomar um belo de um banho e depois o médico vai vir aqui para dar uma olhadinha. E nós não vamos falar e não vamos nos exaltar e acima de tudo não vamos pensar no que aconteceu, porque afinal foi uma coisa horrenda, não foi? Vamos só virar a cabeça um pouquinho, para eu examinar esses arranhões na sua bochecha sem te machucar. Pronto." A enfermeira deu um passo para trás e sorriu com uma simplicidade do fundo do coração: "Em breve você vai ficar mais linda do que nunca", disse em tom alegre.
"Onde?"
"Onde o quê? Você fala cada *bobagem*." A enfermeira riu e tornou a levantar o dedo. "A gente vai se meter em apuros", disse, "se o médico chegar e der com a gente batendo papo. E ele vai adorar ver como estamos bem hoje, levando em conta como estávamos ontem! E eu preciso *dizer* que fomos bem espertinhas de andar com aquele papelzinho, fomos, sim." Ela se virou e quase fez uma mesura, seu ar bem-humorado substituído de imediato por um de extrema seriedade. "Bom dia, doutor", disse.
"Bom dia. Bom dia, srta. Richmond. Como vai a garganta hoje?"
"Dói."
"Imagino que sim", disse o médico. Ele titubeou, mas prosseguiu: "Não quero que você fale além do necessário, mas gostaria que tentasse me dar uma noção de como aconteceu. Você sabe quem foi que tentou te estrangular?".

"Ninguém."

"Srta. Richmond", disse o médico, "alguém passou a mão em volta do seu pescoço, provocando esses machucados brutais. Você está querendo dizer que não sabe quem foi?"

"Ela me arranhou."

"Quem?"

"Doutor", disse a enfermeira, se aproximando numa pressa fervorosa, "o médico da srta. Richmond está aqui na porta."

"Mande ele entrar, é claro. Srta. Richmond, graças ao bilhete que achamos na sua bolsa, conseguimos localizar sua tia e seu médico, e eles vieram correndo." Ele se levantou e foi à porta, de onde ela o ouvia falar baixinho. "Desde ontem à noite", ela o ouviu dizer, e outra voz falando, questionando: "... de olho nela no hotel", o médico disse.

A enfermeira chegou perto e a olhou com profunda benevolência. "Você teve sorte", a enfermeira disse, enigmática.

"Automutilação, mas é impossível que..."

"Tia Morgen?", ela perguntou à enfermeira.

"Está lá embaixo", explicou a enfermeira. "Veio levar a menina dela para casa."

A porta se escancarou, e o médico retornou com outro homem, mais baixo, que andava a passos curtos e estava pálido e preocupado. "Um papel com o meu nome e endereço", ele estava dizendo ao andar, aparentemente para confirmar o que tinham dito pouco antes, e o médico assentiu; os dois entraram e ficaram olhando para ela, um de cada lado da cama, e a enfermeira recuou às pressas. "Queria que ela pudesse falar mais", o médico declarou. "Ela parece ser incapaz de nos contar quem foi."

"Eu sei quem foi", o homenzinho afirmou, distraído; ele a fitava com seriedade, e então esticou o braço e por um breve instante tocou nos arranhões do rosto dela e afastou a mão. "Pobre menina", ele falou. "Estávamos preocupados com você", ele lhe disse.

Ela ergueu os olhos para ele, perplexa. "Quem diabos é você?"

4
Dr. Wright

Como não espero transformar a história de Elizabeth R. no trabalho da minha vida — apesar de conceber vidas desperdiçadas em temas menos relevantes —, acho desnecessário entrar em tantas minúcias profissionais acerca do que hoje vejo como a segunda, e derradeira, fase de seu tratamento nas minhas mãos. Por um lado, tenho a forte impressão de que, embora o leigo possa não ser muito bem instruído quanto aos usos e princípios dos diversos métodos terapêuticos empregados, uma análise excessivamente detalhada de um caso como o da srta. R. pode, sob certos aspectos, diminuir a eficácia de tratamentos similares em casos futuros, estando o paciente já muito familiarizado com os lentos passos sucessivos e preparado para eles, por assim dizer; por outro lado, meus sentimentos a respeito do caso são confusos, e não estou nem um pouco disposto a complicar meu relato com pormenores desnecessários. Além do mais, tenho fortes suspeitas de que os leitores atuais (o quê? Você ainda está comigo, meu amigo? Nossos números não aumentaram desde a última vez que estivemos de acordo; a literatura é — e insisto nesse assunto, senhor — uma arte em declínio) não se sentarão com docilidade diante de uma descrição em uma obra redigida com esmero e cuidado; com paciência minguada para dispensar às próprias proezas, não lhes resta nenhuma para o trabalho alheio.

De todo modo, vou resumir minha apresentação do caso da srta. R. e chegar o mais rápido possível à conclusão. Acredito ter dado a entender ao meu leitor que não sou um homem sereno por natureza; poucos são, na verdade, creio eu. Fiquei muitíssimo irritado com o rapto da srta. R. por Betsy, e ainda mais exasperado ao ser chamado, uns três dias depois, para viajar a Nova York — lugar pelo qual nutro especial ojeriza —, e de avião, que, do meu ponto de vista, é um meio de transporte só um pouco menos nauseante do que montar no lombo de um camelo. Viajei com a srta. Jones, tia venerável da srta. R., e a companhia da srta. Jones não trouxe melhorias substanciais à minha jornada. Ela ora se divertia imensamente com meus desconfortos no avião, ora me reprovava por considerar que eu teria "deixado a menina escapar" — o que, como eu sozinho tinha mantido Betsy sob controle por tanto tempo, me parecia uma ingratidão e um desagrado; de modo geral, raras vezes realizei deslocamento menos recompensador.

Descobrimos nossa jovem em situação substancialmente pior após as férias. Ninguém sabe, até hoje, a história inteira do que lhe aconteceu, e meu interrogatório mais astuto desde então não revelou todos os fatos, de todo modo; sabíamos, é claro, pelo telefonema que nos avisou de que estava no hospital, que ela havia sido levada desmaiada do chão de um corredor de hotel, onde fora espancada, arranhada e estrangulada, e que parecia estar sofrendo do que os médicos de Nova York chamaram, com uma firmeza inabalável, de amnésia parcial. Entrei no quarto de hospital dela com certa apreensão, sem razão para desconfiar da cordialidade de Betsy ao me receber, e me deparei com uma menina na cama que eu denunciaria sem hesitação nenhuma como uma impostora, caso eu não tivesse, no passado, visto as mudanças faciais ocorridas quando Elizabeth R. se tornou Beth e depois Betsy. A menina — achei-a muito mais nova do que Elizabeth e Beth, e fisicamente Betsy não tinha idade nenhuma — parecia fraca, de certo modo, e quase frágil; ainda que se levasse em conta o impacto angustiante de seus dias infelizes em Nova York, ela não me dava a impressão de uma jovem mulher de saúde robusta. Era muito semelhante a Elizabeth, porém o rosto era mais anguloso e tinha um toque mais arguto; achei seu olhar ardiloso.

De qualquer forma, ela e eu não nos conhecíamos. Dirigiu-se a mim com bastante civilidade, mas ficou surpresa por eu ter ido tão longe para vê-la e concluiu por conta própria que eu viajara por dever isso à sua tia, em nome de quem me agradecia de modo cortês. Seu médico, me informou, era o dr. Ryan, e ela imaginava que se eu ligasse para o consultório dele ao voltar para Owenstown, ele se disporia a me fazer o favor de repassar quaisquer boletins futuros a respeito de sua saúde, caso meu interesse nela se prolongasse. Falava com debilidade devido à situação dolorosa da garganta, mas nenhum de nós, o médico responsável, a enfermeira ou eu, tinha dificuldade de definir que os serviços do dr. Wright eram supérfluos para a presente srta. R.

Confesso ter sentido uma pontada momentânea de empatia por quem tinha colocado a mão em torno de seu pescoço, mas abaixei a cabeça em silêncio e me retirei com a elegância que fui capaz de reunir, no íntimo deleitado com o constrangimento do médico do hospital, que tinha me convocado às pressas por causa de um papelzinho com meu nome e endereço encontrado na bolsa da srta. R. Garanti à srta. Jones que a sobrinha estava em mãos muito capazes; em seguida, de boníssimo grado, abandonei a srta. R. para que a tia a levasse para casa e desejei às duas uma agradável viagem. Voltei de trem, meio de transporte mais demorado mas menos inquietante, e cheguei ao meu consultório com minha bela lareira com a cabeça doendo e um profundo desejo de nunca mais ouvir falar da srta. R. ou de sua tia. Para ir direto ao ponto, achava provável que a srta. Jones fosse ficar plenamente satisfeita com a garota que havíamos encontrado em Nova York, que a minha srta. R. houvesse desaparecido, talvez para sempre, e que tivesse perdido tempo em uma busca inútil só para ser caçoado em um quarto de hospital por uma menina abusada e arriscar minha vida em um avião com sua tia aterrorizante; não encontrei em mim mesmo nada além de uma impaciência sublime com a srta. R. e sua família inteira.

Eu sabia de duas coisas, e creio que ninguém mais desconfiasse delas: que Beth tinha escrito o bilhete com meu nome e endereço e enfiado na bolsa da srta. R., e que os hematomas no pescoço da srta. R. tinham sido feitos pelos dedos de Betsy; imagino que em Nova York eu seria considerado louco se sugerisse uma ou outra como pista a respeito da condição da srta. R. Contentei-me, portanto, com minha raiva e fiz bem de agir assim.

Contudo, não fiquei perplexo quando, dois dias após seu regresso, a srta. R. apareceu no meu consultório; a srta. Hartley logicamente a anunciou apenas como srta. R., e foi um prazer genuíno para mim me ver saudando Elizabeth, que, tímida e hesitante como sempre, sentou-se como se pensasse ter consulta marcada, e, de fato, ao questioná-la, descobri que pensava mesmo ser o caso. A pobre coitada não sabia de nada que havia acontecido e supunha, na maior ingenuidade, estar apenas dando continuidade à sequência regular de visitas! Fiquei comovido e talvez um pouco culpado por ter sentido raiva da pobre criatura, e portanto foi com grande cordialidade que tratei de agir como se nenhuma adversidade tivesse transcorrido desde a nossa última consulta.

"Você se recuperou por completo da doença que a acometeu recentemente, minha cara Elizabeth?", eu perguntei. "Você parece estar muitíssimo bem." Ela ainda tinha hematomas escuros no pescoço, que tentava esconder com um xale de seda sob a gola, e os arranhões no rosto não haviam sumido por completo, mas não restavam dúvidas de que estava melhor do que da última vez que eu a vira — e, aliás, que a penúltima vez.

"Me sinto melhor", ela disse. "Acho que faz muito tempo que estou doente."

"Você deu muita preocupação à sua tia." Com uma genuína sensação de bem-estar, abri a gaveta da mesa e peguei o caderno que usava para registrar minhas conversas com a srta. R., e sorri diante da expressão pesarosa dela ao vê-lo. "Temos que tirar o atraso", expliquei. "Desde quando não conversamos?"

"Faz mais ou menos uma semana?" Ela tinha dúvidas.

"Pelo menos esse tempo parece ter feito bem a você. Agora, vamos começar com nosso catecismo de praxe. Dores de cabeça?"

"Nenhuma, a não ser por uma leve que tive faz mais ou menos um dia, quando despertei de um sonho ruim."

"Suponho que", eu disse, "visto que despertou, você estivesse dormindo, e a partir disso deduzo que sua insônia já não está mais tão preocupante quanto era antes, certo?"

"Eu ando dormindo muito bem. A não ser..." Ela hesitou. "A não ser... pelos sonhos horríveis que tenho tido."

"É mesmo? Você se lembra de alguma coisa deles?"

"Eu estava de pé", ela disse, relutante, "e estava me olhando. Tinha um espelho grande — era tão alto que eu não via onde ele terminava. E apesar de não querer ser indelicada ao falar de ninguém, acho uma crueldade a tia Morgen trancar minha porta de noite. Não sou mais criança, sabe?"

Meus olhos estavam no caderno, mas notei uma mudança curiosa na sua voz, e perguntei, sem erguer os olhos: "Você escreveu meu nome e endereço num papelzinho?".

"Então você viu o papel mesmo?" Havia deleite em sua voz. "Eu estava com tanto medo e tentei telefonar para você, porque eu sabia que *você sempre* iria em meu socorro, mas o homem não passava o telefone para você, e fiquei muito assustada."

Olhei para ela; sem dúvida era Beth, que vinha a mim de forma voluntária, sem hipnose, pálida e cansada e brutalmente desfigurada pela face arranhada, mas era minha garota adorável ainda assim. "Se você não tivesse escrito o bilhete", eu lhe disse, "jamais poderíamos tê-la resgatado."

"Resgatado?", ela questionou, surpresa.

"Vou explicar isso no devido tempo. Vou dizer apenas que você foi inteligentíssima ao escrever o bilhete. Tem inúmeras coisas que estou ansioso para discutir com você, mas meu medo é de que você ainda não esteja totalmente bem, e acredito que você deva descansar." Até então, não tinha ficado frente a frente com Beth, e — assim como da primeira vez que vi Betsy de olhos abertos eu de súbito percebi que ela era uma personalidade independente, um ser completo e à parte de qualquer outro, em vez de mera manifestação raivosa concebida exclusivamente no meu consultório — eu via agora que Beth, olhando ao redor e se retraindo, tentava se *formar*, por assim dizer; deixemos que o leitor confuso com minhas explicações canhestras feche os olhos por não mais que dois minutos e veja se de repente não se considera um ser humano compacto, mas apenas uma consciência em um mar de sons e toques; é apenas de olhos abertos que a forma corpórea retorna e se agrega com firmeza em torno do cerne rijo da visão. Era essa, pelo menos, minha impressão a respeito da consciência crescente de Beth: a princípio, ela não passava de uma voz e um olhar, mas ao se solidificar em um indivíduo, a separação entre ela e as outras personalidades se tornou nitidamente maior; era impossível, por exemplo, olhar agora para Beth, como eu fazia, e acreditar que fosse a mesma pessoa que Elizabeth, que estava sentada naquela cadeira não fazia nem dez minutos; salvo pelo fato de usarem as mesmas roupas e de seus rostos, apesar das diferenças sutis, ostentarem os mesmos arranhões feios, eram duas garotas de todo distintas. Por isso minha crescente falta de jeito com Beth; só me resta dizer mais uma vez, impotente, que existe um mundo de diferença entre uma sombra fantasmagórica e uma menina de verdade. Portanto, gaguejei e concluí minha frases formais e fiz uma anotação em que se lia — eu juro: ainda está no meu caderno — "Elizabeth Beth briluz; o pintalouvas", e então Beth disse em tom afetado: "Sabia que eu nunca tinha visto o senhor, doutor?", e ponderei que talvez minha expressão estivesse bastante pretensiosa, já que estava acostumado a lidar com Beth de olhos fechados. Perguntei se ela se sentia tão bem, afinal, a ponto de poder conversar um pouquinho comigo, e ela estava muito disposta a ficar, acrescentando que tia Morgen "agora estava sempre irritada".

Não fiquei muito surpreso com isso, é claro, e perguntei o que a tia achava de ela continuar frequentando meu consultório.

"Ela falou que eu poderia vir", disse Beth. "Quando eu saio, ela quer saber para onde vou e quando vou voltar, como se eu ainda fosse um bebê."

Fiquei admirado; pelo que tinha visto da tia, esperaria que mantivesse a sobrinha fujona acorrentada à cama, mas suponho que, na verdade, à exceção de um confinamento propriamente dito em uma instituição, ela não teria como manter a sobrinha sob supervisão constante; só sabia do diagnóstico do hospital, de "amnésia", e portanto imaginava, presumo, que a sobrinha tivesse se esquecido da fuga e de sua motivação, e por isso a considerasse a salvo de qualquer outra tentativa. Suspirei, e Beth disse logo: "É *o senhor* que está cansado, e eu já fiquei aqui mais tempo do que deveria".

"Não, de modo algum", declarei. "Só estou perplexo."

"Eu sei", ela disse. "Está preocupado comigo, e encafifado com a minha saúde, e torcendo para que eu fique bem." Ela refletiu. "O senhor vai me botar para dormir?", ela perguntou.

Eu não queria tentar a hipnose; na verdade, só queria mandá-la para casa até me preparar melhor para retomar seu caso. Mas ela havia tido a lealdade de me procurar, e eu ainda era seu médico. "Vou", disse com firmeza. "Se você quiser, podemos retomar nosso tratamento normal agora."

Talvez porque estivesse entusiasmada, foi muito difícil submetê-la a um torpor hipnótico profundo naquela tarde; de olhos fechados e recostada na poltrona, ela estava mais parecida com a Beth da minha lembrança, a menina que já tinha sido a R2! Nunca havia colocado Beth sob uma hipnose mais profunda sem chegar em Betsy, e talvez essa ideia também tenha retardado o alcance do transe hipnótico; ela abriu os olhos e sorriu para mim várias vezes, e eu, retribuindo o sorriso, recomeçava, paciente. Por fim, seus olhos se fecharam e ela começou a respirar com regularidade, e eu, mal ousando elevar a voz acima de um sussurro, disse: "Como você se chama?".

Os olhos dela se abriram de repente e ela fez uma careta para mim. "Monstro", ela disse, os arranhões vermelhos no rosto, "homem perverso."

"Boa tarde, Betsy. Suponho que você esteja descansada das fadigas de sua jornada?"

Ela virou o rosto, amuada, e eu reprimi o enorme júbilo que senti ao vê-la tão subjugada; ali não havia gargalhada desvairada nem zombarias atordoantes, mas apenas uma criatura maldosa aprisionada e contida. "Betsy", eu disse, abandonando o tom irônico, "eu realmente lamento muito por você. Você me tratou de forma injusta, mas apesar disso sinto muito por vê-la tão infeliz e continuo me oferecendo para ajudá-la como eu puder."

"Então me deixe ir embora", ela disse, voltada para a parede.

"Para onde você poderia ir?"

"Não vou falar", ela disse, amuada. "Você não tem o direito de saber."

"Então, Betsy, conte para onde foi quando você fugiu? Nós a encontramos em Nova York, sabe — você foi direto para lá?"

Ela fez que não, emudecida.

"Por que você fugiu, Betsy?", perguntei com bastante delicadeza.

"Porque vocês não me deixavam ser livre e feliz. E quando eu estava em Nova York, eu era feliz o tempo todo, e almocei num restaurante e peguei ônibus e todo mundo que encontrei era legal, ao contrário de você e dela e da tia Morgen."

Confesso que eu poderia ter me disposto a sentir pena da jovem pecadora; um dia de euforia, algumas horas de liberdade, um gostinho de luxo — isso atrairia até as melhores pessoas. Mas, disse a mim mesmo, com rigor, as melhores pessoas não colocariam em risco as vidas de Beth e Elizabeth, e por isso prossegui: "E no hospital?".

"Eu não estava lá", ela disse, e soltou um grito de agonia, "eu nem estava lá!"

"Quer dizer que você estava dentro?"

Ela fez que não. "Eu sumi", ela explicou. "Eu nem fiquei sabendo, e eu *sempre* sei *de tudo*, o que a Lizzie faz e o que a Beth faz e o que elas dizem e pensam e com o que estão sonhando, e agora fico sabendo do hospital só porque ouvi *ela* falar com a Morgen, e eu nem estava *lá*..."

"Ela?"

"Ela", Betsy disse com asco.

"Então", eu disse, numa tentativa de ser afável, "não foi você quem me rejeitou no hospital."

Betsy abriu um sorriso largo. "Eu ouvi falar disso", declarou. "*Ela* falou que você..."

"Não vale a pena discutir isso", retruquei. "Temos coisas mais importantes para nos preocupar, e a principal é a questão que estávamos trabalhando antes de Elizabeth adoecer; ou seja, a morte da sua... da mãe de Elizabeth."

"Não vou falar com você", ela disse, de novo amuada. "Você não gosta de mim."

"Não", concordei de pronto. "Você foi muito injusta comigo. Mas acredito que eu passaria a gostar muito mais se você respondesse às minhas perguntas com bom senso."

"Não vou falar com você", ela respondeu, e deu essa mesma resposta a tudo que eu dizia antes de passar a se recusar a falar.

Percebi em seu mau humor a convicção de que ela sabia que havia sido derrotada e, muito animado com esse amansamento da vilã de nossa obra, desisti das minhas perguntas e me questionei se poderia desenredar meu nó hipnótico despertando-a, mas considerei isso quase tão difícil quanto tinha achado a hipnose. Repetidas vezes me deparei com os olhos odiosos de Betsy fixos em mim e comecei a desconfiar de que as questões entre essas diversas personalidades estavam chegando a um ponto crítico, por assim dizer, e em vez de passar de uma a outra com facilidade por meio da hipnose, todas estavam cientes da individualidade a ponto de resistir à subjugação e se agarravam de forma obstinada à superfície, todas com a esperança de enfim estabelecer dominância. Parecia lógico supor que esse poder estivesse intimamente ligado ao controle de consciência, e que quanto mais tempo uma personalidade passasse governando as outras, mais forte ficaria, sangrando das outras suas valiosas consciências. Eu já sabia que ali sem dúvida conhecimento era poder, e que a personalidade mais essencial da srta. R. era a que tinha a mente mais aberta; Elizabeth tinha perdido, e estava perdendo, grande parte de sua vida consciente, sem ideia do que acontecia quando estava submersa, e minha pobre Beth estava muito pouco melhor do que ela; Betsy, até então, com sua capacidade de compreender tanto Elizabeth como Beth, parecia com tranquilidade a mais fundamental de todas as que havia conhecido, no entanto eu relutava bastante em admitir. Agora, entretanto, as alusões sombrias a uma "ela" a cujas maquinações mentais Betsy não tinha acesso constante e fácil me davam esperança de que talvez a srta. R. estivesse voltando a si, embora acreditasse que a menina que tinha encontrado no hospital não era a forma final completa de sua personalidade; eu bem que gostaria se ela tivesse um pouquinho da doçura de Beth!

Por fim, deixei Betsy de lado e despertei, conforme havia previsto, minha amiga Beth; ela abriu os olhos, observou o entorno, suspirou e se sentou com as costas eretas. "De novo?", ela perguntou, como que para si mesma, e então olhou para mim. Passou um longo minuto me fitando e, depois de ponderar, disse: "Eu achava que já tinha pedido para você não me incomodar mais. Se você não me deixar em paz, vou contar para a minha tia".

Talvez se imagine que não fiquei muito lisonjeado com tal recepção; contive o ímpeto de me levantar e abrir a porta para ela sair, e disse apenas: "Meu nome é Victor Wright. Sou médico, e você, senhorita, é minha paciente há mais de vinte meses".

"Eu? Impossível."

"Eu agradeço", declarei com firmeza. "Não é tão impossível quanto você pensa; existe, na verdade, gente nesta cidade que pode, caso queira, atestar que sou um homem da ciência e íntegro. No entanto, madame, não são minhas credenciais que estão em discussão, mas as suas. Pode me dizer quem é você?"

Ela me lançou um olhar de antipatia. "Se sou sua paciente há tanto tempo quanto você diz", ela me disse com arrogância, "você já deve ter descoberto meu nome." E deu uma breve risada que me trouxe a lembrança desagradável da tia.

"Seu nome", eu disse em tom monocórdio, "é Elizabeth R., mas em qualquer conversa futura entre nós vou surpreendê-la chamando-a de Bess."

"Bess?", ela repetiu, mais ofendida do que surpresa. "Mas por quê?"

"Porque escolhi assim", declarei, assim como Betsy. Creio que, caso não me fizesse lembrar a tia (uma imagem que, por sua vez, vai sempre me lembrar, de maneira muito nítida, das minhas experiências no avião), eu não teria sido tão brusco; devia ter me dirigido a ela com gentileza e paciência, e aos poucos tê-la feito me aceitar, mas nem um homem da ciência consegue ser sempre imparcial, e sensato, e invulnerável, e ela havia me contrariado de forma irremediável.

Não era burra; ela percebeu logo, e talvez tivesse alguma suspeita dos favores futuros a serem obtidos de mim, pois mudou de tom e disse com mais civilidade: "Me desculpe por ser rude. Não sou a mesma desde a morte da minha mãe: ando muito nervosa e talvez diga coisas que eu jamais cogitaria. Fiquei muito abalada com a morte da minha mãe". Ela parecia considerar esse um belíssimo pedido de desculpas, e se moveu e sorriu de forma exagerada para demonstrar que não me guardava ressentimento pelos dois insultos anteriores.

Eu a achei espalhafatosa, artificial, afetada, e não apreciei suas óbvias tentativas de soar refinada; como, fiquei pensando, era possível que Elizabeth e Beth falassem como meninas educadas com discrição, e essa menina falasse ceceando, e então pensei que a mente por trás dela sem dúvida era defeituosa, apesar de forte, e precisava ser incorporada com firmeza a Elizabeth e Beth para manufaturar uma personalidade final suportável. Assim que me senti apto a lhe responder com compostura, disse: "Não estou surpreso, é claro, por você sofrer com a morte da sua mãe; seria anormal se não o fizesse. Mas é claro que passado todo esse tempo…".

Parei, e ela levou o lenço aos olhos.

"Afinal", continuei quando ela parecia "impactada" demais para se pronunciar, "sua tia também era muito afeiçoada à sua mãe e conseguiu superar a perda."

"Tia Morgen não tem nenhum sentimento bom." O comentário coincidia quase por inteiro com a minha opinião sobre tia Morgen, mas não falei nada; passado um instante, ela prosseguiu: "Além do mais, tia Morgen é velha e gorda e idiota, e eu sou jovem e" (ela deu um sorriso afetado) "bonita e rica; é sem dúvida uma pena que a tristeza...".

"Estrague?", sugeri com ironia.

Ela me lançou outro olhar antipático e continuou: "Muita gente já me disse que sou igualzinha à minha mãe quando ela era mais nova, mas meu cabelo é de uma cor melhor do que o dela e eu tenho o tornozelo mais fino". Ela olhou para os tornozelos com prazer, e eu não resisti e disse: "Então vamos torcer para esses arranhões não deixarem cicatrizes no seu rosto".

Ela ergueu os olhos para mim e por um instante seu rosto ficou com a expressão mais amedrontada que já vi na vida. Em seguida, ela disse com um sorriso falso: "Não vão deixar, obrigada por perguntar. Eu verifiquei com o dr. Ryan".

"Ele contou como você os arrumou?", indaguei.

"Eu caí", ela foi logo declarando, ainda com um medo desesperador. "Não sei por que você fica perguntando sobre isso, é falta de educação e não tem importância."

"E a Betsy?"

Ela se levantou, trêmula, e disse, feroz: "Não existe Betsy nenhuma, e você sabe disso, você quer me assustar de novo e eu *não* vou deixar!". Ela parou, recobrou o fôlego e continuou, falando mais baixo. "Eu já disse que não sou a mesma desde a morte da minha mãe. Eu às vezes... eu imagino coisas. Sou uma pessoa muito nervosa por natureza."

"Entendi", declarei. "E há quanto tempo você disse que sua mãe morreu?"

Ela voltou a levantar o lenço. "Três semanas", afirmou.

"Entendi", eu disse. "É uma lástima. Mas a sua tia superou por completo?"

"Para falar a verdade", ela disse, se sentando outra vez e obviamente aliviada por termos parado de falar dos arranhões no rosto dela, "eu e tia Morgen não nos damos muito bem. Espero sair da casa dela em breve."

Eu não invejava a tia pela companhia grosseira daquela jovem e gostaria de ter mandado para casa a srta. R. sob a forma de Elizabeth como um gesto de benevolência, mas não conseguia enxergar um caminho aberto para propor de maneira sóbria à srta. R. que eu a colocasse em um transe hipnótico, portanto disse apenas: "Acredito que sua agitação já terá diminuído um pouco, srta. Bess R., na nossa próxima consulta".

"Nossa?", ela disse com total perplexidade. "Meu querido homem, você acha que eu vou voltar aqui?"

"Não vai?"

Ela riu e retomou a antiga arrogância. "Tem muita gente que fala muito bem de você", ela disse, "que você nem precisa implorar que os pacientes venham ao seu consultório. Já falei que fui ao dr. Ryan: *ele* é meu médico, e eu estou dizendo com todas as letras, de uma vez por todas, que não quero nem pretendo ser sua paciente. Não tem nada de pessoal nisso, e eu já te pedi desculpas por ter sido rude, mas você não deve ficar achando que vai me mandar a conta e receber pagamento por essa breve conversa só porque me desculpei. Posso até ser rica, mas não vou ser enganada por todo…"

Finalmente a acompanhei à porta.

Sem entusiasmo, acrescentei R4 às minhas anotações e torci para ser a última; ponderei que cada uma das diversas personalidades se mostrava mais desagradável que a anterior — sempre, é claro, à exceção de Beth, que, apesar de frágil e quase indefesa, pelo menos tinha certo encanto e era cativante justamente pelo desamparo. Percebi, deitado na cama, insone — a pessoa descobre, acho eu, que mesmo com a consciência limpa chega uma idade em que o sono deserta a mente cansada; não sou idoso, mas hoje em dia é frequente eu cortejar o sono em vão —, que estava contando e recontando, como se fossem números em um enigma, minhas quatro garotas: Elizabeth, a entorpecida, a idiota, a desarticulada, mas de alguma forma duradoura, pois ficava para trás para seguir a vida quando as outras submergiam; Beth, a doce e suscetível; Betsy, a libertina e selvagem; e Bess, a arrogante e vulgar. Reparava que era impossível permitir que uma delas assumisse o papel da srta. R. verdadeira, da completa (por definição, nenhuma *delas* poderia ser completa!), e, ao mesmo tempo, nenhuma delas poderia ser considerada uma "impostora"; a srta. R. seria ao menos uma mistura qualquer das quatro, embora eu deva confessar que a contemplação de uma personalidade combinando a burrice de Elizabeth com a fraqueza de Beth, a indocilidade de Betsy com a arrogância de Bess, me dava vontade de me esconder sob as cobertas!

Eu me enxergava, se a analogia não for muito exagerada, como o dr. Frankenstein, com todos os materiais para criar um monstro à mão, e quando dormia, sonhava que remendava e juntava, em horrendas tentativas de enfraquecer a maldade de Betsy e deixar o pouco de bom que tinha, enquanto as outras duas ficavam ali ao lado, zombeteiras, esperando a vez delas.

Na manhã seguinte, quando me sentei à mesa para botar as anotações em ordem, ouvi a voz surpresa da srta. Hartley na antessala do consultório, e então minha porta se abriu com um baque e Betsy entrou, esbravejando com fúria, trêmula e pálida; "O que é isso, seu velho idiota", ela berrou, sem nem fechar a porta, "que história é essa que eu ouvi, de que você escolheu essa puta* abominável orgulhosa e fria para gerenciar todas nós? Você acha mesmo...".

"Feche a porta, por favor", eu disse baixinho, "e modere o linguajar. Embora não seja uma dama, você está se dirigindo a um cavalheiro."

Ela riu, sem se importar com o mal que fazia aos próprios interesses ao me enfurecer, e juro que por um instante pensei que fosse me bater; ela se aproximou da mesa e se curvou (e agradeço de todo o coração por estar seguro atrás de um móvel tão maciço) e berrou na minha cara: "Louco! O que é que você está fazendo com todas nós?".

---

* São as palavras de Betsy, não minhas; hesito em copiá-las, mas a precisão me obriga. (V. W.)

"Minha querida Betsy", implorei, "suplico que se recomponha; não tenho como discutir o assunto com você nesse estado irascível."

Ela se acalmou um pouco e permaneceu de pé com as mãos tremendo e os olhos, faiscantes, semicerrados do outro lado da mesa. Ainda bastante amedrontado com a possibilidade de que ela de repente avançasse sobre mim, eu estava tenso, com as costas contra a parede, e com certo esforço mantive a voz baixa e firme ao pedir que se sentasse. "Porque", acrescentei, "não temos como conversar tranquilamente, eu e você, se não nos sentarmos feito seres humanos, em vez de acuarmos um ao outro como animais."

Aparentemente vendo que eu não tinha medo dela, ela encolheu os ombros, resignada, e se jogou na poltrona de sempre, onde se acomodou sem me encarar e de punhos cerrados. Respirei de verdade pela primeira vez desde que ela tinha entrado no meu consultório e tomei cuidado ao passar ao lado dela para fechar a porta. "Pois bem, minha querida", eu disse, voltando à minha cadeira atrás da mesa, "me conte o que a deixou tão chateada."

"Bom", começou Betsy, como quem descreve uma enorme injustiça, "a Lizzie, a Beth e eu somos suas amigas de longa data, e embora você não goste *de mim*, não é justo que escolha uma estranha para tomar conta de nós."

"Eu não vou pôr ninguém para tomar conta, como você diz. Essa tal de Bess é só mais uma personalidade, como você, Beth e Elizabeth."

"Ela não é que nem *eu*", Betsy rebateu. "Ela é horrível."

Sorri ao ver o sujo falando do mal lavado e prossegui: "Minha intenção não é escolher uma de vocês, mas persuadir todas a serem uma só pessoa de novo. Por que você acha que estou discriminando todas vocês em prol da Bess?".

"Foi ela quem falou", Betsy resmungou.

Eu estava cada vez mais animado; em algum lugar ali seria possível definir a área exata da consciência de cada uma dessas personagens, e, quando conseguisse romper as barreiras de silêncio entre elas, já teria mais que meio caminho andado rumo à cura; "Como?", indaguei, e então, quando Betsy ergueu os olhos, surpresa, fui mais preciso: "Como você e a Bess se comunicam?".

"Então *tem* coisas que o velho não sabe?", Betsy disse com súbito deleite. "Bom", ela começou, se recostando na poltrona, "por que eu deveria contar a *você*? Imagine se eu não contasse nada enquanto ela estivesse por perto? *Gostou* da ideia?" Ela se levantou e me olhou de cima, parada diante da mesa. "Não dá para você ser amigo meu *e* dela", ela declarou, monocórdia, e se virou para a porta.

"Betsy", chamei com urgência, mas quando ela se virou para mim de novo, seu rosto estava educadamente desdenhoso, e fiquei abatido — eu confesso — ao ver que naquele momento havia perdido Betsy, com nossa briga ainda não resolvida, e recebia Bess. "Por que você não me deixa em paz?", Bess perguntou, me examinando sem raiva, mas também sem cordialidade.

"Receio", declarei com frieza, "que você tenha aparecido aqui sem que eu desejasse. Minha paciente..."

"Suas pacientes não me dizem respeito", ela retrucou. "Eu estava meio nervosa uns minutos atrás e espero que esqueça o que eu disse. Sobre pessoas tomando conta de outras pessoas."

"Você sabe tudo o que foi dito nesta sala desde que você entrou aqui?"

"É claro." Ela ficou surpresa. "Às vezes eu fico muito nervosa e digo umas coisas meio doidas. A morte da minha mãe..."

"Eu sei", cortei às pressas. "Você pode voltar aqui e se sentar? Preciso muito da sua ajuda."

Ela titubeou. "Já que você precisa de ajuda", ela disse, "eu fico um minutinho, mas como não estou aqui como paciente..."

"*Você* não vai receber a conta pelo meu tempo", eu disse com total convicção, e, tranquila, ela voltou e se sentou. Assim que estava acomodada, eu disse: "Me conte, então, por que você nega a existência de qualquer outra personalidade dentro de você?".

Ela umedeceu os lábios e olhou ao redor com nervosismo, como se temesse uma retaliação de Betsy, talvez, pelo que estava prestes a dizer. Por fim, declarou a duras penas: "Fiquei muito mal quando minha mãe morreu e só agora estou voltando a ficar bem. Se eu ficar achando que tem alguém me obrigando a fazer coisas, eles todos vão acreditar que eu sou maluca *de verdade* e talvez me prendam em algum lugar, e tia Morgen vai pegar todo o dinheiro".

"Entendi", declarei. "Se eu te disser que não acredito que você seja 'maluca', como você diz, e que juntos podemos superar esse seu mal-estar, você concorda em me ajudar?"

"Se existe mesmo outra pessoa", ela disse sem pressa, "então fui mais forte do que ela quando estávamos em Nova York, porque fiz ela se recolher. Então para quê bancar a sua contratação para mandá-la embora se eu sou capaz de fazer isso sozinha?"

Eu tinha a sensação de estar enlouquecendo junto com ela. "Srta. R.", eu disse, "aceitei este caso por compaixão e por amizade ao dr. Ryan. Desde que comecei, com nada além da mais pura integridade científica, nada além da sua saúde como objetivo, sem causas a servir nem glória a conquistar além da visão da srta. R. bem e feliz e preparada para assumir um lugar normal no mundo — escute, desde que comecei, só enfrentei insolência e empecilhos criados por você e por suas irmãs; só Beth tentou me ajudar de alguma forma e ela é frágil demais para se manter leal. Se eu agisse conforme gostaria...", e receio que nesse momento tenha erguido minha voz, "se eu agisse conforme gostaria, senhorita, você levaria umas belas palmadas e aprenderia a ter modos. Nas atuais circunstâncias, você não me deixa nenhuma alternativa a não ser abrir mão do seu caso; a partir de agora, srta. R., nossa cooperação está encerrada."

"Ah, dr. Wright", ela disse, às lágrimas, e era Beth, "o que foi que eu fiz para deixá-lo tão bravo?"

Eu era um homem atordoado. Emudecido, me levantei e saí do meu consultório batendo o pé, deixando o campo aberto para minhas inimigas, cujas gargalhadas triunfantes e cruéis ecoavam às minhas costas.

Creio que nem mesmo meu leitor menos cético imagine que minha cooperação com a srta. R. tenha sido encerrada tão abruptamente da minha parte; estava pronto a abrir mão, sem mais questionamentos, do caso da srta. R., com base no que considerava uma provocação total e suficiente, mas não conseguia convencer o caso da srta. R. a abdicar de mim; daria no mesmo se eu tivesse gritado o meu discurso para o consultório vazio ou para Beth, que me entendia tanto quanto se eu estivesse falando grego, e minha grandiloquência não valeu de nada. Elizabeth apareceu pontualmente no meu consultório no dia seguinte, se acomodou na poltrona em frente à mesa e declarou estar com dor de cabeça.

Por volta dessa época, Betsy ficou viciada em pregar uma peça vingativa, levada a cabo sobretudo contra Bess, sua grande inimiga (era divertido, a propósito, ver como o ódio de Betsy por Elizabeth e Beth havia se transformado após o surgimento de Bess), mas vez por outra Betsy não se eximia de se distrair com a entediante Elizabeth ou a ingênua Beth; uma tarde, a srta. R. estava atrasadíssima, e eu quase decidido a não continuar esperando, quando Beth telefonou; não podia sair de casa porque a tia havia saído e trancado a porta dos fundos, e alguém (e eu sabia quem, embora Beth, é claro, não soubesse) havia bloqueado a porta da frente com uma mesa pesada, assim Beth não poderia sair; ela era fraca demais para tirar a mesa e acanhada demais para se permitir ser vista saltando pela janela, portanto ficou em casa até a tia voltar e destrancar a porta dos fundos e ajudá-la a empurrar a mesa. Quando repreendi Betsy pela travessura, ela explicou em tom inocente que seu alvo era Bess, que pretendia fazer compras naquela tarde, e que se Bess não conseguisse empurrar a mesa, ficaria em casa, e assim permitiria que as outras personalidades fizessem a visita habitual ao meu consultório.

Reitero que Betsy não estava acima de certa desonestidade mesquinha; várias vezes Elizabeth esgotou seu pequeno quinhão de força caminhando até o meu consultório porque Betsy tinha roubado e escondido todo o dinheiro que tinha. A coitada da Elizabeth preferia ir andando até o consultório a não ir; acho que era um dos poucos lugares onde a pobre criatura tinha alguma liberdade, já que em casa mais personalidades fortes a tiranizavam.

Bess era mais sensível no que dizia respeito ao dinheiro e tinha enorme aversão a gastá-lo em outra coisa que não nela mesma; se ressentia de cada centavo que a tia despendia em artigos para a casa, mas esbanjava grandes quantias em roupas e joias para si mesma. Um dos truques prediletos de Betsy, e que sempre deixava Bess em polvorosa, era assumir o controle da personalidade e, em seguida, como srta. R., distribuir os pertences de Bess de forma generosa entre todo mundo que via; ela deu um casaco caro à senhora que faxinava a casa da srta. R. e da tia, e somas em dinheiro a pedintes na rua (penso que Betsy tinha mais capacidade de tomar o controle da personalidade ao ser abordada por alguém que precisava de dinheiro; Bess tendia a ficar nervosa e agitada quando achava que lhe pediriam para abrir mão de seus valiosos centavos, e era mais vulnerável a Betsy; isso, no entanto, pode ser um raciocínio puramente malicioso da minha parte); sempre, de modo pernicioso, trazendo Bess de volta a tempo de ouvir os agradecimentos abundantes do beneficiário da caridade de Betsy. Bess costumava passar horas fazendo compras e inúmeras vezes (já que, segundo descobrimos, ainda tinha um acesso apenas parcial aos atos de Betsy) se imaginava fazendo compras quando as outras estavam comigo no consultório; éramos uma espécie de tripulação clandestina, com Betsy de vigia. Durante alguns meses depois de minha última cena com Bess, Betsy tomou para si a missão de nos proteger e, contente, montava guarda enquanto eu conversava com Elizabeth ou Beth; ao primeiro sinal da chegada de Bess, Betsy tirava a srta. R. às pressas do consultório e a levava para a rua, e, quando Bess chegava, se deparava consigo parada, em segurança, olhando a vitrine de uma loja. O lugar preferido de Betsy, aliás, era a vitrine de uma loja do outro lado da rua, em frente ao meu consultório, que vendia artigos esportivos, e Betsy relatava com júbilo que Bess não conseguia entender o fascínio que a vitrine da loja de artigos esportivos exercia sobre ela; sabia apenas que várias vezes tinha ido, sem se dar conta, até lá, e flagrado a si mesma absorta perante um mostruário de raquetes de tênis, varas de pesca e tacos de golfe.

    Um interrogatório cuidadoso revelou o fato tranquilizador de que, embora se sentisse livre por completo para pregar peças nas companheiras e para contá-las a mim, Betsy nutria tamanho respeito pela tia que era relativamente circunspecta quando havia a possibilidade de que a tia a descobrisse. Todas as meninas pareciam se comportar bastante bem perto de tia Morgen, e tenho certeza de que a tia — embora tivesse dificuldade de evitar a constatação de que a sobrinha era esquisita — não tinha noção da verdadeira situação do caso.

Durante todo esse tempo, a atitude de Betsy em relação a mim sofria mudanças substanciais. Jamais confiaríamos plenamente um no outro, mas ela sabia, é claro, do tratamento que eu recebia nas mãos de Bess e sentia que em qualquer balanço de poder eu tomaria o partido dos anjos, que, na cabeça de Betsy, era formado apenas por Betsy. Eu tinha grande apreço pelo auxílio que Betsy me prestava, de incontáveis formas, para que eu pudesse extrair informações de Elizabeth e Beth; eu sabia muito bem que a personalidade final da srta. R. precisaria ter total conhecimento da vida e das experiências da srta. R., completas e integrais, e minha esperança atual era de fortalecer Beth, por quaisquer meios, e aos poucos levá-la à completa e manifesta concretização de sua personalidade integral. Beth já sabia da existência dela mesma e de Elizabeth; eu contei às duas sobre Betsy e Bess, sem pressa nenhuma, explicando com toda a calma e paciência possível. As mentes de Betsy e Bess ainda estavam fechadas para elas, é claro, assim como Bess ainda conseguia excluir Betsy por determinados períodos, exercendo o máximo de controle, e Betsy conseguia fazer a mesma coisa com Bess. Percebi que à medida que as quatro se tornavam mais distintas, também se afastavam, e o que antes eram meras frestas de clivagem agora eram golfos que as separavam.

Fiquei bastante acostumado com meu grupinho de amigas, e volta e meia ficávamos muito contentes; Elizabeth e Beth ficavam pasmas com o conhecimento que Betsy tinha de seus atos, e acho que ela chegou a adquirir certo carinho por elas; ela nunca gostou muito de Beth, mas se tornou muito protetora com Elizabeth, e vez por outra ajudava Elizabeth, de forma voluntária, quando esta estava em apuros; como era incansável, e dada a acessos de entusiasmo, em duas ocasiões lavou todas as roupas de Elizabeth, esfregando e passando a ferro com grande fervor e pouca eficiência; uma vez, quando Bess vestiu uma blusa que Betsy tinha acabado de passar, Betsy se irritou e derramou um frasco de tinta na cabeça dela; sua afeição por Elizabeth, é claro, não a livrava de ser vítima das várias travessuras que passavam pela cabeça de Betsy, mas sempre que Elizabeth tinha a ingenuidade de se enrolar em uma cilada montada por Betsy, tínhamos a certeza de que haveria um pedido de desculpas compungido de Betsy, e a declaração de olhos arregalados de que a armadilha, óbvio, tinha sido montada para Bess.

Tenho no meio das minhas anotações inúmeros exemplos de objetos derramados, rasgados ou escondidos pela infatigável Betsy, e das longas caminhadas que dava para deixar Beth ou Elizabeth encalhadas em algum lugar distante, desconhecido, sem nenhum jeito de voltar para casa a não ser andando com as pernas já cansadas devido aos passos enérgicos de Betsy; uma noite, fez Bess soltar gritos histéricos pela casa, consequência de ter se deparado com a cama repleta de aranhas; ela me trazia presentinhos afetuosos roubados da escrivaninha de Bess e uma caixa de doces vermelha cheia das cartas de Betsy, que ela dizia ter pegado de Elizabeth. Quando mostrei esse presente a Elizabeth, ela ficou perplexa, mas confessou ter recebido as cartas antes de começar o tratamento comigo, quando ainda era funcionária do museu. O estranho é que a descoberta de que essas cartas tinham sido redigidas por Betsy só aumentou o carinho de uma pela outra. Betsy, a não ser que estivesse amuada, agora raramente atormentava Elizabeth com dores e indisposições, reservando toda a sua malevolência para Bess, e quando Betsy soube que eu reprovava as peças que pregava em Bess, embora tivesse pouca simpatia por sua vítima, ela parou de me contar os detalhes dessas brincadeiras, e portanto no decorrer de algumas semanas eu soube pouco ou nada sobre Bess, já que Betsy não me falava dela, e Beth e Elizabeth não poderiam falar.

Esse período — que talvez me perdoem por chamar de era de ouro da srta. R. — teve um fim abrupto na tarde em que, aguardando minhas amigas, fiquei ao mesmo tempo chocado e surpreso quando a srta. Hartley, anunciando a srta. R., abriu a porta para Bess. Tinha quase me esquecido do rosto anguloso e dos olhos dardejantes, da voz e dos modos desagradáveis, e não foi uma alegria para mim revê-los; esperava estar mais preparado antes de tentar lidar com Bess. Ela saltitou em direção à poltrona e se sentou, me lançou um sorriso com ar de superioridade e por fim disse que imaginava que eu estivesse surpreso por vê-la e — eu admitindo que sim sem tecer comentários — que torcia para que eu não tivesse a intenção de lhe fazer mal. Eu respondi que não, o que não era verdade, e ela me explicou que o falecimento recente da mãe a havia deixado muito nervosa. Fui seco ao lhe dizer que lamentava vê-la ainda enlutada e ela me olhou desconfiada; em seguida, se acomodando com mais firmeza na poltrona, prosseguiu:

"É por isso que eu estou aqui, entende? Tenho a impressão de que não estou me recuperando na velocidade esperada e estou um pouco preocupada com a minha saúde".

"Vejamos", eu disse. "Quanto tempo faz? O falecimento da sua mãe?"

"Três semanas", ela respondeu.

"Ainda três semanas?", indaguei. "Porque um bom tempo atrás você me disse..."

"Acho que eu devo saber quando foi que minha mãe morreu", ela retrucou categoricamente.

"Sem dúvida", respondi. "E a natureza desse seu nervosismo?"

"Você está perguntando por que eu acho que estou nervosa? Eu *sempre* fui nervosa; fui uma criança muito nervosa."

"Eu estava perguntando quais questões específicas de saúde você tem que sejam preocupantes. Dores de cabeça, por exemplo, ou insônia?"

"Eu...", ela hesitou, depois respondeu de uma vez: "Eu sinto medo o tempo todo. Tem alguém tentando me matar".

"É mesmo?", indaguei, pensando nas três pessoas que, se possível, gostariam de matar Bess, "Por que você acha isso?"

"Porque é verdade. Querem meu dinheiro."

"Entendi", ponderei. "Por quê?", perguntei.

"Porque ela me odeia, e anteontem eu estava descendo a escada e ela segurou meu pé e eu quase caí, e hoje, quando eu estava cortando tomate para botar no sanduíche do almoço, ela virou a faca na minha mão e me cortou." Pensei que estivesse à beira das lágrimas; ela esticou o braço esquerdo, mal enrolado no lenço. Dei a volta na mesa, afastei o lenço e examinei o corte; não era nem profundo, nem sério, mas devia ter sangrado muito, dando satisfação a Betsy. "Não teria como ser letal", eu disse. "A Betsy não..."

"Betsy?", ela bradou. "Quem falou que foi a Betsy? Não é nada disso."

"Então quem *você* acha que está tentando te fazer mal? Sua tia?"

Ela não conseguiu fingir acreditar nisso e baixou o olhar, enrolando o lenço na mão lentamente. "Sou canhota", ela afirmou. "Para mim, isso é muito esquisito."

Essa informação tinha certa relevância para mim: Elizabeth, Beth e Betsy eram destras. Eu lhe disse em tom amável: "Acho que boa parte do seu medo se dissiparia se você fosse capaz de encarar a existência de Betsy. Assim você poderia ao menos parar de pensar que sua vida corre risco; Betsy não teria como fazer mal a você sem fazer mal a ela mesma".

"Não existe Betsy nenhuma."

"Está bem. Você pôs aranhas na sua própria cama?"

Ela me fitou. "Quem te contou disso?"

"Betsy", afirmei com delicadeza.

Ela encurvou os ombros e virou o rosto, resignada, e tive pena dela. Assumia uma postura ousada a respeito de Betsy, e talvez, ao se recusar terminantemente a admitir a existência de qualquer outra personalidade da srta. R., ela um dia pudesse obter sucesso na eliminação de Elizabeth e Beth, mas Betsy era mais resistente, e a pobre Bess estava merecidamente acossada; teria que se curvar ao fato de que Betsy existia e admitir que ela não era apenas a srta. R. ou explicar a si mesma porque tinha acontecido — digamos — de se deitar na cama repleta de aranhas, ou de cortar a própria mão, ou de ter se lançado escada abaixo.

"Escute", ela disse, muito séria, por fim, se inclinando para a frente como se quisesse evitar que a entreouvissem, "*eu* recebo o dinheiro, ninguém pode tirar ele de mim; até tia Morgen admite que o dinheiro é meu. E eu não vou deixar nem a tal de Betsy, nem ninguém aparecer e se passar por mim para tentar pegar tudo."

"Mas é claro que o dinheiro não tem importância; pense..."

"É claro que o dinheiro tem importância", ela retrucou, me interrompendo bruscamente. "Vocês, idealistas, vivem se achando capazes de inventar alguma coisa melhor, mas já percebi que na hora de pagar o aluguel..."

"Minha jovem", eu disse, também interrompendo sua fala, "não admito ser insultado por uma pessoa que mal tem noção do que suas palavras acarretam. Não me interessa de quem é o dinheiro ou o que tia Morgen fala; meu único interesse é..."

"Eu sei que você *diz* isso", ela disse friamente, "mas é bom que fique sabendo que, caso tenha feito algum plano com tia Morgen, digamos, para essa sua Betsy e esteja tentando arrumar um jeito de acabar comigo para eu abrir mão do meu dinheiro — bom, o que eu quero dizer é que, apesar das promessas que tia Morgen ou a tal da Betsy ou seja lá quem possa ter feito, o dinheiro é *meu*, e eu vou te fazer uma proposta melhor do que qualquer uma delas, e *eu* posso bancar."

"Minha nossa", eu disse, ouvindo-a até o fim porque me faltavam palavras para discutir com ela, "Minha nossa, querida srta. R.! Que deplorável... isto é, que ultrajante!" E creio que estava quase emudecido de susto; suspirei e me debati, e sem sombra de dúvida fiquei roxo; ela parecia considerar meu choque genuíno, pois teve a benevolência de hesitar antes de prosseguir: "Bom, se eu estiver enganada, vou ser a primeira a pedir desculpas, doutor. Mas acho que você deveria compreender que eu sou a única de fato capaz de oferecer alguma coisa a você. Porque, afinal de contas, se você foi enganado por alguém que *disse* que iria te pagar, estou apenas fazendo um favor ao garantir que não vai. Porque o dinheiro...".

Acredito que apenas o fato de eu saber do medo que havia por trás de suas palavras me poupou da apoplexia; apesar de minha fúria atônita, reparei que, sob sua garantia descarada, seus lábios tremiam, e apesar dos gestos arrogantes, a mão direita se mexia o tempo inteiro para tocar no curativo da mão esquerda, para puxá-lo e redobrá-lo, para se movimentar e girar e apertar, como se contivesse... Passada minha raiva, sem mal prestar atenção a seu monólogo financeiro interminável, eu empurrei um bloco de papel na direção dela, por cima da superfície lustrada da mesa, e também meu lápis. Quando o lápis encostou em seu braço, os dedos o pegaram, e então — a pobre Bess continuando esse tempo todo a falar das obrigações da riqueza e dos luxos de que precisava se privar devido às extravagâncias da tia — a mão direita de Bess, sem que ela se desse conta, começou a rabiscar o bloco, enquanto eu respirava fundo e me recostava na cadeira, sorrindo e assentindo como um grande ídolo que acabou de ver um bezerro inteiro ser assado em seu altar. (Não sou um homem irreligioso, mas volta e meia desconfio de mim mesmo; aqui a analogia é irresistível, e acredito que seja assim porque a atual satisfação foi completamente mundana, quase prima do despeito, e de jeito nenhum considero a mesquinhez humana um aspecto do Todo-Poderoso; por isso, talvez, a concepção pagã.) Em todo caso, eu olhava o lápis que escrevia com muito mais atenção (embora disfarçadamente, é claro) do que dedicava à srta. R. e seus enormes, ainda que vagos, planos de ajudar hospitais e montar instituições de caridade para os pobres.

"É claro", eu dizia vez por outra e assentia, e às vezes exclamava "Exatamente" ou "De jeito nenhum". Não tenho nenhuma ideia das coisas com as quais concordei, mas acho que em todo caso ela não estava me escutando, assim como não prestava atenção aos esforços sinceros da própria mão que segurava o lápis. Por fim, vendo a primeira folha do bloco preenchida de cima a baixo por seus escritos, de novo estiquei o braço de modo casual — embora acredite ter arrancado a folha sem afastar visivelmente Bess de suas devoções monetárias — e peguei a primeira folha, sua mão recuada enquanto eu tomava essa atitude, como se esperasse para começar a escrever em outra.

"Você não acha que tenho argumento, meu caro doutor?", Bess me perguntou nesse momento, e ergui os olhos e fiz que não depois de muito ponderar, e lhe disse que nem sabia o que pensar, e ela suspirou e disse que era muito difícil para uma moça sozinha, e prosseguiu no assunto, e voltei meu olhar ardoroso para a folha de papel.

"dr. wrong", lia-se, "advogados tia m param dinheiro pobre bess pergunta ela pergunta ela cadê mãe o que tia m diz pergunta ela pergunta ela não fala verdade pergunta ela eu estou aqui e eu estou aqui e ela não sem dinheiro pobre bess betsy rindo"

E assim terminava a folha, mas o lápis continuava a escrever. Espalmei a mão com firmeza em cima da folha que eu segurava e levantei a cabeça, e disse, durante um intervalo em que Bess parou para tomar fôlego: "Minha cara srta. R., o que foi que você fez com sua mãe?".

Houve um silêncio mortal, e então ela disse, choramingando: "Você está bravo de novo, dr. Wright; o que foi que eu fiz?".

"Nada, nada", declarei, como se falasse com uma criança aflita, "nada, Beth."

"Você não me chama sempre que nem antes. Acho que não gosta mais de mim e que agora prefere conversar com a Bess, e jamais imaginei que você fosse gostar mais *dela* do que da sua Beth, mas acho que se você prefere..."

"Ah, Beth", eu disse, e suspirei. "Só quero que a Bess me fale da morte da sua mãe."

"Se estou no seu caminho", Beth disse, "não precisa mais me chamar. Pode passar o tempo todo com a Bess; *eu* nunca vou ficar sabendo. Mas imaginava que você *gostasse* de mim."

"Ah", eu disse com um desespero exausto, "eu prefiro a Betsy."

"Tudo bem", ela disse com um sorriso largo. "Eu *nunca* imaginei, meu caríssimo doutor, meu caríssimo caríssimo dr. Wrong, que eu te ouviria chamar Betsy como chama…"

"Pare com isso", eu pedi, "nada de blasfêmias; já não basta eu ser coagido e atormentado por todas vocês, agora também devo levar a culpa?"

Ela deu uma risadinha maliciosa. "Foi muita esperteza sua me dar o lápis", ela disse. "Eu só poderia sair depois que você *a* mandasse embora." Ela acrescentou em tom mais sério. "Tia Morgen a obrigou a ver você hoje."

"Eu bem que imaginei que houvesse uma crise; Bess não se arriscaria a pagar uma consulta sem uma provocação séria."

"Bom", disse Betsy, pensando bem, "em primeiro lugar, ela estava assustada. Tinha cortado a mão, entende?", e a diabrete me lançou um olhar afetado. "Mas na verdade foi a decisão de tia Morgen de escrever para os advogados que a fez vir — *eu* te falei, com o lápis."

"Mas eu não entendi direito; tem a ver com o dinheiro precioso dela, imagino?"

"Tem, sim; tia Morgen quer falar para os advogados que *ela* não pode ficar com o dinheiro porque…", Betsy hesitou, com uma expressão triste, inocente, "… porque ela anda *muito* nervosa desde que a mãe morreu", explicou Betsy. Então me perguntou sem fazer rodeios: "Você vai deixar que ela te pague para dizer aos advogados e a todo mundo que ela está bem?".

"É óbvio que não vou me envolver nessas bobagens. Não quero dinheiro nenhum, não *dela*, pelo menos, e não tenho nenhuma intenção de falar sobre ela com advogados ou com qualquer outra pessoa, e além do mais estou pronto para abandonar para sempre essa história infernal de loucura financeira; não sou nem contador, nem funcionário de banco, e estou muito cansado de lidar com contas quando meu interesse é em carne e osso..."

"Brilha", disse Betsy, "brilha estrelinha. Quero ver você brilhar."

"*E*", arrematei, "pretendo descobrir que papel *você*, srta. Betsy, teve nessa brincadeira de mau gosto."

"Eu?", indagou Betsy. "Brilha, brilha."

"Você, por acaso", me perguntei em voz alta, "não insinuou para a sua tia algum comportamento irracional no que diz respeito a gastos... você, quem sabe, não *demonstrou* essa tolice?"

"Brilha, brilha", disse Betsy, os olhos voltados para o céu, inocentes.

"Eu não ficaria surpreso se você tivesse — digamos — rasgado ou ateado fogo a uma nota de valor alto na frente da sua tia..."

"Por exemplo", Betsy perguntou, "acendido um cigarro com uma nota de dez dólares? Brilha, brilha."

"Entendi", declarei.

"Eu *realmente*", Betsy prosseguiu com muita franqueza, "enfiei na cabeça da Beth a ideia de que hoje em dia você vive conversando com *ela*. Achei que ao saber que Beth se sentiu mal, você talvez fosse um pouco mais legal com todas nós."

"Que maldade", eu disse.

"Diga isso a Beth", Betsy mandou, sorridente, e se virou para mim com o rosto choroso de Beth.

"Não quero mais conversar com você", declarou Beth.

"Beth", falei com irritação, "garanto que até esta tarde, quando ela entrou no meu consultório, fazia semanas que eu não via Bess. Não a convidei para aparecer aqui, e posso te garantir que tenho por ela uma franca antipatia. Não existe razão nenhuma neste mundo para você ou qualquer outra pessoa se aborrecer; sou médico e a fim de avançar neste caso..."

"Se você não gosta dela", Beth resmungou, "por que fala com ela o tempo todo em vez de falar comigo?"

"Ah, Betsy, Betsy", bradei, desesperado.

"É só ciúme", Betsy afirmou. "Daqui a pouco ela esquece. Brilha, brilha", acrescentou, dando uma risadinha.

"Quem dera conseguir te convencer a se comportar", declarei, exausto.

"Você sabia", disse Betsy, de repente retomando o mau humor já conhecido, "você sabia que se me deixasse em paz agora eu poderia ser livre? Eu ficaria com..." Ela se interrompeu de repente e, quando ergui os olhos com uma expressão inquiridora, ela estava virada para o outro lado.

"Me conta, Betsy", pedi.

"Não. Além do mais, se eu te falasse sobre o Robin você ficaria bravo comigo e me odiaria ainda mais do que já odeia, porque foi uma coisa *ruim*. E eu não te falaria do resto porque aí você descobriria sobre o Robin."

"E se eu prometesse não ficar bravo?"

Ela riu. "Brilha, brilha", ela disse. "Quero ver você brilhar. Lá no céu pequenininha nesta noite de luar. Você sabe cantar, dr. Wrong?"

"Mal e porcamente", declarei. "Betsy, estou convencido de que nisso tudo, incluindo até suas tolices, existe algum tipo de padrão a ser descoberto, e estou decidido a trazê-lo à tona. Em todos os momentos cruciais da vida da srta. R. uma de vocês se apresenta para me confundir e me desnortear; você me diz bobagens sem sentido quando peço fatos absolutos, você balbucia absurdos quando me aproximo da verdade, você caçoa de mim."

"Brilha, brilha. Eu acho que trato você muito bem."

"E", prossegui, "já reparei que sempre que estou conversando com você ou com Bess, e meus questionamentos se tornam afiados demais para o gosto de vocês, vocês recuam e me mandam Beth, com sua ternura e suas lágrimas, e se esquivam das minhas perguntas. Acho que juntas, você e Bess podem me contar a história, e tenho toda a intenção de que contem. Portanto..."

"Beth não vai vir, em todo caso", Betsy interrompeu, soltando risadinhas. "Beth está brava, e eu estou contente e sei o que agrada a ela: uma garrafa de vinho para fazê-la brilhar, e o dr. Wrong para..."

"Betsy", chamei, "pelo amor de Deus!"

"Quem é que está blasfemando agora?", ela retrucou, petulante.

"Quero que você entregue um bilhete à sua tia", pedi depois de subitamente tomar a decisão. "Vou te falar o que vou escrever porque eu sei que você vai ler. Vou pedir à srta. Jones para vir aqui ao meu consultório, no horário mais conveniente para ela, para discutir o andamento do caso da sobrinha."

Apesar de ter sérias dúvidas quanto à possibilidade de confiar a tarefa a Betsy, acreditava não ter alternativa; não queria contatar a srta. Jones via correio normal, e não poderia tentar me comunicar por meio de Elizabeth, que provavelmente não conseguiria ficar consciente por tempo suficiente para transmitir a mensagem, nem por meio de Beth, que estava no mesmo estado de sujeição e além do mais estava zangada comigo, nem de Bess, que sem dúvida veria no recado uma ameaça agourenta à sua segurança. Poderia ter telefonado para a srta. Jones, mas, para ser bastante franco, relutava muito em conversar com essa senhora em algum outro terreno que não o meu, seguro no meu consultório com meus livros e minha mesa maciça à minha frente. Temia suas zombarias, e o assunto que queria discutir com ela era delicado.

Todas essas dúvidas passaram rápido pela minha cabeça enquanto eu escrevia o bilhete para a srta. Jones, pedindo apenas que ela me fizesse uma visita para conversarmos sobre a saúde da sobrinha, e Betsy cantava na poltrona; então pensei em assegurar a entrega do meu recado observando, ao esticar o braço com o bilhete dobrado na mão: "Espero que você não mostre a Bess".

"Não vou mostrar", ela disse e acrescentou devagarinho, "se der." Em seguida, numa torrente de palavras que pareciam suscitadas por um terror até então inconfesso: "Eu acho que ela está só ganhando força".

Ergui os olhos para seu rosto assustado e disse com tranquilidade: "Creio que ela ainda vá se recolher. Não fique com medo dela".

"A Betsy da mamãe não pode chorar", ela disse, me deu as costas e foi logo embora.

Pois bem, mandei o bilhete e recebi a resposta, além de exasperação pelo meu empenho; uma carta chegou às minhas mãos dois dias depois, e foi uma surpresa descomunal — embora o leitor deva me dar o devido crédito e imaginar que não fui, passado o primeiro instante, totalmente ludibriado — ler: "Meu caro dr. Wright: acredito que o senhor não esteja falando sério no que diz na sua carta, e, caso esteja, o senhor deveria ser chicoteado. Sou uma pobre mulher solitária, mas o senhor é um velho mau. Cordialmente, Morgen Jones".

Esse documento esquisito, redigido com muito esforço, tinha um ar inequívoco, e embora tenha sido uma fonte de diversão sincera, eu tinha plena consciência de minha insensatez ao supor que pudesse me fiar um instante sequer na aparente afabilidade de Betsy; tinha me deixado engambelar por seu bom humor e ostensivo espírito colaborativo. Quando refleti, enfim, sobre a bobagem que talvez estivesse nas mãos da srta. Jones, em tese enviada por mim, fiquei tentado a me considerar um lunático. No entanto, acredito sim que essa insolência excessiva de Betsy selou minha crença de que a questão precisava atingir um ponto crítico assim que possível; percebi que minha política atual, de adotar uma paciência diplomática, devia ter sido pouco visionária ao permitir que Betsy perambulasse quase com liberdade, e Bess se estabelecesse quase com firmeza; informação é poder, disse a mim mesmo, e resolvi extrair informações da srta. Jones e, munido das minhas próprias informações, encabeçar um inescrupuloso ataque de flanco contra sua sobrinha.

Estava, ademais, muito preocupado com os truques desavergonhados que Betsy parecia disposta a empregar a fim de evitar um encontro entre mim e a tia; achava incrível que Betsy sentisse tanto medo da tia. De que esses empecilhos vinham de Betsy, eu não tinha motivos para duvidar, e qualquer pergunta na minha mente a respeito da autora da carta que recebi foi dirimida quando descobri, na tarde desse mesmo dia, que embora Elizabeth tenha comparecido com uma tristeza resignada ao meu consultório e logo depois virado Beth, de quem obtive dez minutos de críticas e lágrimas, não fui capaz, nessa tarde, de trazer Betsy à tona através de nenhuma tática. Pedi com educação que ela aparecesse, chamei-a, ralhei e implorei, e o máximo que consegui foi Bess, que de imediato começou a lamentar os atos criminosos da tia em relação à conta bancária.

Nunca achei Bess tão insuportável quanto nessa tarde; tentei inúmeras vezes afugentá-la, e ela permaneceu apenas como uma convidada malquista, reagindo às minhas perguntas com olhares vagos e respostas bobas e remetendo todos os assuntos apresentados a seu fatigante dinheiro. Repetidas vezes tentei fazê-la entender o verdadeiro estado da situação, repetidas vezes tentei explicar que ela não passava de um quarto de indivíduo, que havia outras três que dividiam sua vida e sua pessoa e que deveriam ganhar uma parcela da consciência da srta. R., mas sempre que chegava ao ponto de uma definição final, em que tinha a certeza de que dessa vez ela compreenderia, ela me virava a cara e retomava a lenga-lenga interminável sobre dinheiro; parecia mesmo disposta a sacrificar três quartos de sua vida consciente se pudesse ficar com os quatro quartos do dinheiro. Coloquei um lápis perto de sua mão, mas, amuada, Betsy se recusava a escrever, e por fim eu declarei, desgostoso: "Srta. R., a situação não pode continuar desse jeito. Hoje não vou conseguir seguir em frente; vamos retomar essa conversa uma outra hora, depois de eu conversar com a sua tia".

"O que você vai conversar com a minha tia?", Bess quis saber, desconfiada.

"Tenho de informá-la de seu estado atual", expliquei, sem pensar.

"O que você vai falar para ela?", Bess indagou em tom imperativo, e refleti, angustiado; ela se inclinou para a frente e repetiu: "O que você vai falar para ela?".

"Apenas minhas opiniões acerca da sua saúde mental", declarei; agora, aliás, sua mão escrevia, e pensei mais nisso do que em Bess; dessa vez ela atraiu meu olhar e também olhou para a própria mão; "Isso já me aconteceu antes", sussurrou, fitando horrorizada a mão que escrevia, "minha mão está se mexendo sozinha". Ela parecia apavorada e cheia de ódio pela própria mão, e ao mesmo tempo fascinada, pois em vez de tentar afastar a mão do papel, se curvou para ver o que estava escrito. Então iniciou-se uma conversa meio fantasmagórica, com Bess, numa voz doentia e muda, se comunicando com sua mão direita. A mão tinha escrito: boba boba boba não deixe ele escapar ele não te ama.

Bess: (falando) Quem? Quem não me ama?

Mão: (era óbvio que se tratava de Betsy, e assim devo chamá-la) robin não te ama nem café nem chá nem meninas me amam.

Bess: O que é que você quer? Por que está escrevendo? (para mim) Eu nem sinto; ela continua se mexendo e não consigo fazê-la parar.

Dr. Wright: (para Betsy) Realmente, uma maldade foi feita.

Betsy: brilha, brilha.

Bess: Então foi assim que minha mão me cortou com a faca.

Betsy: da próxima vez corto sua cabeça rá rá querida besstrelinha.

Dr. Wright: Betsy, acho que perdoo sua impertinência comigo, mas você vai se sair tão bem assim com sua tia?

Betsy: titia enfurecida e eu agradecida.

Bess: A tia *dela*? Ela está falando de tia Morgen?

Betsy: vá brilhar lá no céu bess imunda.

Dr. Wright: (meio perdido) Essa honra eu não estava esperando. Bess, esta é a Betsy; eu imaginava que vocês já se conhecessem.

Bess: Deve ser brincadeira. Ou então você está tentando me assustar, doutor, e juro que não vou mudar de opinião sobre você por conta desses truques cruéis. Você parece achar que basta dizer "Betsy" que eu venho correndo te ajudar; queria conseguir te fazer entender que essa não é de jeito nenhum a forma certa de lidar comigo. Estou disposta a ser racional e prestativa, mas não vou te deixar pensar que sou idiota.

Betsy: coisinha imunda.

Bess: Espero, doutor, que você não ache que *eu* sou vulgar como o que está escrito no papel; eu garanto que...

Dr. Wright: Faz tempo que conheço a Betsy.

Betsy: o velho sabe muito bem que não sou mansa bess vai saber um dia bess querida vai embora vai viver em outro canto não volte nunca mais ache alguém mais rico.

Bess: Eu achava que mais cedo ou mais tarde iríamos falar de dinheiro. Como vou ser muito rica, todo mundo fica achando que pode armar ciladas para mim para pegar o dinheiro.

Betsy: pobre bess nada de dinheiro não deixe ele escapar.

Bess: Quem?

Betsy: o velho doutor que pega o dinheiro diz tia m.

Dr. Wright: Betsy, lembre-se que não vou mais tolerar suas brincadeiras de mau gosto.

Betsy: melhor esconder ovoninho fomos juntas achar.

Bess: (afastando a mão da folha com violência, se dirigindo a mim) Vai muito além do que sou capaz de aguentar, meus próprios dedos segurando um lápis e falando comigo com essa grosseria toda, e então você arma ciladas e tenta pegar meu dinheiro e tia Morgen está brava, e a única coisa que eu quero é que me deixem em paz e não me incomodem, e eu ficaria tão feliz!

Dr. Wright: Ao que tudo indica, não sou capaz de convencê-la de minhas boas intenções; não há nada mais que eu possa fazer.

Bess: (escrevendo de novo) Minha mão não sossega — doutor, você pode fazê-la parar?

Betsy: foram todas juntas achar um ovoninho elizabeth beth betsy e bess.

Dr. Wright: Betsy, se você não vem, pode mandar a Elizabeth?

Betsy: brilha, brilha.

"Acho que já passou da hora de eu ir embora, dr. Wright", Elizabeth declarou, se levantando e calçando a luva. "Minha tia vai ficar pensando o motivo de eu estar atrasada."

"Ela vai ficar preocupada?", indaguei, me levantando.

"Não, não", disse Elizabeth, "é claro que ela sabe onde eu estou. Mas ela não gosta de atrasar o jantar."

"Então tchau, até depois de amanhã", eu disse.

Ela parou na porta e olhou para trás. "Brilha, brilha", disse, e fechou a porta.

Tenho nas minhas anotações o registro da conversa anterior de Betsy e Bess; como seria de esperar, guardei os rabiscos de Betsy e anotei os comentários de Bess no meu caderno. Esse espetáculo bizarro só se repetiu uma vez, até onde sei, e por insistência de Bess, durante a visita seguinte da srta. R. ao meu consultório. Betsy de novo se recusava a aparecer e não deu sinais de sua presença; falei com Elizabeth por um breve instante e tive um encontro ainda mais breve com Beth, que ainda estava cabisbaixa e deixou uma frase pela metade, se transformando abruptamente em Bess, ansiosa para falar comigo a ponto de não respeitar nem as boas maneiras mais fundamentais, interrompendo a irmã para chamar a minha atenção. Ela vinha pensando, me informou em tom sério, e havia chegado à conclusão de que era injusto suspeitar que eu estaria sendo ardiloso. (Andava muito nervosa desde a morte da mãe, três semanas antes.) Tinha, no entanto, se divertido à beça com minha habilidade de fazer sua mão escrever sozinha e esperava que eu fizesse outra demonstração do truque. Eu me achava capaz? Faria essa gentileza?

A escrita de Betsy parecia exercer um fascínio repugnante sobre ela, o tipo de deleite que muitos experimentamos quando nos falam o que balbuciamos durante o sono, ou a animação meio precavida de quem ouve a leitura de sua sorte; suponho que haja uma espécie de estímulo no fato de um estranho nos pegar desprevenidos, por assim dizer; eu mesmo já senti isso. Em todo caso, a srta. Bess ficou encantada com a conversa de sua mão direita e estava louca para testá-la outra vez. Pelo nervosismo que a dominava, acho que de certo modo esperava, também, flagrar Betsy e o dr. Wright conspirando contra ela, assim teria o triunfo de descobrir uma tramoia contra ela e sua fortuna e sair vitoriosa de nosso conluio traiçoeiro; quanto a este último ponto, receio que tenha sofrido uma triste decepção.

Nós nos sentamos, Bess com o lápis na mão direita (segurado, reparei, ao estilo desajeitado de quem costuma usar a mão esquerda, e em nada parecido com a naturalidade com que Betsy escrevia) e um bloco maior arranjado para esse fim; eu com meu caderno na prateleira debaixo da mesa, fora do campo de visão de Bess, pois não queria que ela desconfiasse de uma espécie de ventriloquismo por escrito. Em seguida, depois de esperarmos alguns minutos, e com Bess observando a mão com avidez, e eu admirado com sua ansiedade, e Betsy talvez longe dali, caçando borboletas, em nome de tudo o que já havia sido escrito, por fim Bess se curvou um pouco e falou com a mão numa voz tensa.

"Pois bem", ela disse, "você se recusou a fazer isso em casa porque estava com medo. E *eu* não estava com medo, então vim para cá e estou aqui sentada, esperando, e se você é alguma coisa, apareça, senão vou passar mal de tanto rir pensando na idiota que você é."

Eu achava que essa não era a forma certa de evocar Betsy, que não se deixava, na minha experiência, intimidar por palavras fortes, então falei baixinho: "Quem sabe se você falar com mais civilidade, se chamá-la pelo nome, ela não vem?".

"Ela não merece", Bess declarou com desdém. "Só quero provar que ela não existe e que não preciso mais me preocupar. Não é nada…", ela virou a mão que segurava o lápis num gesto zombeteiro, "nada além de um fruto da minha imaginação. E agora, *você* está convencido, doutor?"

"Betsy", eu disse com certo bom humor, "agora é *você* quem precisa *me* defender."

No mesmo instante a mão virou, escreveu na folha, e eu senti uma satisfação vergonhosa ao pensar que Betsy havia resistido a todas as provocações até eu lhe pedir ajuda. Entretanto, a única coisa que a mão escreveu, a princípio, foi: "Doutor, doutor".

Bess: (com ironia) Ela parece preferir *você*, dr. Wright; por que *você* não segura o lápis?

Betsy: doutor abra meus olhos

Bess: Betsy, querida — se você não se ofender de eu falar em tom mais íntimo?

Betsy: detestável

Bess: Que grosseria, eu estou sendo muito educada. Nem acredito que você exista, mas sou educada demais para dizer uma coisa dessas; estou até te chamando de Betsy para agradar a você e ao seu querido doutor.

Betsy: besstrelinha

Bess: Acho que isso também é uma falta de educação, e acho que você e o dr. Wright deviam saber que é melhor vocês serem educados *comigo*.

Betsy: educada com uma porca

Bess: Melhorou bastante; pelo menos você demonstra ser capaz de entender o que estou dizendo. Agora, escute, estou tão aborrecida com seus modos que estou planejando seriamente me livrar de você para sempre. Você *e* (para mim) o seu médico.

Dr. Wright: (sem raiva) Acho que você já tentou.

Bess: Mas desta vez a insignificante da Betsy sabe que eu vou conseguir. A pobre coitada da Betsy vai se ferir com gravidade se me incomodar de novo.

Betsy: cortar sua cabeça fora

Bess: Mas você não pode, não é? Você tentou outra vez com a faca, e eu fui ágil demais para você, não fui? Eu estava de olho em você, não estava?

Betsy: dorme

Bess: Não, de verdade; agora você não tem força suficiente. Acho que você mal consegue continuar escrevendo de tão fraca.

Betsy: brilha, brilha

Bess: Acho que eu te machuquei quando te peguei no hotel, e acho que você está com medo de mim desde então porque fui mais forte e te trouxe de volta da sua fugidinha; Betsy, querida, devo contar ao dr. Wright aonde você estava indo e o que estava procurando?

Betsy: (de repente quieta; em seguida) ninguém sabe

Bess: *Eu* sei, minha querida; você se esqueceu daquele médico simpático que pagou seu almoço — posso contar o que ele me disse?

Betsy: não

Bess: (fazendo troça) Você deve ter contado tudo quanto é tipo de coisa para ele, Betsy, querida.

Betsy: se você contar eu também conto

Bess: E você sabe que eles vão rir de você quando eu contar, o dr. Wright e tia Morgen e o médico simpático de Nova York, que você ficou perambulando e se lamuriando cidade afora procurando a sua…

Betsy: agora eu vou contar o que você e tia morgen fizeram e quando ela entrou pela porta você foi até ela e disse é verdade o que tia morgen disse e quando ela olhou para você e deu um sorrisinho porque ela estava bêbada você pegou as próprias mãos…

Nesse momento, Bess levantou a mão esquerda e empurrou o lápis da mão direita, num gesto tão violento que fiquei em choque e quase me levantei para censurá-la.

"É aterrador", ela disse, a voz ainda trêmula de raiva. "Eu ter que ficar sentada aqui lendo os delírios de uma maníaca…"

"Então você admite que é a Betsy?", perguntei com frieza.

"Não é. É…" Ela refletiu profundamente. "Hipnose", ela enfim declarou.

"Incrível", retruquei. "Você me considera um grande ator."

Ela esticou o braço devagar e pegou o lápis e o botou de novo na mão direita. Então disse, lenta e venenosa: "Adeus, Betsy querida. Diga adeus como uma boa menina que eu não te machuco mais".

O lápis escreveu, a duras penas: "doutor abra olhos".

"Betsy", eu disse em tom ríspido, "você pode abrir os olhos."

Ela respirou fundo e disse, aliviada: "Acho que às vezes eu queria começar a corroer ela por dentro e corroer até ela não passar de uma casca e aí eu partiria ela ao meio e jogaria fora. Depois eu pegaria os pedacinhos e...".

"Ela não era uma moça bonita", admiti, suspirando. "O que você ia escrever quando ela deu o tapa?"

"Nada." Betsy falava num tom mais baixo que o normal, e quando olhei para ela percebi que sofria com essa batalha interminável; mais do que Elizabeth ou Beth, ela estava abatida e fraca. Ela flagrou meu olhar e talvez tenha percebido a compaixão que havia nele, pois disse: "É mais difícil para mim sair, quase tão difícil quanto era no começo, com a Lizzie".

Eu me perguntava se Betsy não estaria preparada para desistir, e disse: "Elizabeth e Beth não conseguem lutar contra ela".

Betsy deu um sorriso cansado. "Antes eu queria você do meu lado", ela disse. "Sempre falei que ela seria pior do que eu."

"A bem da verdade", fui franco em dizer, "ela é infinitamente pior."

"Eu antes sabia de tudo", Betsy disse, melancólica. "Tudo o que a Lizzie fazia e pensava e dizia e sonhava e tudo. Agora eu saio às vezes, quando *ela* afrouxa por um instante, e é cada vez mais difícil, e mais difícil continuar fora, com *ela* me empurrando. Seria engraçado", ela prosseguiu, "se eu voltasse a submergir agora, depois de tanto esforço."

"Nenhuma de vocês vai ficar 'submersa', como você diz. Quando a Elizabeth R. voltar a ser ela mesma, vocês todas vão fazer parte dela."

"Como uva-passa em um pudim", Betsy disse.

"Você poderia só me explicar", sugeri, "por que está tentando impedir que eu fale com a sua tia."

"Não sei direito", Betsy disse, e acho que falava a verdade. "Acho que é porque eu sei que alguma coisa vai acontecer, e tenho medo da tia Morgen."

"O que poderia estar para acontecer?", indaguei por precaução, mas Betsy só se espreguiçou e fez uma careta para mim.

"Brilha, brilha", ela disse. "*Ela* que ande para casa; estou com preguiça."

Bess, sentada na poltrona, parecia ter percebido que estava calçando as luvas, pois se levantou para ir embora. "Eu acho", ela disse, como se nada tivesse acontecido desde que dera adeus a Betsy, "que não quero mais, doutor, entrar na sua brincadeira. Estou certa de que não é nada mais que hipnose ou um ardil como o espiritualismo."

Nada poderia ser mais calculado para me enfurecer, mas me contive em dizer: "Estou tão ansioso para continuar quanto você, srta. R.".

"Então boa tarde", ela disse.

Para mim, era evidente por sua voz e seus atos que ela não sabia nada a respeito da breve visita de Betsy, e fiquei muito aliviado porque, mesmo àquela altura, Betsy ainda podia aparecer sem Bess tomar conhecimento. Me despedi dela com certa alegria e peguei o telefone para ligar para a srta. Jones. Sabia que a sobrinha só chegaria em casa, andando, dali a uns vinte minutos, e tinha a sensação de que já não era mais possível para mim tentar lidar com minhas quatro srtas. R. sem o auxílio ativo e instruído da srta. Jones. Se isso significava um certo sacrifício da minha dignidade, isso era, disse a mim mesmo com firmeza, um risco pouco relevante do meu ofício, e mantive a voz em tom extremamente profissional, pedindo à srta. Jones apenas o privilégio de uma reunião a fim de "discutir a doença de sua sobrinha", acrescentando que gostaria, se possível, que nossa conversa não fosse presenciada pela srta. R., e, aliás, que a mantivéssemos em segredo, já que eu tinha detalhes médicos a comunicar que seria melhor, no momento, que não chegassem aos ouvidos da srta. R. A srta. Jones, tão fria e formal quanto eu, concordou de imediato em me conceder uma audiência no fim da tarde seguinte, mas preferia não ir ao meu consultório; será que eu não poderia encontrá-la em casa, visto que a sobrinha iria a um concerto com amigos.

Devo ressaltar, penso eu, que dessa vez a srta. R. estava tão mais quieta do que em outras ocasiões — Bess e Betsy pareciam ter estabelecido meio que um equilíbrio na guerra que travavam, e ambas acreditavam que qualquer atitude manifestamente hostil poderia causar mais riscos à perpetradora do que à vítima — que a srta. Jones tinha a sensação, aprovada por mim quando fui consultado por Elizabeth, de que seria seguro a srta. R. voltar a circular em público sob supervisão. Conforme já tinha frisado, ninguém, sem o uso de contenção de fato, tinha muito controle sobre seus atos em geral, e ela ia e vinha basicamente quando bem entendia nos momentos em que estava sozinha. A funções púbicas como concertos, nas quais sem dúvida seria vista por pessoas que a conheciam desde pequena e notariam nela qualquer anormalidade, ela ia apenas quando acompanhada pela tia ou por amigos de longa data. Não saía de casa com frequência, a não ser para visitas ao meu consultório, e quando saía sozinha era sempre durante o dia, e nunca por mais de uma hora, mais ou menos; eu estava certo de que, operando sob o equilíbrio perigosamente estável de forças entre Betsy e Bess, tão delicado que uma não ousava perturbar a outra à toa, ela antes mantivera seus atos sob controle rigoroso, mas anotei que precisava descobrir através de Betsy aonde a viagem da srta. R. a tinha levado. Já não havia, ponderei, motivos para temer outra fuga de Betsy, com a oposição vigorosa que enfrentaria de Bess caso o tentasse, e quando começou a ficar óbvio que Betsy precisaria de toda a sua força para lidar com Bess, e portanto teria que abrir mão de pregar peças grosseiras em Elizabeth e Beth, não havia nem o perigo de que repetisse sua travessura preferida — de levá-las longe demais para voltar para casa e abandoná-las. Ela passava muito tempo caminhando, e mais tempo ainda, quando era Bess a dominante, indo de banco em banco, diante dos quais ficava parada examinando a arquitetura da instituição, supostamente tentando decidir qual seria a menos vulnerável a bandidos; às vezes ia sozinha a lanchonetes — isso costumava ser obra de Betsy —, onde se ocupava de enormes quantidades de misturas de doces artificiais; uma vez, foi ao museu e entrou como visitante, indo de exposição em exposição e demonstrando muito interesse, como se nunca tivesse pisado ali. Jamais visitava lugares de diversão, como o teatro — acredito que intuísse que poderia excitá-la demais e abalar sua estabilidade —, mas passava boa parte do tempo apenas perambulando. Uma vez foi de ônibus até a região da baía e passou a tarde olhando para a água, e, claro, acima de tudo havia as famosas tardes de compras de Bess, em que ia de loja em loja, muito séria, passando as mãos em roupas e cheirando perfumes e se entregando a inúmeros prazerezinhos luxuosos.

Portanto, foi relativamente fácil para a srta. Jones garantir que a sobrinha não estivesse presente durante nossa reunião, e meu tom frio e minha insistência em relação à preocupação profissional tiveram, acredito eu, o efeito de convencê-la de estar inteiramente segura em termos de honra e reputação (ah, se eu soubesse o que Betsy havia escrito para ela em meu nome!) para que eu pudesse visitá-la a sós, no fim da tarde. De fato, tive a sensação, ao desligar o telefone, de já ter cumprido metade da minha tarefa desagradável.

Betsy, ainda não repreendida, fez mais uma tentativa de me impedir de ver a tia, embora eu não acredite que soubesse que já havíamos marcado uma reunião. Eu meio que esperava ver Betsy na tarde seguinte à minha conversa com a tia, mas cheguei tarde ao consultório, depois de um atraso inevitável por conta de uma consulta desagradabilíssima no dentista, e encontrei na minha mesa um bilhete escrito com letra pueril, disforme. O bilhete era da pobre Beth e dizia: "Querido querido doutor, eu achei de verdade que você gostasse de mim apesar de tudo e nunca imaginei que fosse querer que eu sumisse, mas se é isso o que você quer, a pobre Beth não tem o que fazer. Acho que não existe mais ninguém no mundo que goste de mim agora que você desistiu de mim. Acho que vou ser solitária e triste o tempo inteiro. Sua Beth".

Fiquei pesaroso e um bocado perplexo com a epístola, e um pouco perdido quanto à melhor forma de tranquilizar a pobre menina, até que, dando uma olhada na lixeira para ver se minha caneta não havia caído lá dentro, peguei várias folhas do meu papel timbrado. A primeira era de uma anotação minha, deixada em cima da mesa quando saí, com o intuito de avisar Betsy que me atrasaria uns minutinhos naquela tarde devido a um compromisso inescapável que tinha marcado. Abaixo dela, na mesma folha, estava rabiscado, na letra estilizada adotada por Bess: "Querido doutor, só passei para dar um oi. Pena que nos desencontramos. Elizabeth R.".

Em outra folha, e escrito com minha caneta em vez do lápis usado pelas outras, vi o garrancho característico de Betsy às cegas: "eu não vou eu vou ficar você não pode me obrigar a lembrar eu sei", e, de novo, "eu escrevo o que eu quiser você não pode me fazer mal vou contar para ele o que você fez".

E, em uma outra folha, no que me parecia uma tentativa de imitar minha letra — uma tentativa, devo confessar, que não enganaria ninguém além da tola da srta. R. — mas a mesma tentativa, refleti com ironia, que talvez a srta. Jones tivesse lido —, estava escrita a seguinte peça:

"Srta. R., apesar de ter sido paciente com você por muito tempo e aguentado muitas das suas bobagens, não vou mais defender seus maus hábitos. Este é, portanto, o aviso final e único de que abro mão de seu caso, de forma permanente e eterna. Peço que por favor não volte mais ao meu consultório. Avise à sua tia. Muito cordialmente, Victor J. Wright."

Mesmo levando em conta o estilo literário execrável dessa obra-prima, achei essa uma das peças mais divertidas de Betsy, e me distraí com a tentativa de imaginar o que teria acontecido: pensei que Bess, por alguma razão (provavelmente financeira), teria aparecido no meu consultório e se deparado com meu bilhete. Tinha, de modo bastante lógico, considerando-se que era o dia de folga da srta. Hartley e que portanto o consultório estava vazio, feito um bilhete para me dizer que tinha estado ali, e, é claro, depois de Betsy botar a caneta entre os dentes (meu Deus; estou tentando aprender a inventar metáforas, e diria até que estava me saindo bem, mas veja o que surge aqui para me assolar!), ela entabulou uma conversa provocadora e atordoante com Bess que a deixou mais próxima da zona escura em que sentia estar em perigo e era com facilidade sobrepujada, até que, já dominante, Betsy pôde assegurar seu posto precário durante um tempo. Então, com as risadinhas maliciosas que eu conseguia imaginar muito bem, pensei que Betsy tinha elaborado, com muito carinho, a falsa carta em que eu tinha a displicência de abrir mão do caso da srta. R. Ela então se recolheria, traria Beth à tona, e descansaria feliz enquanto Beth ficaria por tempo suficiente para ler a carta indelicada (que num ato de tolice indiscutível talvez acreditasse ser minha de fato) e escrever sua resposta melancólica.

Mais tarde, descobri que minha recapitulação foi em grande medida certeira, embora Betsy tivesse, no refinamento de sua malvadez, primeiro deixado Elizabeth ler a carta de dispensa para depois evocar Beth, assim, se me permitem deturpar a expressão, matando dois coelhos com uma cajadada só; Elizabeth ficou chocada e magoada demais para fazer qualquer outra coisa além de se recolher em silêncio, e Betsy, ao voltar, já tinha, com enorme satisfação, reunido e jogado tudo fora, menos o último choro entristecido de Beth, deixando *isso* para mim.

É o estilo de travessura à qual devo avisar ao leitor que fique atento, já que abarca a mudança ligeira e quase sempre desconcertante de identidade da pessoa que a leva a cabo — mas se for, assim como neste caso, bem-sucedida, um tipo assustadoramente eficiente! Devo chamá-la, a bem da verdade, de uma travessura de todo *travessa*, não recomendada para o tipo mais comum de gente, mas mais eficaz se a pessoa por acaso tiver quatro personalidades em guerra e um lápis.

Após ter sido dispensado de maneira categórica, tive um jantar agradável e depois, com uma gravata sem graça e uma carranca médica proibitiva e sem me lembrar das galochas, me dirigi à casa da srta. Jones. Meus passos foram laboriosos, pois fui ensaiando as frases sensatas com que pretendia fazer a srta. Jones compreender a situação precária da sobrinha; por mais distante que tenha tentado me manter, foi inevitável ter a sensação involuntária de que estávamos todos "escolhendo lados", como dizem as crianças, e a srta. Jones era uma peça forte demais no nosso jogo para ficar tanto tempo de fora.

Não tenho a audácia, na minha função de escritor, de fazer uma tentativa de descrever a srta. Jones ou a casa em que vivia com a sobrinha. Receio que meus sentimentos em relação à srta. Jones sejam maculados demais pelo preconceito para eu conseguir retratá-la com total precisão, e, quanto à casa, eu a achei abominável. Devo dizer apenas, portanto, que considero a srta. Jones uma mulher de feiura singular, corpulenta e arrogante, com uma risada alta e gosto espalhafatoso para roupas, tão oposta aos aspectos mais belos da sobrinha quanto seria concebível, embora deva admitir que Betsy tinha uma grande semelhança com a tia. A casa onde moravam, em um bairro em geral considerado o mais exclusivo da cidade, tinha, pensei, sido decorada por um excêntrico da família cujo gosto encontrara sua mais perfeita expressão no estilo lúgubre, cor de pudim, que era bastante popular não muito tempo antes, entre nossos avós, quando se achava que o bom gosto e a segurança financeira se manifestavam de forma mais clara em uma decoração implacável. Não quero dizer apenas que a casa da srta. Jones era feia: na minha opinião, era horrenda. O exterior tinha enfeites abundantes, com tantos detalhezinhos que deprimiam o amante do clássico na arquitetura; era repleto de madeira entalhada e torrezinhas espantosas, e a casa dava a impressão (e aqui confesso estar sendo malicioso) de ter sido construída pelas mesmas mãos sem dom artístico que tinham feito a srta. Jones.

A srta. Jones era, imagino, a herdeira perfeita do criador da casa, pois tinha adotado sua educação estética basicamente com o mesmo estado de espírito que devia ter detonado o sonho que ensejou as torrezinhas, e ela tinha à sua disposição modas mais repugnantes do que se sonhava um século antes. (E, antes que a madame me aborde com fogo nos olhos e uma amostra de corante vermelho nos dedos, me apresso em confessar que eu, um homem amante da paz, passo minhas horas livres em um ambiente decorado ao gosto de uma mulher: minha finada esposa, que por sorte tinha os sonhos com sedas limitados por seus recursos; no entanto, ainda estou de posse incontroversa da minha poltrona de couro velha, senhor — e você?) Se a sra. Jones original tinha pendurado brocados nas janelas estreitas de sua casa nova, a atual srta. Jones os havia substituído por um tecido que parecia calicô, com uma estampa "moderna" horrorosa; tentara compensar as torrezinhas com a produção de um fungoide equivalente no ambiente interno, o tipo de adorno que a ouvi descrever como "arte"; no vestíbulo, onde alguém da minha modesta geração sempre esperava encontrar, digamos, uma urna de mármore, ganchos para chapéus ou até um espelho (e eu mesmo estou convencido de que a sra. Jones guardava ali uma mesa marchetada que continha uma caixa de baralho decorado com contas e pinturas) —, no vestíbulo a srta. Jones havia colocado uma figura em tamanho natural (*presumo* que fosse de tamanho natural) de madeira escura, nua, exibindo o mesmo corpo feio da srta. Jones (e já me vi tendo que espantar à força da cabeça a ideia irresistível de que poderia muito bem se tratar de uma representação da srta. Jones; nesse caso, só não seria em tamanho real por um triz, mas não tenho base nenhuma para essa suposição que, conforme já disse, me recusei com firmeza a acalentar; para começar, a estátua não tinha cabelo, e a srta. Jones sim). Além do vestíbulo, a escada, outrora sem dúvida bela e arrebatadora, agora estava absolutamente vulgarizada pela série de pinturas na parede que a escorava, que não me disponho a imaginar que fossem frutos das mãos da srta. Jones. Tinha calafrios quando me lembrava desses quadros e pensava em quantas srtas. Jones deviam ter passado por ali, como noivas, corando e sorrindo sob o véu, enfeitadas com as pérolas que sem dúvida o bondoso sr. Jones colocava no pescoço das filhas no dia do casamento, quando desciam a escada e paravam para jogar o buquê, e depois tentei imaginar uma noiva contemporânea, talvez a nossa Betsy mesmo, sorridente feito uma criança travessa, se virando sob aquelas pinturas indignas de uma moça para atirar as flores no vestíbulo, onde com certeza seriam pegas pelas mãos esticadas da estátua de madeira escura.

Ah, bem. Dei uma volta para chegar à casa da srta. Jones, mas já superei as perversões desimportantes da minha juventude e hoje em dia não estou disposto a vê-las pintadas nas paredes alheias. Basta; consegui ir a passos lentos (e sem minhas galochas!) da frente da minha lareira até o vestíbulo da srta. Jones, e olho a estátua de madeira escura com receio enquanto a srta. Jones faz a gentileza de pegar meu chapéu e meu casaco e jogá-los, com um ar incomparável, no corrimão da escada; e eu, totalmente emasculado, tive que segui-la até a sala de estar, ambiente inabitável para criaturas humanas. Senti um espanto irreverente ao pensar na comparativa brandura da doença mental da srta. R. ao olhar para os montículos e blocos de cores vivas, a mobília de tamanho exagerado (exagerado para mim, exagerado para a srta. R., mas obviamente condizente com a srta. Jones), os enfeites extravagantes, sendo a estampa "moderna" das cortinas só um deles, os adornos bizarros. Acanhado, me sentei em uma poltrona coberta por pavões laranja e descobri junto ao meu cotovelo uma criação tremulante composta apenas de arame e metais brilhosos; enquanto eu respirava, essa criatura etérea se mexia e se agitava, dava meia-volta e retornava, e continuava a pendular, enquanto eu titubeava em respirar de novo por medo de mandá-la para longe de nossas vistas e causar à srta. Jones a perda de um objeto precioso. Por um breve instante, torci para que houvesse um lugar onde um homem pudesse deixar o cachimbo, mas não: o cinzeiro era em forma de mão, que se estendia com avidez como se fosse arrancá-lo de mim — e levar também meu estojo e meus fósforos — com suas garras de porcelana, e pensei, de novo embasbacado, que tudo naquela casa tinha ares de que se apoderaria da pessoa, e guardei meu cachimbo. É um belo cachimbo, e detestaria perdê-lo, mas me senti obrigado a aceitar um cigarro da srta. Jones e permitir que o acendesse para mim. Durante esse tempo todo — pois é claro que não era totalmente insensível —, ela sustentou uma espécie de conversa, querendo saber como eu estava, o que estava achando do clima, se estava bem acomodado na poltrona, se não aceitaria um conhaque.

Quando, totalmente enredado por teias de aranha, aceitei uma taça de conhaque, ela me serviu uma dose generosa em um cálice que, me deleitei em fantasiar, o avô do patriarca Jones teria levado para casa como butim pirático, e o apoiei na mesinha ao lado, provocando em minha conhecida etérea um frenesi de oscilação. A srta. Jones então se acomodou com a própria taça de conhaque e a garrafa em um sofá de tons radiantes de rosa e verde que não lhe caíram bem; "Pois bem?", ela foi direta, "o que o senhor tem a dizer?".

"Madame", eu disse (e tinha concluído já diante da casa dela que deveria chamá-la de "madame"; temia que um modo de tratamento informal demais pudesse destruir meu fim e me caracterizar como um sujeito interessado demais na "srta. Jones" como "tia da srta. R."; "madame", portanto, eu comecei), "acho difícil conceber que a senhora tenha passado tanto tempo na mais absoluta ignorância acerca da deterioração da saúde mental de sua sobrinha." (Pensando, veja você, que através de uma censura insinuada quanto à sua falta de interesse eu pudesse constrangê-la a me escutar de forma respeitosa, pois é óbvio que ninguém poderia acusar *a mim* de falta de interesse nem de ignorância acerca do assunto!) Ela indicou ligeiramente que me concedia o primeiro ponto — se é que posso chamá-lo assim —, e continuei com toda a delicadeza que me era possível a fazer meu discurso formal, preparado: "Estava muito ansioso para discutir essas questões com a senhora, já que agora é nítido que a srta. R. está chegando a um clímax na doença e precisamos tirar proveito imediato disso. Proponho, caso a senhora permita, fazê-la gozar da história completa" (que diabo; estava decidido a usar uma expressão como "garantir que a senhora esteja plenamente informada" para enfatizar sua falta de interesse e até dar a entender que talvez a sobrinha não tivesse sido sempre de todo sincera com ela; mas agora estava feito, e continuei sem perder a calma) "das várias manifestações da doença da srta. R. durante esse período em que ela tem sido minha paciente, e ver se a senhora concorda comigo quanto às linhas gerais do tratamento" (vamos atacar Bess, todos juntos, eu estava lhe pedindo, mas não queria usar essas palavras), "e pedir, naturalmente, sua ajuda para obtermos uma cura completa e final".

Pronto, pensei; ela não tem como reclamar de falta de compostura da minha parte; sem dúvida fazia bastante tempo que não se sentava para ouvir de forma paciente um discurso tão redondo, ou um, preciso ser sincero e admitir (e você acha, leitor, que *eu* não sei?), tão desprovido de sentido.

Fez-se um breve silêncio, durante o qual a srta. Jones, que parecia refletir, deu goles no conhaque e tocou no colar, olhou para o chão, assentiu devagar e então me ergueu os olhos candidamente e começou, em tom solene: "Meu caro doutor, nos últimos anos com minha sobrinha, eu volta e meia pensei — e cheguei a sugerir — que ela devia procurar ajuda profissional. Acredite, eu não teria recomendado o que para mim é uma medida bastante extrema (e o senhor vai me perdoar, eu sei, por essa atitude, compreensível em uma leiga) se não tivesse a sensação de que uma pessoa mais qualificada entenderia melhor e ajudaria mais a minha sobrinha do que alguém que, como eu, tem pouca ou nenhuma experiência com doentes mentais. À exceção", a srta. Jones prosseguiu, reflexiva, "da desgraçada da mãe dela. Mas é claro que acredito que seu discernimento superior deva ser o primeiro a ser consultado, e claro que vou estar pronta para seguir qualquer linha de ação sugerida pelo senhor".

Ponto para a srta. Jones, pensei, verdadeira tigresa entre as mulheres; eu teria matizado a inflexão irônica em "leiga", mas claro que isso é questão de gosto; cada um tem suas preferências, e eu seria a última pessoa do mundo a negar as minhas; eu disse com um sorriso no rosto: "Então a senhora não vai me impedir de lhe descrever aquilo que me dá um compreensível bocado de satisfação — minha conduta no caso da srta. R. até aqui?".

"Não vou", ela disse. "Aceita mais conhaque?"

Permiti que enchesse meu cálice de novo, e com bastante generosidade, e então me lancei — já tinha chegado munido dos meus cadernos — em um relato minucioso do caso da srta. R., omitindo apenas os fatores que poderiam ser penosos para a tia da srta. R. — uma ou outra referência de mau gosto nas atividades de Betsy e, claro, a maior parte de suas críticas a mim, vários comentários sobre a tia e, como seria de esperar, todas as reflexões acerca da desventurada falecida que era mãe de uma e irmã da outra. Enquanto eu falava — e falei bem, depois de tanto ensaiar, e com minhas anotações à mão —, a srta. Jones me ouvia com atenção e demonstrava enorme fascínio; ela me interrompeu uma vez, com uma pergunta sobre uma aparição inicial de Betsy — se era possível que Betsy tivesse se manifestado de maneira breve e violenta antes de eu saber de sua existência; ela narrou os incidentes de uma noite em que estava com a sobrinha na casa de um amigo, ocasião que tivera influência direta na busca por assistência médica. Fui paciente ao ouvi-la, pois é claro que os fatos são vitais, mas durante sua interrupção tive muito medo de perder o fio da meada da minha própria narrativa e seu equilíbrio perfeito, e por fim precisei cortá-la para poder continuar. De novo, ela pediu e insistiu que eu fizesse uma descrição mais detalhada e mais simples da personalidade dissociativa segundo o dr. Prince, e de novo tive que me interromper e atendê-la. Estávamos desperdiçando tempo, visto que eu conhecia o assunto de modo integral, e ela não precisava saber mais do que já sabia, e sempre presente na minha cabeça estava o retorno iminente da srta. R., portanto eu enfim disse: "Então, srta. Jones, a senhora concorda que devemos fazer uma tentativa de forçar essas várias personalidades a se assimilarem?".

"Seu discernimento superior...", ela murmurou. "Mais conhaque?"

A essa altura eu já tinha tomado tantas das potentes libações da srta. Jones: sua bajulação, seu conhaque, sua inteligência estimulante, que talvez estivesse um pouco inebriado; em todo caso, permiti que reabastecesse minha taça e continuei: "Minha querida", e então me calei, com o rosto sem dúvida tão vermelho quanto sentia que estava, "lhe *imploro* perdão", e titubeei. "Receio estar adotando, sem querer, o tom e o modo que uso com sua sobrinha. Eu peço *mesmo* perdão."

A simpática mulher foi logo rindo. "Não é um modo de tratamento que ouço sempre", ela disse. "Sinta-se à vontade para me dar a honra de ser sua querida."

Eu também ri e me senti muito à vontade; tive a impressão de que começávamos a nos entender melhor e me comovi a ponto de dizer com certa tristeza: "Nossa geração, madame, a sua e a minha, era mais gentil em relação às pequenas graciosidades da vida...".

"Nunca achei isso", ela disse. "Aliás, quando penso na minha juventude..."

"Mas voltemos à srta. R.", anunciei. "Estou ansioso para vê-*la*, em todo caso, feliz e jovial, sem preocupações e dores; está em *nossas* mãos, minha querida srta. Jones, libertá-la."

"Unir forças e trazer um novo ser ao mundo?", perguntou a srta. Jones sem inflexão nenhuma.

"Ah... exatamente", respondi. "Por assim dizer."

"Eu já ficaria contente", disse a tia da moça, "se ela conseguisse andar pela casa sem cair sobre os móveis. Primeiro eu não conseguia conversar com ela porque se sentava de boca aberta e com as mãos esticadas para baixo feito patas, depois ela enlouqueceu, ria e berrava e ficava toda alegre e bem, depois fugiu, e quando eu a trouxe de volta..." Ela sentiu um calafrio teatral. "Escute", ela disse por fim (e eu estava sentado, emudecido), "tente entender minha situação, se possível." Ela me deu um sorriso cativante. "O senhor sabe que não sei nada sobre essas coisas, e receio ter pouquíssima empatia; sempre fui muito saudável, acho eu, e tenho a impressão típica de uma pessoa normal, de que ser doi... ter uma doença mental é uma desgraça." Ela levantou a mão porque eu estava prestes a interrompê-la. "Não", ela disse. "Eu sei que pareço uma idiota falando. Mas tenha a bondade de não esquecer que durante todo o tempo em que a Elizabeth crescia, aproveitando à beça a adolescência e se metendo nessa encrenca toda sem que ninguém reparasse — e acho que o senhor pode *me* agradecer por isso; fui *eu* que cuidei dela, na verdade; bom, durante esse tempo todo, eu não só estava tentando criar um lar decente para a menina, algo de que pudesse se orgulhar, como também estava cuidando de uma besta brutal, sem princípios, bêbada, cheia de vícios. A mãe dela."

A srta. Jones se calou de repente, tomada pela emoção, e por um instante fiquei desarmado, evitando olhar para ela, que tapava os olhos com a mão; por fim, ela deu um longo suspiro e ergueu a cabeça. "Desculpe", disse. "Acho que confissões como essa devem ser comuns para o senhor, doutor, mas me dói ter que falar assim da minha irmã. Acho que é o conhaque."

Por alguns minutos ficamos em silêncio, tomando o conhaque, e eu, por minha vez, pensava na revelação pesarosa da personalidade da mãe da srta. R.; então a srta. Jones suspirou outra vez e deu uma risadinha. "Bom", ela disse, "contei nosso segredo ao senhor e acho que estou me sentindo melhor. Acho que passei tanto tempo tentando esquecer como a minha irmã era e tentando acreditar que isso não afetaria a Elizabeth…" Ela deixou a voz sumir, e minha única opção era assentir para demonstrar solidariedade.

Por fim, me recompus e apoiei minha taça, também soltando um suspiro. "Entendo seu sofrimento", declarei. "Por que trancou a Elizabeth no quarto dela quando a mãe estava morrendo?"

"Poxa, minha nossa", ela disse. "O senhor está *mesmo* arrancando as coisas da menina." Ela riu como se eu tivesse feito uma piada muito engraçada, e então começou, não, talvez, em tom tão solene quanto antes: "Então está bem, mas esteja avisado de que era melhor do outro jeito. Eu não queria a Elizabeth por perto quando vi a mãe dela naquela manhã porque sinceramente fiquei com medo do impacto que a situação perigosa da mãe — digo, perigosa porque ela estava morrendo; não por sua situação moral *naquele* momento — poderia ter sobre uma menina tão frágil quanto a Elizabeth. Ela tinha passado por um colapso nervoso severo no começo da adolescência, e achei…". A srta. Jones levantou a cabeça e viu meu sorriso, e deu de ombros. "Bom", disse na defensiva, "ela *passou* por poucas e boas quando tinha uns quinze anos."

"Eu tenho certeza de que fez o seu melhor por ela", declarei, sendo bastante vago.

"Tenho certeza de que fiz mais do que o meu melhor", ela retrucou. "E acho que estou começando a gostar do senhor, doutor, e por isso decidi que vou fazer ainda melhor se lhe contar a verdade, que imagino que o senhor queira ouvir."

"Se a senhora conseguir", eu disse, e ela sorriu, de novo lembrando Betsy.

"Bom", ela iniciou, olhando no fundo da taça, "talvez seja melhor o senhor ficar sabendo que tipo de pessoa minha irmã era." Ela ergueu os olhos para mim com curiosidade. "Sabe aquele tipo que passa por cima dos outros sem querer e depois volta para ajudar e pede desculpas e aí pisa na cabeça deles outra vez? Ela era assim, uma moça muito bonita e delicada e frágil — ao contrário de mim." Ela parou por um instante, e achei que tivesse perdido o fio da meada de sua narrativa. Então, quando seguiu em frente, seu tom era mais frio, quase imparcial. "Ela parecia fazer tudo do jeito errado. Quando queria um vestido novo, sempre acabava sendo o único vestido que teria caído bem em outra pessoa, se *ela* não tivesse comprado antes. Ela contaminava tudo, mesmo quando não sabia o que estava fazendo. Sempre que resolvia ir a um baile, uma festa ou um piquenique, a gente acabava descobrindo que sua presença seria um inconveniente ou geraria problemas para alguém — que talvez tivesse que ficar em casa porque não tinha espaço para todo mundo na carroça, ou o único rapaz que poderia levá-la estava se aprontando para chamar outra... Lembro uma vez", acrescentou com um sorriso esquisito, "que não tinha sanduíche para todo mundo. Bom, não importa o que ela fez, mesmo quando escolheu um homem para casar, ela sempre escolhia a pior hora do mundo, o pior jeito do mundo. Eu não a odiava de verdade, entende", ela disse, erguendo o olhar para mim. "Ninguém conseguia."

"Ela era mais velha que a senhora?"

"Era." Ela ficou surpresa. "Mas só um ano e pouco." Em silêncio, se levantou, pôs mais conhaque na minha taça e encheu a dela. "Quando... quando o marido dela morreu, ela deixou a casa onde eles moravam em Nova York e voltou para cá para morar comigo, trazendo Elizabeth a tiracolo. Elizabeth tinha só dois anos na época, recebeu esse nome em homenagem à mãe, é claro. Quem pensaria em dar a um bebê o nome de Morgen?" De novo se calou, reflexiva, e passado um instante continuou. "Foi a única época na vida em que ela não pôde fazer o que bem entendia, com o dinheiro do Ernest.

Nem o Ernest", ela continuou, devagar, "foi totalmente enganado por ela, e ele entendeu, assim como todo mundo acabava entendendo — quando a pessoa arruma problema com a irmã bonita da Morgen, peça à Morgen para resolver a situação. Bom, se *a pessoa* tem muito dinheiro e quer ter a certeza de que a filha bebê vai receber uma parte quando crescer e precisar dele, a última pessoa a quem essa pessoa pensaria em dar o dinheiro seria Elizabeth Jones. Eu acho", ela disse, "que *na época* ele tentou me falar que sempre tinha gostado muito de mim, mas os advogados o obrigaram a tirar essa parte."

"Então na verdade sua sobrinha é uma herdeira?"

"Ela vai ser daqui a mais ou menos dois meses, quando completar vinte e cinco anos. E", a tia falou em tom soturno, "quando receber, vai perceber que nem um centavo foi gasto, a não ser que se considere o valor dispendido na educação dela um desperdício de dinheiro. *Apesar* do que ela diz."

A srta. Jones fez uma careta espantosa e eu fui logo dizendo: "A srta. R. já mencionou a herança. No entanto, acredito que quando voltar a si, ela será mais justa a respeito da sua gestão".

"Se o Ernest achasse que eu queria o dinheiro", a srta. Jones lamentou, "ele o teria dado na minha mão."

"Sem dúvida é uma pena", concordei, "que essa questão financeira tenha entrado no caso da srta. R.; já estávamos bastante confusos sem isso, e não há dúvidas de que não vai ajudar em nada na cura, embora a sensação de segurança pessoal possa acalmar a cabeça dela."

"Ela teve o desplante de falar que ia gastar o quanto quisesse, que ia comprar todas as roupas e objetos que desejasse, e não interessava quem ia pagar. Como se eu não a tivesse sempre deixado fazer o que bem entendesse, e sem ouvir agradecimento nenhum, e sempre abrindo mão de todos os vestidos e piqueniques o tempo todo, porque a Morgen é tão bem-humorada e não liga se fica em casa ou não; pelo menos", a srta. Jones disse com satisfação, "eu vivi mais do que ela."

"Mas como foi que ela morreu?", enfim perguntei, com delicadeza.

"Mal. Como eu sabia que seria — se lamuriando e dizendo que não era culpa dela e que ela pedia desculpas e que se ela não morresse tudo seria diferente." A srta. Jones me olhou com um sorriso largo, embora eu ache que em grande medida havia esquecido com quem estava falando e até, aliás, que estava falando com alguém; "Ela estava com a lama até o pescoço", a srta. Jones disse. "Eu falei que lamentava que ela estivesse morrendo e chorei por ela. Não podia fazer mais nada. E é claro que insisti que Elizabeth também sofria por ela."

"Bastante natural."

"Claro. Eu não sei o que as pessoas pensariam. Em todo caso, a Elizabeth *passou* um tempo doente outra vez, assim como tinha ficado antes, e todo mundo dizia que eram dores de crescimento. Era meio que uma febre nervosa, como *eu* chamava, e foi o que bastou para a minha mãe."

Sem me importar em desfiar essa peça dúbia de desaforo médico, eu disse: "Imagino que a morte da mãe tenha sido muito difícil para a sua sobrinha".

"Muito difícil", ela concordou de maneira solene. "A bem da verdade, não me lembro de uma época em que minha sobrinha tenha se comportado melhor."

"Aconteceu... quando? Creio que a senhora tenha dito de manhã, certo?"

"Acho que foi por volta das onze horas. Lembro que estava numa confusão dos infernos com a Elizabeth, discutindo onde a mãe dela *estava* naquela manhã; ouvi umas bobajadas sobre uma festa ou coisa assim — na verdade, talvez fosse o aniversário da minha irmã, mas não tenho certeza — eram *tantas* coisinhas juntas —, bom, *eu* não podia contar à menina nenhuma história nova de onde a mãe tinha passado a manhã inteira e a noite inteira e o dia anterior inteiro. Sabia que ela estava em algum canto, só isso, mas é um *inferno* ter que explicar isso à própria filha, depois de ela já ter visto coisa suficiente para começar a questionar demais. E então a porta se abre bem devagarinho, como se ela esperasse entrar sem que a gente percebesse, e ela estava parada ali..."

"Sorridente", eu completei, em tom brando.

"Sorridente, meio que com medo, e encafifada, torcendo para ter escapado mais uma vez. Ela teve que se escorar na porta para não cair. E eu tinha acabado de falar para a Elizabeth..." Ela parou, fez que não e pegou a taça.

"E?"

"Bom", disse a srta. Jones, "a Elizabeth estava muito chateada, como seria de esperar, e nos demos conta de que tinha alguma coisa errada — *muito* errada, dessa vez —, e eu a levei lá para cima e a mandei se deitar que eu cuidaria de tudo, e é claro que chamei o Harold Ryan e ele veio. *Ele* saberia informar melhor ao senhor do que eu, é claro. Quando a Elizabeth ficou sabendo, foi, é claro, um grande choque. Outra febre nervosa, a bem da verdade."

"Que infelicidade", declarei, prudente. "E que grande complicação para a senhora."

"Eu aproveitei cada minuto", disse a srta. Jones. "Meio que me compadeci da Elizabeth, óbvio, perdendo a mãe tão de repente, mas depois acabou sendo melhor assim. É impossível criar uma criança num ambiente desses, não que eu condene minha irmã pelo estilo de vida, mas ela devia ter me entregado a menina de uma vez. *Ele* queria que eu ficasse com ela. Era como se fosse minha própria filha."

De repente fiquei seriamente assustado com a possibilidade de que ela caísse no choro, e não fiquei mais tranquilo quando ela preferiu reabastecer minha taça e a dela, se movimentando com uma firmeza que considerei, mesmo naquele instante, impressionante. Depois de se sentar outra vez e pegar a taça, ela me fitou com um olhar sonhador e, respirando fundo, sorriu e disse: "Não vamos mais falar nisso. Esse assunto deixa a Morgen muito triste. Então, me fale da *sua* esposa".

"*Minha* esposa, madame?"

Ela ainda sorria. "Sim", confirmou, "me fale da sua esposa."

"Ela é falecida, madame."

"Eu sei." Ela me olhou surpresa. "Mas como era?"

"Era uma ótima mulher", declarei, e então, porque achava que talvez tivesse sido um pouquinho mais lacônico do que costumava ser ao discutir minha desventurada esposa, eu prossegui, com mais delicadeza, "ela era uma mulher dotada de inteligência, de energia e de bondade. Uma grande parceira, e foi uma enorme perda para as pessoas que ficaram para trás."

"Ah", a srta. Jones exclamou com alegria. "E quem ficou para trás?"

"Eu", declarei. "Ela foi uma enorme perda para mim."

"Ah", disse a srta. Jones. "Irreparável, imagino?"

"Exatamente, madame."

"Às vezes me pergunto como deve ser sofrer a perda de um ente querido. A tendência das pessoas é se conformar?"

"A verdade, madame, é que não sei dizer. De minha parte... de qualquer forma, a sua irmã, madame. Sem dúvida. Uma mulher em milhares..."

"E quem foi que enfiou na sua cabeça que ela era uma em milhares?" A srta. Jones deu uma gargalhada grosseira. "Eu conheço algumas", ela disse, "das milhares das quais ela fazia parte." Ela voltou a rir. "Eu não estaria entre elas nem morta."

Ela havia se perdido outra vez em reflexões obscuras, e eu, recostado na minha poltrona, por um instante toquei na criatura etérea junto ao meu cotovelo, sem cachimbo e empanzinado de conhaque ruim, tentando desanuviar a mente e decidir se poderia me despedir sem ser mal-educado. Parecia que a srta. Jones não tinha mais nenhuma informação que estivesse preparada para me repassar, mas pelo que eu já sabia, refleti que poderia elaborar meu próximo ataque à srta. R. Tomando muito cuidado, com meu olhar fixo quase cego diante de uma pintura que poderia ser de pontinhos pretos sobre um fundo vermelho ou de um campo vermelho tomado por buracos pretos — e meus olhos, sem a atenção da minha cabeça, focando e desfocando, de buracos para pontinhos e voltando —, criei figurinhas na minha cabeça: Elizabeth, relaxada em meio ao estupor, entre a mãe de vida corrompida e a tia de língua corrompida; Bess, sofrendo por uma mãe falecida havia apenas três semanas; Betsy, que não sofria pela mãe que acreditava nunca ter tido; eu conseguiria juntar as três, colocá-las diante da mãe, deixar que a vissem com nitidez, se tivesse coragem?

Eu me conheço, sem dúvida, e em nenhum momento com mais precisão do que nesse; sou um homem que se enfraquece com facilidade, e nada traz essa minha característica à tona mais do que a tentação de ceder. Não podia bancar a imagem de paladino atlético da srta. R., a estrada às suas costas estava repleta de cadáveres de dragões, levando sua princesa para casa sã e salva e, depois, já dentro da fortaleza, entregando-a outra vez ao feiticeiro perverso que a havia colocado em perigo; se tivesse tempo, pensei, talvez fosse até mais seguro conduzir Bess pela vereda estreita dos dias e anos rumo ao tempo presente. Mas não tinha tempo...

"E então, pelo meu bom Deus, eu *disse* para ela", comentou a srta. Jones, se voltando contra mim com violência e parecendo crer que havia passado esse tempo todo falando em voz alta, "e me recuso a ouvir qualquer voz que diga que estou errada."

"Minha querida madame, eu..."

"Eu *nunca* confessei ter errado, nunca na minha vida estragada abobalhada encharcada inundada catafundada, não cometi erro, não fiz mal, não invadi, não, também não teve adultério."

"É claro que a senhora não me acusa de..."

"E agora vou ser ouvida." E com um grito alto a srta. Jones se levantou, se avultando naquela sala espaçosa, erguendo a voz numa altura quase suficiente para estilhaçar seus frágeis enfeites, alguns deles perigosamente perto de mim: "E quando escolho ser ouvida, as legiões mais baixas do inferno podem aparecer em vão para me calar, e quando escolho falar, nem todos os ventos da terra podem abafar minha voz porque falo a verdade e bem, e não levante sua mão para mim, rapaz, porque posso te derrubar que nem um réptil ou um vagabundo covarde de barriga cheia na minha terra verde se você der um pio sequer; ordeno, rapaz, que você não olhe para mim".

"Certamente, madame..." Eu estava estarrecido e torcia, de alguma forma, por uma catástrofe auspiciosa; que um de seus pés furasse o chão, talvez, ou um dos braços que abanava derrubasse a parede; "certamente...".

"Agora escute, seu crápula, e fique assustado, pois ninguém vai mexer comigo nem me conter; quando falo, você deve tremer e sentir medo."

Minha nossa, eu pensei, trêmulo de verdade; não poderia ter o otimismo de precipitar uma apoplexia? Depois da quantidade de conhaque que ela havia tomado, se continuasse assim...

"E agora eu lhe digo que ao soltar seus diabos em cima de mim você queria me ver cair e ver sua vingança horrenda executada, e imundo e rastejante você espera cuspir e sorver meu sangue e rosnar em cima da minha carne e arranhar e rasgar um ao outro para cravar seus dentes nos meus ossos, e eu não vou deixar, porque sozinha e por minha própria conta vou desafiar você e suas legiões, e você que me desafie se for capaz! Pois eu te desafio e te provoco aqui mesmo e eu te desafio — você ousa me tocar? Você me deflora do mesmo modo que a *minha* morte? Devo ser destratada por crianças e por filhos trocados, por ganidos e por murmúrios, por bebedores de sangue e por chupadores de ossos, devo morrer oprimida? Aliás, *eu* sou sua criaturinha, para sofrer chorando nas suas mãos e me submeter às lágrimas à sua rigidez e me alegrar com minha baixeza? É claro que quando você *me* questiona, comete um erro; é claro que existe quem reverencie com carinho suas palavras e seus olhares afiados e seus toques leves e que fala e fala e fala e eu te acuso aqui, senhor, olhe bem antes de vir me procurar! Porque eu fiz, e digo que fiz, e digo aqui, com a minha própria voz, que eu fiz..."

"Boa noite, srta. Jones", eu disse, enfim ofendido — pois quem não ficaria, já que tinha usado muitas palavras para anunciar que desprezava minhas perguntas? —, me preparando para ir embora.

"Você não é nem metade de um homem, palhaço, e não merece a minha presença!"

"Madame", eu lhe disse, em tom bastante civilizado, "se você fosse metade de uma mulher, teria conseguido o marido da sua irmã." Achei que esse fosse o golpe final, e teria escapado rápido após desferi-lo, mas ela gritou atrás de mim: "Eu fiquei com a filha dela — você nega isso? Eu roubei a filha da minha irmã...".

"Morgen, *querida*." Era uma voz fria, impassível, e me virei achando que me depararia com uma estranha (e confesso aqui que também havia exagerado um bocado no conhaque de Jones, pois tive dificuldade de saber quem estava à porta, revigorada pelo ar fresco e gélida).

"O dr. Wright vai ficar com uma péssima impressão da nossa família", ela disse, adentrando um silêncio que era, depois daquela peroração, esmagador.

"De jeito nenhum", eu disse, sobressaltado.

"Espero que você não tenha dado ouvidos à tia Morgen, doutor. Ela está preocupada comigo, e acho que anda perdendo o sono, escutando atrás da minha porta a noite inteira."

"Saia daqui", a srta. Jones ordenou categoricamente.

"O dr. Wright veio me ver, entende; ele é meu médico. Acho que ele ficaria aliviado se você fosse para a cama."

"É claro", eu disse, com uma pressa quase inconveniente. "Mas receio bastante que eu também..."

"Eu vou ficar aqui até contar o que tenho para contar, e desafio as legiões de..." Mas seu tom era mais fraco.

"Agora, por favor, vocês dois." Ela se virou, esticando os braços para a tia e para mim num gesto bonito. "Eu sei o quanto vocês estão preocupados com a minha saúde, e eu seria a primeira a admitir que não ando muito segura *de mim mesma*, mas agora vocês precisam parar de se atormentar; vocês dois são queridos, eu amo muito os dois e fico muito feliz em saber que posso prometer a ambos que acabou a encrenca. Estou muito bem agora."

"Meu Deus, ela é a cara da mãe", a srta. Jones disse para mim. "Esses anos todos tentando fazê-la ver como era a mãe e agora ela está *igualzinha*."

"Minha mãe era sua irmã", a sobrinha lhe disse em tom crítico, "e você não vai mais falar assim, só três semanas depois que ela morreu. Morgen, você pode nos deixar a sós, por favor?"

"Agora você vê como ela é", a srta. Jones se dirigiu a mim. "Me ajuda."

"Eu não", declarei, sincero até o fim; não lhe prestaria a ajuda de lhe dar a mão por nada neste mundo; pela primeira vez eu enxergava a derrota como uma possibilidade e tinha consciência disso; não me restavam forças para outro dragão. "A verdade, madame", eu disse, "é que precisamos deixá-la a sós."

"Eu desafio..."

"Não *a mim*, Morgen."

"Betsy", eu disse de maneira impensada, "Betsy."

"Por favor." Sua voz era baixa e contida; eu não deveria, nem sem o conhaque, tê-la reconhecido; sou um homem que morre de medo do fracasso, e no entanto eu não teria sequer reconhecido sua voz.

"Este assunto está encerrado", ela declarou. "Tentei ser legal, mas aí está a tia Morgen gritando comigo e me xingando, enquanto eu sou gentil e nunca falo nem uma palavra contra ela, e aí está *você*, doutor, e eu confesso que o tinha em alta conta, mas você está de novo atrás de mim. Vou dizer a vocês dois, de modo definitivo e categórico, que não preciso de nada vindo de vocês. Eu", e sua voz ficou extremamente fria, "vou ficar bem melhor sem os dois."

Olhei para Morgen; a fala — embora ela a tivesse negado a mim, quando estava de plena posse do ambiente e do ar que havia nele — agora parecia ser prerrogativa *minha*, e sabia que se me pronunciasse, a minha derrota seria certa, pois estava genuína e franca e sinceramente bravo; tinha sido insultado em termos de profissão, de virilidade e de companhia, e não estava com ânimo para me sujeitar calado à menina impertinente; não posso, no entanto, nem me justificar, nem me explicar admitindo que sabia de antemão que a sujeição naquele momento seria o caminho mais sensato; nem todas as curas para todas as srtas. R. no mundo poderiam, acho eu, ter abrandado minha ira naquele instante. "Minha cara jovem", eu disse então, numa voz tão cadenciada quanto a dela, "eu lhe garanto que essa indolência infantil não vai lhe render nada além de mais angústia; você só vai se pronunciar de novo na minha presença se for para pedir desculpas; leve em consideração que é só por conta da minha tolerância equivocada que você continua a existir. Essa força temporária, essa dominância breve e insegura, não vai perdurar; pense só nos meses de preparo que te criaram, que garantiram sua segurança quando você não conseguia se defender, que te mantiveram ilesa até agora; você acha que vai ficar impune usando palavras petulantes para atacar uma força como essa? Se eu abdicar de você — e é o que vou fazer; eu lhe digo agora, srta. Bess, que esta foi a última vez que você fez acusações contra mim —, quanto tempo imagina que vá sobreviver, sozinha, sem um guia ou um amigo ou um aliado? Você é no máximo, moça, uma insignificante, uma criatura pobre e fracionada, e apesar de todas as suas belas palavras, não vai ficar aqui por muito tempo; eu a deixo com a plena convicção de que sem a minha ajuda vai ser por pouco tempo que seus amigos vão aguentar serem atazanados pela sua arrogância; eu lhe juro, aqui e agora, que você como pessoa vai, com o conhecimento que tenho a seu respeito, cessar, de forma cabal e definitiva e sem possibilidade de súplica, cessar, eu lhe digo, cessar inalteravelmente de existir!"

Sem dúvida — eu agora percebo — uma diatribe bastante substancial e abrangente para um médico devoto do sossego e da discrição; confesso ter feito alguns ajustes a esta distância — é claro que ninguém, tendo a oportunidade de fazer um discurso tão bom, resistiria a fazer alterações aqui e ali —, mas na verdade eu estava muito bravo, creio que mais bravo do que nunca, e além do mais entregue à imprudência. Saí da casa batendo a porta — será que algum dia a abandonei em paz? —, e a figura negra no vestíbulo enganchou na manga do meu casaco quando passei por ela.

Fiquei pensando ao sair no ar frio da noite que dali a pouco me arrependeria, e acredito que meu primeiro pensamento coerente me alcançou quando fui da entrada da casa de Jones para a rua; ouvi com clareza o nome do meu feiticeiro perverso, em prol de cuja riqueza tive que matar inúmeros dragões — era Victor Wright. Reconfortado, pude dedicar uma pontada de aflição à pobre Bess, tropeçando pela vida de outra garota sem nenhum preparo; caso eu tivesse disposição, ponderei, talvez tivesse continuado ao lado dela, persuadindo-a a voltar para dentro de Betsy e impermeável a suas palavras afiadas; já ela não tinha esse recurso, e só podia, chamando meu nome, evocar um dr. Wright ainda mais antipático, apesar de menos embriagado.

Entenda, portanto, leitor — se você permaneceu comigo, com as faces não ruborizadas, esse tempo todo —, que também repudio tudo isso; foi uma cena vexaminosa para um homem tranquilo cujo cachimbo lhe foi arrancado à força; agora, pensando nisso, continuo constrangido com a imagem de mim mesmo parado, olhar em chamas e postura ameaçadora, enfrentando aquelas duas mulheres, uma que eu detestava e outra que volta e meia eu dominava; não consigo acreditar que fiz isso, e me declarei, e me rebaixei; torço — rogo a você — que não consiga me enxergar levado pela raiva à indignação e ao repúdio.

Somos todos medidos, bons ou maus, pelo mal que fazemos aos outros; criei um monstro e o soltei no mundo e — já que o reconhecimento é, afinal, a dor mais cruel — percebo isso com clareza e com compreensão; Elizabeth R. havia desaparecido; eu a havia corrompido a ponto de tornar impossível sua redenção, e nos olhares frios que agora pertenciam de maneira integral a Bess captei minha própria vaidade e minha própria arrogância. Portanto, enfim me revelo: sou um vilão, pois criei de forma imoral, e sou torpe, pois destruí sem compaixão; me faltam justificativas.

5
Tia Morgen

O desjejum, refeição nunca auspiciosa para Morgen Jones, nunca foi menos agradável do que na manhã seguinte à sua conversa com o dr. Wright, de que só se recordava em parte sob aquele sol frio da primavera, mas que era desagradavelmente vivaz em muitos aspectos; Morgen lembrava, por exemplo, que o médico havia saído num ataque de ira, quase derrubando a figura do ancestral nigeriano no vestíbulo, que alguém fazia um bocado de barulho e que a sobrinha tinha sido insolente outra vez. O desjejum que pretendia fazer naquela manhã incluía pães doces quentinhos com manteiga, de certo modo reminiscentes em termos de opulência de especiarias das refeições nada práticas que poderia fazer se estivesse — digamos — morando sozinha em uma ilha tropical, provando frutas amornadas pelo sol ou deitada em almofadões em um harém coberto, aceitando, com preguiça, os confeitos oferecidos por um eunuco de sandálias; o médico tinha sido uma má companhia na véspera, ponderou, e deixou os pãezinhos de canela de lado, sem aquecê-los. Em suas lembranças mais otimistas, não acreditava que a reunião tivesse corrido bem; mesmo antes de o médico ficar zangado sem razão havia um toque desagradável de insistência naquela noite. Morgen havia falado bastante da irmã, Elizabeth, quando, na verdade, Elizabeth era o assunto menos interessante que poderiam abordar; ao pensar nos territórios inexplorados da conversa entre os dois, Morgen suspirou e olhou para o relógio para ver se seria seguro tomar mais três aspirinas. A visão da sobrinha entrando na cozinha não foi calculada para animar o desjejum de Morgen, e ela fitou com um olhar frio e ressentido a sobrinha se servir do café que estava no fogão e se sentar à mesa. Evitava os olhos da tia e não dizia nada, e por fim Morgen — ciente de que sem dúvida, com o transcorrer do dia, ela tomaria mais aspirina e uma hora recuperaria o bom humor — disse em tom soturno, olhando para a própria xícara: "Pensei em colocar quatro xícaras. Uma", explicou com cuidado, "para cada uma de vocês".

A sobrinha a encarou com uma expressão especulativa. "Ele gosta de ouvir a própria voz", disse. "Mas não imaginava que *você* embarcaria no jogo dele."

"Então me faça um favor", Morgen suplicou. "Prometo guardar segredo, mas acordei com uma dor de cabeça forte demais para a aritmética. Só me conte quantas vocês são."

"Eu. Sua sobrinha Elizabeth."

"Bom, *isso* é uma coisa em que eu *não* embarco." Morgen disse, deixando a xícara em cima da mesa para assentir, e então se arrependeu. "Se tem uma coisa que eu *sei*", ela prosseguiu, com a cabeça imóvel, "é que você não é *a Elizabeth*."

"Larga de bobagem, tia Morgen. Só porque antes eu..."

"Antes você era uma dama, era bem-comportada; por mais tolices idiotas que fizesse, sabia como se portar. E agora, meu docinho, você age que nem a sua mãe."

"Me recuso a discutir sobre minha mãe com você. Ainda estou sofrendo muito..."

"Ah, cale a boca", disse Morgen. "Vou ficar de saco cheio de tanto te ouvir tagarelar que está sofrendo. Bom, o doutor falou que você é só um fragmento chamado Bess."

"Bom", disse Bess, incomodada, "ele chamou *você* de madame, e você..."

"A civilidade mais habitual extrapola sua compreensão infantil", Morgen disse com pompa, "que nem... que nem... ai, que inferno. Em todo caso", ela continuou, se divertindo, "vai ver que eu *sou* uma madame e você é que não sabia. Tenho a casa cheia de boas moças." E ela riu apesar da dor de cabeça.

"Não sei como você consegue falar *assim*", Bess retrucou com crueldade, "com a morte recente da sua irmã, em uma casa de luto, e comigo órfã."

"Escuta", disse Morgen, "eu vou continuar falando como eu bem entender, e a casa é *minha* e não existe luto nenhum aqui, nem pela sua mãe, nem por ninguém, e eu gostaria de aproveitar esta oportunidade ímpar para informar a você que, órfã ou não, eu te alimento há seis anos e te dou roupas para vestir e faço tudo menos limpar o seu nariz, e de repente você vira para mim e tenta me convencer de que eu não sei em que ano a gente está e que você é órfã. Órfã!"

"Vou te dizer uma coisa", anunciou a sobrinha, apontando a faca de manteiga para a tia, "pode até render uma boa história isso de você me alimentar e me vestir e gastar meu dinheiro por mim, mas muito em breve você e um advogado vão precisar ter uma conversinha sobre o que tem acontecido com o dinheiro desde que o meu pai morreu. Porque eu vou arrumar um advogado para te obrigar a devolver tudo."

Morgen bufou. "Você vai é arrumar umas palmadas, isso sim", rebateu. "E pare de ficar mexendo nos talheres porque eles são meus."

"Nada é seu", retrucou Bess, "e se eu não receber a contabilização do meu..."

"Sabe", disse Morgen, se recostando com certo prazer, "se você não segurar sua língua com todo esse seu papo maluco, um dia desses a titia vai perder a cabeça *de verdade* e te dar uma coça. E se você não parar de raspar essa faca de manteiga agora a minha dor de cabeça vai piorar, e aí eu vou tirar esse troço da sua mão e arrancar seus dedos um por um."

Ela deu uma risadinha. "Você a assusta com esse papo", ela disse. "Ela detesta ouvir alguém dizer que vai machucá-la."

"Olá", Morgen disse com simpatia. "Você deve ser outra, não é isso?"

"Betsy", ela declarou. "É de mim que você mais gosta."

"Bom, então fique quietinha. A titia está se sentindo péssima."

"Que pena", disse Betsy. "Eu *nunca* me sinto péssima; nem sei o que é se sentir péssima."

"Ótimo", Morgen se entusiasmou. "Queria que fosse você, e não eu."

"Pobre Morgen."

"Aquele maldito médico", disse Morgen. "Por que ele não ficou no lugar dele?"

Fez-se silêncio, e então Betsy disse, temerosa: "Você está falando do dr. *Wrong*? Ele veio *aqui*?".

"Ontem à noite. Tivemos uma longa conversa de coração para coração para coração para coração. Ai, senhor", disse Morgen, tapando os olhos com a mão.

Betsy ficou tanto tempo quieta dessa vez que Morgen destampou os olhos para ver se continuava ali. "O que houve, garotinha?", Morgen indagou. "Você também não gosta dele?"

"Ele não quer que ninguém aproveite a vida", disse Betsy. Ela se debruçou sobre a mesa e disse, persuasiva: "Escute, Morgen, se você deixar, ele vai dar sermão e ficar reclamando de *você* também. É melhor você não falar mais com ele".

"Não poderia falar nem se eu quisesse", Morgen declarou, se recordando. "Ele não vai mais voltar. Não gosta muito da gente."

"E quem se importa?", disse Betsy. "Já vai tarde."

"Queria que ele tivesse ido embora antes de vir", Morgen disse. "Eu *estou* triste." Ela fechou os olhos e descansou a cabeça no espaldar da cadeira.

"*Já* sei", Betsy disse com animação, "vou te mandar uma pessoa que está pior do que você." Ela abaixou os olhos e os ergueu com timidez, o sorriso de seu rosto morreu, e ela olhou para a tia com apreensão. "Olá", disse. "Tia Morgen."

Tia Morgen abriu os olhos e tornou a fechá-los. "Não", disse ela. "Vá embora, menina. A titia te ama, mas já tem problema demais. Vá embora."

"Desculpe", Elizabeth gaguejou.

"Meu Deus do céu Deus do céu vá embora", Morgen disse. "Você faz uma nuvem preta enlameada horrenda enorme descer sobre o mundo inteiro quando fica com essa cara triste para mim; vá embora, vá embora, vá embora, vá…"

"Está *bem*", disse Betsy, voltando aos risos. "Você não gosta da Betsy boazinha?"

"Você trate de ficar aqui um tempo", Morgen pediu a sério, "e não me deixe de novo com aquela carrancuda."

"Fique boazinha, senão eu mando a Beth", disse Betsy. "É a que te chama de 'tia querida' e diz que você é a única coisa que ela tem no mundo e pergunta se ainda a ama."

Morgen suspirou.

"Vou te falar uma coisa sobre o médico", Betsy puxou conversa, "o que *ele* queria era estabelecer a Bess como se fosse eu, deixá-la se passar por *mim* o tempo inteiro, assim eles poderiam dividir todo o dinheiro."

"Vou dar o dinheiro para um lar para gatos abandonados", disse Morgen. "Juro."

"Bom, *eu* não quero ficar com ele", Betsy anunciou.

"*Aquela*", disse Morgen, como se tivesse sido alvo de uma grande ofensa, "aquela cachorra enlameada de cara pálida que não vale nada, ela acha que a titia não merece tomar uma taça de conhaque depois das refeições. Quer que eu preste contas de cada centavo!" Ela fixou o olhar na sobrinha. "Eu!", disse.

"*Eu* não iria querer uma coisa dessas", declarou Betsy. "Eu não quero o dinheiro de jeito nenhum."

"Escute", Morgen pediu, cheia de bom senso, "eu sou uma pessoa mais simples. Só quero ter conforto, dormir e comer e beber e falar como sempre, como eu *gosto* de comer e beber e dormir e falar. Vivi bem durante bastante tempo. Eu tinha a sobrinha, e ela não valia muita coisa para ninguém, mas eu gostava dela e achava que ela gostava de mim, e nós conversávamos, e ela me ouvia quando eu me queixava, e talvez eu não tenha sempre tido o cuidado de ser delicada com ela, mas sempre achei que as coisas estivessem indo bem. Achava que se eu gostasse dela e ela gostasse de mim e nos déssemos bem não importava se tinha quem pensasse que faltava alguma coisa nela, contanto que eu ficasse de olho em sinais de que ela seria igual à mãe. Porque uma coisa que eu *sabia*", Morgen explicou dando um suspiro, "é que ela *precisava* de vigilância. Mas só tive a inteligência de perceber como as coisas estavam indo quando já era tarde demais, então agora eu tenho *você*. Não estou reclamando, e fui eu que causei isso a mim mesma, e de qualquer forma você é um pouco mais alegre do que ela — você — era antes, mas passei muito tempo com ela. Do meu ponto de vista, não interessa o que o médico diz, vocês todas continuam sendo a minha sobrinha, e eu sou a responsável por vocês. Mas não estou acostumada a ser zombada e desafiada e adulada e a ouvir lamúrias, e gosto que as pessoas falem baixo quando estou com dor de cabeça e não gosto quando as pessoas despejam os problemas delas no meu colo, e uma coisa eu tenho que dizer a favor da Elizabeth que eu tive durante tantos anos — ela nunca teve nenhum problema de que *eu* tenha ficado sabendo, a não ser o de não conseguir se sentar numa cadeira sem cair."

"Bom", disse Betsy, um pouco constrangida, "é claro que muito disso se deveu a mim. Acho que ela teria se saído um pouquinho melhor se não fosse eu."

"Não vem falar disso *comigo*", Morgen pediu. "Vocês, crianças, que travem suas próprias batalhas. Não me interessa se vocês são vinte, no fundo todas são a minha sobrinha Elizabeth e podem brincar do que quiserem sozinhas, contanto que me deixem em paz."

"Quem sabe", ela disse com doçura, "se eu estivesse morta?"

Tia Morgen levantou os olhos por um instante, depois os baixou de novo. "Se você estivesse morta", ela disse, "talvez eu pudesse tomar o meu café em silêncio. Caso você se importe."

"Não", ela retrucou. "E não vá *você* pensando que eu estava de brincadeira quando falei do advogado. Porque se eu não receber um cálculo..."

"Por que é que eu fui nascer?", Morgen perguntou de forma retórica e se levantou para sair da mesa. "Vou voltar para a cama", disse olhando para trás. "Vai catar coquinho no asfalto."

A sós, Bess se serviu de outra xícara de café e tornou a se sentar à mesa. Passado um minuto, se levantou para pegar o bloco de anotações e o lápis no canto da bancada da cozinha, e então se sentou de novo e tentou fazer o cálculo a partir da quantia estimada da fortuna do pai, tentando lembrar tudo o que conseguia sobre juros e capital e ponderando quanto devia custar para Morgen administrar a casa, alimentar e vestir as duas, e quanto Morgen devia ter usado do próprio dinheiro e quanto vinha da herança da sobrinha. Os termos da herança não estavam de todo claros para Bess, e ela não tinha obtido sucesso em nenhuma tentativa de descobrir alguma coisa pela tia; só sabia que o que lhe parecia uma vasta quantia de dinheiro a aguardava, e que tia Morgen provavelmente não havia segurado a mão enquanto fingia comprar roupas e comida para a sobrinha; Bess tentava em vão que a tia lhe adiantasse boa parte do dinheiro, mas tia Morgen teimava de forma exagerada em não dar permissão para que a sobrinha acessasse a receita líquida desde que tinham voltado juntas de Nova York, e o máximo que Bess tinha conseguido era o poder de comprar o que bem entendesse nas lojas da cidade botando na conta da tia. Nos últimos tempos, entretanto, desde que várias coisinhas bobas começaram a acontecer — como a vez em que tia Morgen entrou e flagrou Bess pegando dinheiro da bolsa dela, embora Bess obviamente não tivesse a intenção de roubar e não tivesse, na verdade, nenhuma consciência de estar perto do quarto de Morgen —, em todo caso, nos últimos tempos Morgen havia encerrado todas as contas e escondido o dinheiro da casa, e agora Bess não podia comprar nem ninharias sem antes conseguir permissão, nem pagar um táxi sem implorar a Morgen. Aquilo não era jeito de se tratar uma garota de dezenove anos que um dia teria todo o dinheiro que quisesse. Bess se recostou e olhou para a página cheia de números. *Pareciam* dinheiro, todos com o símbolo do dólar na frente e com pontos decimais; um bom advogado saberia o que fazer com eles. De repente, tomada pela curiosidade, Bess passou o lápis para a mão direita e o segurou sobre o papel.

"Vamos, sua boba", ela sussurrou. "Quero saber o que está pensando."

O lápis continuou imóvel na mão relaxada, e Bess, olhando para ele, começou a pensar em anéis, quando tivesse o próprio dinheiro. Não ligava para diamantes, refletiu, e a maioria dos anéis que tinha visto nas joalherias tinha pedras tão pequenas que ficava difícil enxergá-las, que dirá saber se eram verdadeiras ou não; algo com rubi fazia mais o seu estilo, mas que fosse grande. Ela então recuou frente a Betsy, que pegou o lápis, pensativa, e fez traços bem pretos em cima de todos os números de Bess, provou seu café e o encheu de açúcar e creme. Durante alguns minutos, Betsy se divertiu com o lápis e o papel, desenhando cabeças redondas com olhos e narizes e bocas, às quais deu os nomes de "dr. Wrong" e "tia Morgen" e "Bess". Depois de um tempo, Betsy se cansou do lápis e do papel, bocejou e desapareceu diante de Elizabeth, que esfregou a nuca com um gesto refinado, olhou para o café com náusea e se levantou para botar a xícara e o pires na pia, onde os lavou bem, e em seguida voltou à mesa para recolher o bule e os pratos usados por tia Morgen no café da manhã. Depois de lavar e secar a louça, e enquanto estava a caminho da geladeira para pegar um copo de leite, Bess se restabeleceu e foi para o vestíbulo, onde permaneceu por um instante, atenta aos movimentos de tia Morgen, pôs o casaco e o chapéu e saiu de casa de fininho.

Quando Morgen voltou ao primeiro andar, no começo da tarde, foi com a sensação de profundo bem-estar por causa do efeito geral de muitas aspirinas ministradas de maneira criteriosa, e a consequente impressão rósea e indolor de pisar em nuvens; a dor de cabeça havia sumido, assim como sua percepção humilhante da véspera, e também, a bem da verdade, a convicção corriqueira de que seus pés tocavam o chão quando andava. A mão, ao abrir a geladeira, era independente e inteligente, e o sorriso no rosto era beatífico. Eu devia comer uma coisinha, Morgen pensava: ovo cozido? Sou uma inválida, quase convalescente, e alguma coisa amanteigada e macia...
A geladeira estava cheia de lama. Morgen ficou um minuto parada, olhando para ela, sem entender o horrendo caos lamacento no lugar onde esperava achar prateleiras brancas e reluzentes, com ovos e manteiga e queijos organizados; a parte interna da porta estava suja, e as bandejas de gelo estavam cheias de limo, e em um canto ali dentro, onde os frios ficavam guardados, uma larva se mexia, quase congelada e ainda assim em movimento, se voltando às cegas para a luz. Morgen recuou, o estômago embrulhado, e então, sem se fechar, a porta escapou. Não podia limpar, não podia lavar; ao olhar para as mãos, pensou que nos dedos havia larvas, entrando e saindo e passando e voltando, molhadas e frias, e ela enfiou as mãos debaixo do travesseiro e fechou os olhos e cerrou bem a boca para impedir as larvas de entrar e gritou em silêncio na cama. Estou sozinha e sou uma velha e vou morrer sem amor, pensou, com a cara enterrada no travesseiro, e por fim voltou a dormir.

Quando despertou, estava bem, sem a interferência da aspirina, e se levantou com firmeza, alisou as roupas e o cabelo, olhou bem para as mãos e disse a si mesma que era uma velha idiota, dez vezes uma velha idiota. Desceu e entrou na cozinha impecável, onde ficava a geladeira limpa e imaculada, olhando com desconfiança, e a louça do café da manhã estava arrumada nas prateleiras, e o bule de café havia sido limpo e guardado. Passado um instante, Morgen (eu sou uma velha idiota, ela pensou) tocou o puxador da geladeira e abriu a porta, e dentro os ovos brancos e a caixa limpa de manteiga amarela brilhavam à sua frente, embora soubesse sem dúvida nenhuma que não queria comer. Uma bebida, ela ponderou, sem se atrever a encostar a mão ou mesmo o dedo nas bandejas de gelo; uma taça de conhaque para ter certeza de que agora eu estou bem, e ela pegou a garrafa de conhaque da prateleira e despejou um fluxo constante na taça. À sua saúde, ela pensou, erguendo a taça para si.

Morgen Jones, da família Jones de Owenstown, de jeito nenhum devia ser descrita como uma idiota. Sua vida era circunspecta, rígida e extremamente reservada porque quase nada no mundo exterior a deixava tentada a se entrosar com as pessoas. Uma mulher bem-educada quando a boa formação ainda era tida, entre as amigas da mãe, como a melhor ocupação possível para uma mulher solteira — melhor, sem dúvida, do que virar governanta ou se dedicar à pintura de porcelana —, ela tinha sido criada para pensar e compreender e ler o que bem entendesse, e nas operações bastante particulares de sua mente, havia agora muito humor, certa tolerância e um bocado de afeição velada, e não havia espaço nenhum para o apreço do notável. Morgen tinha sido, por bastante tempo, o objeto mais notável de sua própria paisagem, e qualquer coisa mais estranha do que ela mesma, na cabeça dela, ou era uma fraude óbvia ou inexistia.

Estava, portanto, despreparada para aceitar na sobrinha qualquer manifestação mais surpreendente do que um "colapso nervoso" totalmente adequado a uma dama, e em tudo o que tinha visto de Elizabeth, e em tudo que tinha ouvido do dr. Wright, não encontrava nada com que se preocupar. Tinha observado e assentido, e sua mente vinha ativamente desmembrando, analisando, dividindo e esmiuçando, triturando todas as informações para transformá-las em uma mistura palatável de doença nervosa na sobrinha e fraseologia extravagante no doutor; enfim estava convicta de sua capacidade inabalável de levar um olhar sensato e prático à situação e em pouco tempo reduzir a sobrinha e o doutor a duas criaturas constrangidas, completamente boas, se esgueirando para serem realistas e enterrarem seus romantismos na vida cotidiana. Se era possível dizer que o olhar pragmático de Morgen percebia a cura sem reconhecer a doença, essa ideia pode ser expressa como "Não parece perceber", ou "Estão fazendo isso só para chamar a atenção", ou até — em casos extremos — "Faça a vontade deles".

Fazia mais tempo do que gostaria de se lembrar que não sofria mudanças substanciais. Seu jeito de se vestir, de falar, de pentear o cabelo, de passar o tempo, não mudava desde que havia se tornado óbvio para uma Morgen bem mais jovem que em todos os anos que estavam por vir ninguém, muito provavelmente, daria a mínima atenção à sua aparência ou ao que fazia, e o único senão de deixar a humanidade para trás era mais do que compensado por sua liberdade complacente em relação a milhares de pequenas irritações. No início, achou necessário relembrar sempre os clamores e as demandas que as outras pessoas trocavam, as atenções esperadas, as respostas aguardadas, os presentes e as visitas e os bons votos a serem retribuídos, os afetos a serem correspondidos, mas com a sobrinha protegida ela enfim descobriu que não havia nada que os outros tivessem que ainda precisasse encarar com cobiça. Elizabeth de imediato ocupou o posto de maior relevância no pequeno grupo de mortais com os quais Morgen ainda tinha conversas de um tipo ou de outro, e todos presumiam que Elizabeth sentisse pela tia o mesmo carinho profundo que Morgen nutria pela sobrinha.

Embora Morgen não mudasse havia tantos anos que passara a enxergar o mundo além de suas janelas como se estivesse num estado de constante atividade fervilhante, ela gostava dos próprios caprichos — mudanças na decoração da casa, por exemplo, que, apesar de estar em um universo de estilos e épocas, nunca se desviava do padrão básico de arquitetura: a de extrema e amorosa feiura — e não aceitava com gentileza que fossem contestados. Uma das ideias de Morgen tinha sido a de instalar o ancestral nigeriano no vestíbulo, e não gostou que o médico da sobrinha tivesse esbarrado nele ao sair da casa enraivecido. Achava muitíssimo agradável o som da própria voz e não gostava de ser interrompida; estava preparada para fechar a cara para o dr. Wright porque sentia, por algum motivo obscuro, que ele era o responsável pela mudança em sua vida decorrente da mudança em sua sobrinha. Descobriu, com toda a franqueza, que ficava ainda mais irritada com o dr. Wright porque ele parecia encará-la sem dar a devida atenção à sua singularidade — sem dúvida uma deselegância em um homem tão preparado para achar universos em sua sobrinha — e havia, no final das contas, se mostrado quase tão desprovido de suavidade e docilidade de temperamento, qualidades que Morgen admirava demais nas pessoas com quem travava um contato mais íntimo.

Quando soube que o dr. Wright e a sobrinha estavam conspirando em torno da noção romanesca de que Morgen tinha uma sobrinha Elizabeth, uma sobrinha Beth, uma sobrinha Betsy e uma sobrinha Bess, ela ficou primeiro assustada, depois encantada com a novidade de uma personalidade camaleônica, ponderando que se tratava de uma versão carregada nas tintas de uma ideia que às vezes acalentava. Com uma autodepreciação bem-humorada, pensou nas vezes em que tinha visto nela mesma uma personalidade Jekyll-e-conhaque, da Morgen sábia ao meio-dia que no fim da tarde se transformava em uma Morgen cínica e de manhã, no desjejum, ficava resmungona, e ao perceber isso nela mesma, se viu pronta para aceitá-lo em Elizabeth. Quando estivesse brava com Elizabeth, pensou, ela só precisava se lembrar da Morgen da manhã para ser mais gentil, e quando Elizabeth se queixasse ou fosse rude ou desse um sorriso afetado, devia relembrar que a menina tinha passado anos a fio com as várias Morgens e, portanto, talvez merecesse sua vez. Então, tendo raciocinado até aqui, contente com a própria percepção e meio que satisfeita com o tipo inesperado de imaginação da sobrinha, Morgen desceu arrastando uma ressaca forte e descobriu a geladeira cheia de lama.

Artistas que mudavam rápido ela poderia incentivar, médicos loucos e cientistas diabólicos ela poderia aceitar, sobrinhas efervescentes com ideias de heranças roubadas ela poderia encarar com compostura, mas não queria e não podia suportar nenhuma alteração na geladeira, onde guardava boa parte de sua comida. Além do mais, vivia a maior parte da vida dentro da própria cabeça, e a limpeza da geladeira antes que ela voltasse uma segunda vez era uma tentativa deliberada de obstruir o funcionamento de sua mente. Embora preferisse abrir mão de pensar a abrir mão de comer, ressentia ser forçada a se privar de uma coisa ou de outra; não tinha dificuldade nenhuma de se tranquilizar a respeito da própria sanidade, fosse ela a Morgen de ressaca ou não, e portanto era vítima de um truque perverso, executado de maneira cruel e maldosa, que estabeleceria automaticamente a distinção entre as transformações lógicas, normais de uma pessoa ajuizada — Morgen — e as transformações ilógicas, erráticas de uma pessoa desajuizada — Elizabeth.

O primeiro pensamento sensato de Morgen — arrancar a cabeça de Elizabeth dos ombros — foi logo abandonado em prol de não falar nada e aguardar; Morgen era uma pessoa esplêndida em acertar as contas com as pessoas, e se acusasse a sobrinha de encher a geladeira de lama e Elizabeth negasse, a vingança seria bem menos satisfatória e provavelmente teria que ser bem mais sutil do que se o assunto nunca fosse mencionado nem enfrentado até que a oportunidade surgisse. Com tal reflexão, tomando seu conhaque, Morgen se acomodou na sala da própria casa, entre os próprios pertences, que pela primeira vez ela sentia que era convocada, em essência, a defender.

Quando a chave girou na porta e ela ouviu os passos da sobrinha no vestíbulo, por um instante Morgen ficou quieta, atenta: a sobrinha fechou a porta devagar e deixou a bolsa na mesa da entrada. Depois, pelos sons, abriu a porta do armário do vestíbulo para pendurar o casaco e o chapéu; essa organização e esse asseio indicavam que quem havia entrado era ou Elizabeth, organizada devido à perplexidade, ou Bess, organizada por conta de um respeito profundo pelo próprio imóvel; a tranquilidade e a suavidade com que os atos eram realizados não deixavam dúvidas de que não se tratava de Elizabeth.

"Bess?", chamou Morgen, levantando a voz.

"Sim?"

"Você pode vir aqui um minutinho, por favor?"

Bess foi à porta da sala, semicerrando os olhos para enxergar no ambiente escuro. "O que é que há com *você?*", ela perguntou, sem grosseria, mas sem preocupação.

"Um leve mal-estar", Morgen disse, aconchegada, "a fraqueza dos vivos e a visão da morte, o abandono do cuidado terreno diante da santidade; resolvi que esta noite é você quem vai preparar o jantar."

"Vá jantar fora", disse a sobrinha. "Eu já comi."

"Com quem?"

"Não te interessa."

"Alguém deve ter pagado", disse Morgen. Ela se sentou. "Você andou mexendo na minha bolsa de novo?"

"Claro que não", disse Bess, e então, depois de um minuto, acrescentou com relutância, "achei uma caixinha de moedas velha, se você quer saber."

Morgen caiu na risada e se virou para acender o abajur que ficava na mesinha ao lado. "Pobrezinha", disse. "Você pode ir jantar onde bem entender. Da próxima vez fale comigo que eu te dou um dinheirinho."

"Você nem imagina como vou acertar as contas com você um dia", Bess declarou. Falava devagar e olhava para a tia com ódio. "Você não imagina as coisas que tenho pensado em fazer com você. Quando eu receber todo o meu dinheiro e não tiver mais que morar aqui, vou passar metade do meu tempo fazendo coisas horríveis contra você."

"Está bem." Morgen ficou indiferente. "Mas a *minha* impressão, minha querida riquinha, é de que você já começou muito bem, com a geladeira assim."

"Que geladeira?", Bess disse em tom inocente.

"Sabe o que eu devia fazer com você?", Morgen disse, se deitando para olhar para ela, "eu devia te pegar e esfregar seu nariz nela, e talvez eu faça exatamente isso. Ou quem sabe não te ponho no colo para te dar umas belas palmadas."

"Você não se atreveria", disse Bess, recuando.

"Me atreveria, sim", declarou Morgen, de fato surpresa; ao longo da vida, tinha percebido que eram poucas as coisas que não se atrevia a fazer, embora houvesse um bocado de coisas que felizmente não haviam lhe passado pela cabeça. "Eu faço o que eu quiser, na verdade", disse Morgen, "com você e com qualquer um."

"Não ligo para o que você faz com os outros", Bess disse. "Mas quando eu arrumar um advogado..."

Tia Morgen riu outra vez, com uma alegria tão sincera e incontrolável que lágrimas caíram dos seus olhos e ela precisou tomar conhaque para não engasgar. "Você vai se divertir à beça com o advogado", ela não se conteve, "se não sabe nem descobrir em que ano a gente está. O *meu* problema, senhor", ela continuou, com uma voz afetada que parodiava Bess, "é que eu vou receber essa grana toda quando fizer vinte e cinco anos, e eu *vou* fazer vinte e cinco daqui a alguns meses, mas eu *acho* que ainda tenho *dezenove*, e que *ninguém* ouse me dizer que *não é assim*... Ah, meu Deus." E tia Morgen deu um leve suspiro enquanto Bess se sentava, tensa e zangada, e olhava para ela. "Bom", Morgen disse por fim, mais firme, "me avise quando arrumar um advogado, garotinha, que eu pago a conta dele para você."

"Quem dera minha mãe estivesse viva para ver como você me trata", Bess disse, e a tia a fitou com raiva.

"Talvez você tenha esquecido como *a sua mãe* te tratava", retrucou. "Quando você fala desse jeito, me deixa com tanta raiva que eu seria capaz..."

Ela suspirou; Bess havia se transformado de repente em Elizabeth, que observava a tia com um medo entorpecido.

"*Você* está olhando para quem?", Morgen quis saber, irritada consigo mesma por ter, como sempre, falado mais do que pretendia.

"Nada. Quer dizer, acho que não estou me sentindo muito bem."

"Bom, vá para a cama, pelo amor de Deus", disse Morgen, virando a cara com impaciência.

"Posso fazer alguma coisa para comer?"

"Achei que você tivesse jantado."

Elizabeth fez que não, entristecida. "Se você deixar, como um sanduíche ou algo assim."

"Vai lá", disse Morgen. "Faz um para mim também."

Elizabeth se levantou com entusiasmo. "Vou fazer uma coisa boa para você", declarou. "Acho que vou me sentir melhor depois de comer algo."

Cansada, Morgen pegou a revista que estava lendo na véspera, antes de o médico chegar. "Não se esforce demais", recomendou, e então, com certo remorso, "se precisar de ajuda, é só gritar."

"Não vou precisar." Elizabeth saiu, e Morgen titubeou, depois negou mais conhaque a si mesma. Ficou uns minutos ouvindo sem prestar muita atenção, se perguntando se Elizabeth conseguiria se virar, e então deu de ombros e disse a si mesma que Elizabeth já era capaz de se alimentar sozinha havia tempos, e deu apenas uma migalha de atenção aos barulhos fracos que vinham da cozinha, alerta a uma queda ou a um grito. Passado um tempo, quando ouviu passos voltando, deixou a revista de lado com prazer e se virou para a porta para ver a sobrinha chegando com uma bandeja. "O que você trouxe?", Morgen indagou.

Betsy deu uma risadinha, inclinando a bandeja num ângulo perigoso. "Aquela *Elizabeth*", ela disse. "Mais fácil você morrer de fome do que ela entrar na cozinha; acabou que eu tive que ir preparar a comida. Queijo-quente e leite."

"Com mostarda?", indagou Morgen.

"Mas a verdade é que ela fez quase tudo", Betsy admitiu. "É injusto falar que não fez. Bom, eu servi o leite."

Ela pôs a bandeja na mesa de centro, que Morgen esvaziou para ela, e puxou uma cadeira do outro lado. "Sabe", Morgen disse enquanto pegava um guardanapo, "é a primeira coisa que eu como desde... nossa, Jesus." Ela se sentou, o olhar fixo por alguns instantes, e num frenesi começou a arrancar o naco de sanduíche da boca, engasgando e soltando barulhos assustadores de asco.

"O que foi?", Betsy meio que se levantou e recuou. "Robin?"

Morgen atirou o sanduíche contra a parede e esvaziou a boca no guardanapo de papel. "Sua cachorra", xingou, "cachorra, cachorra nojenta."

Betsy olhou para o próprio sanduíche. "O que foi?", indagou.

"Lama", disse Morgen, "o sanduíche está cheio de lama." Ela fez uma careta e virou a cara. "Estou enjoada", disse.

"O meu está bom", declarou Betsy. "Come." Ela ofereceu o sanduíche, mas Morgen afastou a mão dela. "Estou enjoada", afirmou, "saia daqui."

"O que houve, Morgen, querida? Alguma coisa te aborreceu?"

"Caia fora daqui", Morgen esbravejou, "caia fora antes que eu jogue alguma coisa em você, sua cachorra imunda, nojenta."

"Sério", disse Bess, "era de imaginar que você fosse se esforçar para se comportar direito; sair jogando comida pela casa e fazendo barulhos horríveis; me soa perfeitamente..."

"Quer cair fora logo?", Morgen mandou, ficando de pé e levantando a mão, "sua monstra mentirosa..."

Elizabeth caiu no choro. "Você vive me azucrinando", reclamou. "Eu não fiz nada."

Morgen tomou fôlego e se calou; talvez repetisse para si mesma: "Morgen da manhã, Morgen da manhã", pois depois de alguns minutos falou com delicadeza. "Me desculpe", disse. "Estava chateada. Não quis te assustar, garotinha. Anda, vou te colocar na cama antes que eu faça alguma outra coisa." Ela se levantou e Elizabeth a seguiu quase alegre. "Vou ficar feliz de ir dormir", Elizabeth declarou, subindo a escada atrás da tia, "estou cansada e voltei a dormir mal. Quem sabe eu não tomo um banho quente?"

"Boa ideia." Morgen sentia remorso e conferiu à perspectiva do banho quente um entusiasmo fora do comum. "É exatamente disso que você precisa para conseguir dormir, um banho quente e o comprimidinho azul que eu vou te dar."

"Ótimo." Elizabeth foi em direção à porta do quarto e Morgen, dizendo "vou enchendo a banheira", entrou no banheiro. Ela abriu a torneira da banheira e então, por estar mesmo arrependida de ter feito Elizabeth chorar, pegou um pote de sais de banho com aroma de pinheiro da própria penteadeira; ainda estava fechado, e Morgen vinha se prometendo esse luxo nessa noite, pois sais de banho eram um requinte para o qual não costumava ter tempo; agora, no entanto, era exatamente o que Elizabeth merecia, e ela despejou uma quantidade generosa de sais de banho de pinheiro na banheira. Quando Elizabeth entrou no cômodo, o ar já estava quente e tomado pelo odor apenas levemente reminiscente do ar livre e das árvores e de coisas que cresciam; Elizabeth se inclinou em direção à banheira para fechar a torneira e deu um sorriso agradecido.

"Maravilha", disse. "Era disso mesmo que eu estava precisando." Ela hesitou, parada ao lado da banheira de roupão e chinelo, e pelo sorriso acanhado com que se virou para a tia dava a impressão de que falaria com ternura; por fim, com esforço, ela disse: "Por que você não... Tia Morgen, você não quer ficar aqui conversando comigo enquanto eu tomo banho?".

Morgen, percebendo sem dificuldade nenhuma a tentativa de Elizabeth de ser carinhosa e comovida com sua atitude, disse, tocando no ombro da sobrinha: "Claro, garotinha. Eu vivia te dando banho, você sabe disso".

Ela se sentou, desconfortável, no banquinho e recolheu o roupão de Elizabeth do chão. "Está bem quentinho?", perguntou quando Elizabeth entrou na banheira, e Elizabeth fez que sim e disse: "Está ótimo, obrigada".

"Está se sentindo melhor?"

"Acho que sim, Morgen", e ela parou, com o sabonete na mão. "O doutor te falou das... falou das outras?", ela perguntou.

"Como é que você sabe que o doutor veio aqui?", Morgen indagou.

Elizabeth a encarou. "Acho que te ouvi contar."

"Ele me tirou do sério. Mas sim, ele falou."

"Ele falou que eu vou ficar... bem?"

"Depende do que você quer dizer com bem", Morgen foi cautelosa.

"Como antes."

"Bom", disse Morgen, "você não estava tão bem assim antes." Ela se perguntava, agora, o que dizer; tinha a clara ideia de que em um lugar como aquele as declarações mais razoáveis, as mais sensatas, as mais reconfortantes, eram sempre as mais perigosas, e não queria de jeito nenhum assustar Elizabeth outra vez; isso lhe veio com uma dor aguda, quase física, e a razão pela qual Elizabeth falava com muito mais fluência e liberdade naquela noite poderia estar no fato de ser a primeira vez em muitos meses que percebia ternura na tia. "Eu quero você *muito* bem", disse, sem jeito, e então viu que Elizabeth a olhava com os olhos cheios de lágrimas. "Onde foi que eu errei *desta vez*?", Morgen quis saber.

"É porque...", Elizabeth hesitou e deu batidinhas na água. "Ele falou, o doutor, que eu estaria curada quando todas nós, Betsy e Beth e todas elas, estivéssemos juntas outra vez. Ele falou que eu sou uma delas. Não eu mesma, só uma delas. Ele falou que iria juntar todas em uma pessoa só."

"E daí?" Será que Elizabeth deveria falar daquele jeito, se preocupar com o assunto? Mesmo titubeante, desajeitada, como ela falava, deveria ter licença para continuar? "Por que você não espera para ver o que acontece?", Morgen sugeriu, inspirada.

"Escute." Elizabeth se virou e olhou para ela. "Eu sou só uma delas, uma *parte*. Eu acho e sinto e falo e ando e olho para as coisas e ouço e como e tomo banho..."

"Está bem", Morgen retrucou. "Levando em consideração que você faz tudo isso, qual é o problema? Eu também faço essas coisas."

"Mas eu faço tudo com a *minha* cabeça." Elizabeth falava devagar, procurando um caminho. "O que ele vai ter no fim é uma nova Elizabeth Richmond, com a cabeça *dela. Ela* vai pensar e comer e ouvir e andar e tomar banho. Não eu. Talvez eu vire uma parte dela, mas *eu* não vou saber — *ela* vai."

"Eu não entendo", disse Morgen.

"Bom", disse Elizabeth, "quando for *ela* a pensar e saber, *eu* não vou estar... morta?"

"Ah, olhe", disse Morgen, que ficou sem saber o que fazer diante daquela definição de aniquilação. Por fim, agitou-se e disse, cheia de vivacidade: "Olhe só, garotinha, *eu* não entendo nada dessas coisas, *você* também não. A gente só pensa que tudo vai acabar da melhor forma possível, só isso".

"Imagino que sim." Com muito esforço, Elizabeth se levantou, saiu da banheira e pegou a toalha que Morgen lhe entregou. Tirou o tampão para a água escoar e começou a se secar. Quando pôs o roupão e o chinelo, falou. "Bom", ela disse, "quando você estiver com ela, não vai estar com uma pessoa que vive doente."

"Eu não vou pensar nisso, e você também não", Morgen disse, mas estava falando com Bess.

"O que você está fazendo aqui?", Bess quis saber. "Vai ficar me vigiando o tempo inteiro?"

"Eu entrei", Morgen disse, "para encher a banheira para você."

"Bom, pode encher", Bess disse. "Não ligo."

"Escute", disse Morgen, "o que te faz pensar que eu não seria capaz de te afogar?"

"Você não conseguiria pôr a mão no dinheiro se fizesse *isso*", Bess respondeu. Ela se virou e se curvou para abrir a torneira da banheira e disse: "Posso usar os sais de banho?".

"Claro", Morgen disse. "Use à vontade." Observava, emudecida, enquanto Bess despejava os sais na banheira e entrava, entregando o roupão a Morgen. Bess se esfregou diligente e por inteiro sem parar de falar. "*É* muita gentileza sua, Morgen", disse. "Não existe nenhum motivo para não sermos amigas, você e eu, sabe, mesmo que eu *receba* o dinheiro. Pode até ser que eu diga umas coisas sem querer, mas você também é assim, sabe, e se estou disposta a *te* dar um desconto, acho que você deveria fazer a mesma coisa por mim. Além do mais, eu vou ser rica, e do meu ponto de vista vou estar numa situação que exige muita responsabilidade — a responsabilidade da riqueza, entende — e não posso me dar ao luxo de guardar rancor e odiar as pessoas, nem mesmo em relação a você. Uma pessoa no meu lugar tem que se manter equidistante de todo mundo — não ter nem inimigos, nem amigos, porque é claro que quem finge ser amigo só está atrás do dinheiro. Porque..."

"Isso mesmo", Morgen disse, séria. "E para uma pessoa na sua situação *toda* cautela é *pouca*."

"É claro", Bess concordou. "Morgen, andei pensando e quero te dar alguma coisa, uma recompensa, algo assim, por ter cuidado de mim estes anos todos. Quem sabe um par de luvas bonito ou uns lenços. O que você gostaria de ganhar?"

"Bom", Morgen ponderou, "eu *ando* precisando de uma lixa de unha nova. Mas *você* é quem decide."

Bess se levantou e saiu da banheira. Aguardou um instante, até que Morgen esticou o braço para lhe entregar uma toalha seca, e então começou a se secar. "Uma lembrancinha", ela disse. "Porque é claro que a gente não vai se ver muito depois que eu receber o meu dinheiro. Vou estar ocupada demais fazendo caridade e compras, e coisas."

Morgen se levantou e respirou fundo. "Resolvi que afinal eu *vou* te afogar, sim", declarou. "É ainda melhor do que um novo par de luvas."

Como esperava, Bess fugiu quando Morgen se aproximou, e Beth, desfazendo o nó do roupão que Bess tinha acabado de amarrar, disse, feliz: "Você veio aqui para me ver tomando banho? Que *legal*, tia Morgen, querida".

"Vim só abrir a torneira para você", Morgen retrucou, impassível. "Achei que você ia dormir melhor depois de um banho quente."

"Que amor." Morgen conseguiu se esquivar quando Beth tentou lhe dar um beijo e se curvou para abrir a torneira de água quente. "Você", disse Morgen, "não se esqueça dos sais de banho."

"São para mim? Morgen, que *graça*."

"Que nada", Morgen disse, voltando para o banco. Numa espécie de torpor, assistiu a Beth encher a banheira, entrar e se ensaboar e esfregar pescoço e pés e pernas e braços e orelhas que Elizabeth e Bess já tinham esfregado ao longo dos últimos quarenta minutos. "Que banho bom", comentou Beth, dando um peteleco em uma bolha de sabão. "Que bom que eu pensei nisso."

"É muito relaxante antes de ir dormir, um banho quente", Morgen disse.

"Legal você ficar aí sentada enquanto eu tomo meu banho, que nem você fazia antigamente."

"Ah", disse Morgen, "já vi você tomar banho um monte de vezes."

"Eu não consigo mais conversar com você", Beth declarou, voltando seus olhos grandes e inocentes para a tia. "Eu queria *conseguir*, tia Morgen. Queria que tivéssemos mais intimidade, porque eu *tenho* você em alta conta, e *eu* queria que nós fôssemos… bom… *amigas*."

"Amigas", repetiu tia Morgen.

"Eu cuidaria *muito* bem de você, se você deixasse. A gente poderia se divertir bastante juntas."

"Sim", disse tia Morgen. "Bom, vamos tentar nos ver mais daqui para a frente."

Beth se virou para ela, os olhos lacrimejando em meio às bolhas de sabão. "Você *não* gosta de mim de verdade", disse. "*Ninguém* gosta. Não tenho nenhum amigo neste mundo inteirinho, porque ninguém me ama, nem mesmo a minha *tia*."

"Eu te dei meus sais de banho", tia Morgen frisou.

Beth bufou, enxugou o sabão do rosto com as costas da mão e se levantou na banheira. "Não quero banho nenhum", decretou. "Estou *infeliz* demais para tomar banho."

"Bom, você não estava muito suja", tia Morgen teve a crueldade de comentar.

Quando a água escoou da banheira e Beth já estava de roupão outra vez, ela já havia retomado sua personalidade normal, boba, e dizia "Mas titia, a gente tem que arrumar umas *roupas* para você" quando desapareceu, e Betsy, limpa e lavada, se virou e fez uma mesura irônica para a tia.

"Bom", disse Betsy, "todo mundo limpou atrás da orelha?"

Morgen enfim caiu na risada. "Betsy, minha menina", ela disse, "vamos descer para você tomar uma taça de conhaque com a titia."

"Não posso", disse Betsy. "Preciso tomar meu banho."

"Deus do céu", exclamou Morgen. "Vou pirar se tiver que ver você esfregar os pés outra vez. Você não poderia ficar sem banho só esta noite?"

"Não, ah, não", disse Betsy, "o que é que as outras iam achar?"

"Pensei", Morgen disse com curiosidade, parando a caminho da porta do banheiro, "pensei que a Bess sempre soubesse de tudo o que vocês fazem."

Betsy fez que não, sua expressão de deleite irônico se dissipando em uma espécie de confusão. "Ela sabia, em geral", Betsy explicou. "Mas nos últimos dias ela não está melhor do que nós. É por isso que também anda assustada", e Betsy saltitou no chão molhado.

"Betsy", Morgen falou devagarinho, "qual foi o seu papel naquele lamaçal todo?"

"Lamaçal?", indagou Betsy, "que lamaçal?" Olhou com complacência para seu corpo nu. "*Em mim* não tem lama nenhuma", declarou.

"É", disse Morgen. "Eu vou lá para baixo, garotinha. Trate de ficar limpinha."

Ao descer a escada rumo à sala de estar, a porta do banheiro se abriu e Betsy berrou: "Ô Morg... posso usar o resto dos seus sais de banho? Sobrou só um tiquinho".

Na manhã seguinte, Morgen despertou meio desnorteada e fatigada devido à fraqueza que acabou entendendo ser fome; passou um tempo deitada na cama, ponderando que não tinha comido nada na véspera, que já tinha ouvido de alguém que o conhaque continha todos os minerais e as vitaminas necessários para o sustento da vida durante um tempo indeterminado, então poderia, caso seu nascimento tivesse sido um pouquinho diferente, estar despertando no boudoir de Madame de Pompadour, com um pajem cheio de joias ajoelhado ao lado da cama lhe oferecendo chocolates. Ela se levantou, se imaginando entre tapeçarias de cetim turquesa, e se perguntou, assobiando, se a senhora usaria a tiara de rubi ou o corpete de pérolas. Enfim vestida, com o robe de cotelê que sempre usava de manhã, o cabelo penteado e os pés numa pantufa velha de pele de carneiro esplendidamente confortável, entretida com a ideia de que a sobrinha talvez ainda estivesse na banheira, lavou o rosto e as mãos e pegou a escova de dentes, sobre a qual deixou a água correr para tirar a lama. Depois largou a escova, recuou e pôs as mãos, trêmulas, na fechadura da porta e teve vontade de chorar e se ouviu lamuriar: "Sou uma velha".

"Chega, chega, chega", disse por fim e destrancou a porta, deixando a escova de dentes na pia, onde havia caído, e pisando forte desceu a escada e entrou na cozinha. Olhou com bastante atenção dentro do bule e o lavou bem antes de preparar o café, e enquanto o café era feito, ela não saiu da cozinha nem por um instante e não tocou em nada sem antes olhar duas vezes. Quando o café ficou pronto, encheu uma xícara inteira, depois de lavar a xícara, e arrastou uma cadeira até a mesa e deu uma olhada atenta para o assento da cadeira e o assoalho debaixo da mesa antes de se acomodar. Então, em uma cadeira limpa com uma xícara limpa de café, ela se curvou para deixar a fragrância quente e limpa chegar com frescor às narinas, e tentou refletir.

Em primeiro lugar, não tinha importância, importância nenhuma, se era Elizabeth ou Bess ou Beth ou Betsy quem a emporcalhava, sujando tudo que tocava; não tinha importância porque o bando estava de partida. Pela primeira vez Morgen se afastou e olhou com clareza o que agora entendia ser o plano: tinha, no fundo da mente, uma imagem confusa e terrível do que chamava de "instituição", que até aquele minuto a revoltava por causa de uma inquietude medieval a respeito de correntes e barras nas janelas e comida preta coalhada de vermes; agora que a fortuna dos Richmond tinha ganhado tamanha proeminência, parecia um equívoco uma tia mandar a única sobrinha para ser presa a correntes na escuridão enquanto ela continuava vivendo sozinha com o dinheiro da sobrinha. No entanto, por um instante não havia lama em nada do que via, e tia Morgen tentou examinar a questão com imparcialidade. Existem lugares, pensou, tenho certeza de que já ouvi falar em lugares que parecem clubes de campo, onde as pessoas vivem com luxo e têm o que há de melhor em termos de cuidados e comida, e lugares assim custam uma fortuna, também, então ela estaria usufruindo de sua parte do dinheiro, no final das contas. Eu provavelmente teria que economizar bastante aqui, a bem da verdade, para sustentá-la num lugar assim, e ninguém poderia dizer... Podíamos ir nós duas, Morgen ponderou com ironia; mais um bocado de lama e eu estaria pronta; quem sabe não a deixo aqui e vou eu, para ter o que há de melhor em termos de cuidados e comida. Ela riu ao pensar no que as pessoas diriam nesse caso: é claro, a Morgen recebeu o dinheiro e tal, e lá está ela, presa no hospício, vivendo na fartura, e a pobre sobrinha louca passando fome em casa...

Não, Morgen pensou de repente, com firmeza. Ela me contaminou; não consigo nem pensar no que é melhor eu fazer por ela sem começar a imaginar o que os outros vão falar sobre o dinheiro; não é inteligente da minha parte. Ninguém *precisa* disso, ponderou, ninguém *liga*, só a Bess, e aí no instante em que ela mencionou o dinheiro todo mundo se tornou incapaz de pensar em coisas boas, como comer e beber e estar bem, e começou a brigar; vou dar uma sacola enorme de moedas de prata a ela, Morgen pensou; ela pode pôr na mala quando for embora. Vou dizer para ela que está tudo ali. Não, *não*, Morgen refletiu, vou decidir isso sem nunca mais pensar no dinheiro. Agora. A fim de dar qualquer passo para descobrir o lugar adequado — um que ficasse bem perto para poder fazer visitas, onde Morgen poderia, pessoalmente, fiscalizar a intervalos regulares a qualidade da comida, a limpeza do chão, o servilismo dos funcionários, um lugar onde os gramados fossem verdes e as quadras de tênis, lisas, onde Bess poderia caminhar e Betsy poderia fazer travessuras; onde, para usar palavras mais distintas, Morgen poderia visitá-la sem o incômodo de se sentir coibida — para achar um lugar assim, lamentavelmente seria necessário recorrer ao dr. Wright; Harold Ryan também saberia, é claro, mas para o dr. Wright a decisão de Morgen pareceria justa, dispensaria pretextos e explicações, e talvez ele até brincasse que já vinha tarde. Com Harold Ryan teria que falar à beça, e era importante, Morgen pensou, partir logo para a ação em uma situação como essa; se fosse para fazer, ponderou, surpreendendo a si mesma, era bom que fosse rápido.

Ela riu, provando o café, e começou a declamar em voz alta: "… que grita e se debate pelo palco, depois é esquecido; é uma história…".

"Bom dia, Morgen", disse Bess, da porta da cozinha. "Você está rezando, é?"

"Bom dia", Morgen respondeu, pensando: eu agora já sei que em breve ela vai embora; que fosse rápido.

"Você passou o café? Que bom." Bess se serviu de uma xícara e foi se sentar à mesa. "Antes que eu me esqueça", disse, com um olhar delicado para os dedos esticados, "quero que você pague algumas coisas que eu mandei entregar aqui em casa. Devem trazer hoje."

"O quê?"

"Umas roupas. Algumas coisas para o meu quarto. Nada que diga respeito a *você*."

"Não me dizem respeito mesmo", Morgen declarou, "porque eu não vou pagar."

Bess sorriu. "Morgen, *querida*", disse, "*eu* estou pagando. Você só precisa dar o dinheiro para o moço."

"Não *vou* fazer isso", Morgen foi categórica, e então foi tomada pela raiva outra vez, esmurrou a mesa e abriu a boca para gritar, mas foi silenciada pelo sorriso de Bess. "Se eu ficar furiosa", Morgen disse, "você foge. E se eu não puder ficar furiosa, eu *posso* fazer o quê?"

"Tente se portar como uma dama, querida", disse Bess. "Tente se portar como *eu*."

"Vou te dizer o que eu vou fazer", Morgen anunciou, se controlando e pensando: daqui a quanto tempo ela vai embora? "Vamos achar um meio-termo. Algumas das coisas que você encomendou…" (as que você vai poder levar embora, ela pensava) "… podem ficar para você, as outras a gente devolve. Assim, uma cede à outra, e as duas ficam satisfeitas."

Bess ponderou. "Está bem", disse por fim, "mas *eu* decido."

"Vamos fazer uma lista de tudo", Morgen sugeriu. Ela se levantou da mesa e foi à escrivaninha da sala de estar para pegar lápis e papel; quando voltou, Elizabeth esquentava um pouco de leite no fogão, e o café de Morgen estava estranhamente espesso e preto; sem prová-lo, Morgen fez cara de nojo e deixou a xícara na pia. "Como foi que *você* chegou aqui?", perguntou a Elizabeth.

"Bom dia, tia Morgen", disse Elizabeth. "Eu dormi muitíssimo bem esta noite."

"Que bom", Morgen disse, "que bom." Ela hesitou, sem saber como tocar no assunto, e começou com bastante cuidado: "Elizabeth, espero que, ao saber o que estou fazendo, você tente entender. Se eu não acreditasse que este é o único caminho...".

Elizabeth despejou o leite quente numa xícara, se sentou à mesa e disse, com um olhar melancólico para o leite: "Eu queria que pelo menos uma vez elas me dessem tempo de comer alguma coisa de que *eu* goste".

"Por que não tentar?", Morgen perguntou, interessada. "Quer dizer... quando elas te empurrarem, você empurra de volta."

"Pode ser", Elizabeth foi vaga; "queria que você parasse de *se intrometer*", disse. "Eu estou ótima."

"Estou esperando você me contar o que encomendou", Morgen disse. "A gente vai ter que devolver tudo o que for caro demais porque simplesmente não temos como bancar."

"Deixa de ser boba", Bess retrucou. "Eu posso bancar o que quiser."

"É", disse Morgen.

"Bom, um radinho", Bess disse. "Vem daquela loja grande. Eu almocei lá", explicou, "e tem um chafariz no restaurante, e peixinhos dourados."

"Arnold's", disse Morgen, anotando no papel. "Rádio. Achei que você já tivesse um rádio."

"Esse é menor do que o meu", Bess justificou. "E encomendei um casaco, é verde-escuro com gola de pele de leopardo e um chapeuzinho combinando."

"Verde não é uma cor que caia bem em você, em todo caso", Morgen comentou.

"E umas meias e roupas íntimas e luvas... Sei lá. Eu saí escolhendo coisas, e a moça ia juntar tudo em uma sacola para trazer."

"E eu vou deixar tudo dentro da sacola e mandar de volta", Morgen decretou.

"E umas bijuterias. Encomendei até um colar para *você*, Morgen. De conchinhas."

"Ótimo", Morgen disse. "Para eu poder ouvir o barulho do mar?"

"Perdão?"

"Deixa pra lá. É só isso?"

"Só", disse Bess, desviando o olhar.

Morgen largou o lápis e se recostou, analisando a lista. "Nada mau", disse. "Você não precisa do rádio e não pode ficar com o casaco. Não quero a bijuteria, e você tem roupa íntima, meia e luva para dar e vender. Vamos devolver tudo."

"Se você espera que eu te faça algum favor", Bess retrucou, "é melhor tomar cuidado."

"Que favor?" Morgen deu uma risada grosseira.

"Eu ia deixar você continuar morando aqui", Bess respondeu. "Ontem à noite, quando prometeu me tratar melhor, eu meio que tinha resolvido te dar uma mesada."

"Quanta generosidade a sua", Morgen disse. "É mais do que eu faria por *você*."

Bess pegou o lápis de Morgen e o apontou para o outro lado da mesa, num gesto perigoso. "Um dia", declarou, "você vai vir atrás de mim chorando, e então..."

"Está bem", Morgen disse com a voz suave. "Quando eu for atrás de você chorando porque quero um casaco verde-escuro com gola de pele de leopardo e um chapeuzinho combinando, você pode se dar o grande prazer de dizer que não. Assim", ela continuou, "como eu estou fazendo com você."

"Morgen", disse Bess, "se você não me deixar ficar com o que eu quero hoje, amanhã eu volto lá e encomendo as mesmas coisas de novo, e se eu não conseguir comprar na mesma loja, compro em outra, porque pretendo ter o que tenho o direito de ter, e vou continuar comprando o que eu bem entender com o meu dinheiro."

"Contanto que você esteja feliz", Morgen disse, observando a mão de Bess, o lápis e o papel. Enquanto Bess falava, sua mão havia acrescentado, com uma letra não bonita, mas clara, "relógio de pulso", "cigarreira", "bolsa" à lista de produtos que Bess tinha comprado, e Morgen caiu na risada. Bess olhou para baixo, viu a própria mão escrever e fechou a cara.

"Para", ela pediu num sussurro e tentou abrir os dedos que seguravam o lápis; enquanto Morgen, recostada, observava com o rosto inexpressivo, Bess tentava com a mão esquerda torcer os dedos da mão direita para soltá-los do lápis, tentava levantar o braço da mesa, murmurando: "Para, para, não vou *deixar*".

"hahaha", a mão direita de Bess escreveu, as letras rabiscando a página enquanto Bess tentava tirá-la dali.

"Morgen", Bess apelou.

"*Eu* não vou te ajudar", Morgen declarou antes de abrir um grande sorriso. "Depois de você ter mudado de ideia sobre a mesada?"

Bess abandonou a luta contra a mão para lançar um olhar raivoso demorado para Morgen. "Imagino que você pense que a situação vai acabar bem para você", ela disse, e sua mão tinha liberdade para escrever; Morgen desviou o olhar da mão de Bess, enojada de ver a coisa solta e saltitante, buscando seus próprios objetivos malucos; "não tenho como fazê-la parar", Bess disse, olhando para a mão.

Morgen se levantou e deu a volta na mesa para se curvar sobre o ombro de Bess e ler o que a mão de Bess escrevia. "É animalesco", declarou Bess.

"É abominável", Morgen acrescentou. A mão havia escrito: "pobre cinderela bess pobre cinderbess nada de casaco abóbora nada de baile".

"Ela só escreve bobagem", Bess comentou.

"cinderbess sentada em cinzas e lama até o pescoço."

"Lama até o pescoço", Morgen disse. "Engraçado." Ela sorriu para o topo da cabeça de Bess. "*Eu* que digo isso."

"irmãs cruéis", disse a mão, e traçou uma linha final, grossa, como se tivesse feito uma declaração capaz de mudar tudo.

"Alguém", Bess se descuidou e disse, "deixa a mala sempre pronta no meu quarto. Não sei de quem é a bagagem, mas parece que está planejando sair de fininho uma noite dessas. De novo", encerrou.

"não morgen não morgen não morgen pobre betsy pergunta bess lama."

"Que bobagem", Bess disse, tentando levantar a mão outra vez.

Morgen riu. "Vocês vivem se dedurando", disse, "daqui a pouco ninguém mais vai ter segredo nenhum."

"pobre lizzie", a mão escreveu, "pobre lizzie pobre morgen pobre betsy não paris agora nunca"

"Você é a Betsy?", Morgen perguntou, se curvando.

"betsy olha para o céu betsy olha para o chão"

"Betsy quebrou uma xícara de chá e botou a culpa toda em mim", Bess reclamou. Tentou levantar a mão mais uma vez; "Eu não *suporto* essas coisas", disse.

"Que coisas?", Morgen ficou confusa.

"Cantigas infantis", Bess esclareceu. "Ela faz isso..." Ela parou de repente.

"hahaha", a mão de Bess escreveu.

"Eu me lembro da sua mãe brincando com você entoando essa canção", Morgen disse, seu olhar se alternando entre Bess e a mão de Bess. "Quando você era bebê."

"Tenha a gentileza de não recordar meu luto", Bess pediu de maneira solene.

"Que besteira", Morgen disse, e então: "Ela foi embora". O lápis estava parado na mão de Bess. "Bom", Morgen disse por fim, "preciso dar um telefonema. E não quero você ouvindo."

"Eu? Tia *Morgen*!"

Morgen fechou a porta da cozinha com um baque, deixando Beth chorando à mesa, e foi ao vestíbulo para usar o telefone. Ao tirá-lo do gancho, ele escorregou e virou na sua mão, e ela deixou o aparelho cair e se sentou por um instante, contendo a náusea e murmurando sozinha. Então, destemida, achou um lenço e o usou para segurar o telefone, quase achando graça por discar o número do médico sem nem precisar erguer os olhos. Quando a enfermeira atendeu, Morgen disse, com a voz baixa: "O dr. Wright, por favor. É Morgen Jones".

E, depois de um minuto, a voz forte do médico disse: "Bom dia, srta. Jones. É o dr. Wright".

"Desculpe o incômodo, doutor, mas preciso muito da sua ajuda."

Houve um momento de silêncio, então ele disse: "Eu sinto muitíssimo, srta. Jones, mas não tenho como lhe prestar assistência. Quem sabe o dr. Ryan?".

"Não", ela respondeu. "Eu tenho...", ela pensou, procurando uma expressão neutra, convicta de que Bess estava com o ouvido colado na porta da cozinha. "Eu decidi", Morgen declarou, "seguir o exemplo do senhor." Uma ideia lhe veio à cabeça. "Birnam vai chegar a Dunsinane", ela declamou.

"Perdão? É a srta. Jones quem fala?"

"Deixe de ser idiota", ela disse. "Estou tentando dizer uma coisa ao senhor."

"Eu lhe garanto que caso a senhora esteja tentando reavivar meu interesse pela sua sobrinha..."

"Escute", Morgen se arriscou a dizer, "não resta dúvida de que estou tentando fazer como o senhor queira chamar. O fato de eu ser capaz de virar as costas para minha própria dignidade por tempo suficiente para ouvir suas tagarelices já devia servir para convencê-lo de que o senhor está tão enrolado nessa história quanto nós, e eu quero que o senhor *corra* para cá."

"Tenho certeza de que a intenção da senhora não é ser mal-educada", o médico retrucou com frieza. "E se parasse para pensar um instantinho, a senhora sem dúvida concordaria que minhas objeções à ideia de rever sua sobrinha são legítimas; é inconcebível que eu possa ser de alguma serventia a ela ou à senhora."

"A *mim*, o senhor pode", retrucou Morgen. "Para falar a verdade, pensando agora, não creio que o senhor *possa* levar a situação a este estado caótico e depois virar as costas para mim. Então acho que se o senhor não vier para cá o mais rápido possível, eu ligo para o Harold Ryan e faço o senhor ser expulso."

"Impedido de exercer a profissão", o dr. Wright corrigiu, achando graça. "Não posso ir se a senhora me ameaçar."

"Eu retiro o que disse", Morgen declarou. "É quase impossível falar com clareza."

"Houve algum problema?"

"Sim, eu estou...", ela olhou para trás, em direção à porta da cozinha, "... muito perturbada."

"Compreendo", disse o médico. "Levo uma hora para chegar aí."

"Combinado", disse Morgen.

"Espero que a senhora se dê conta", o médico acrescentou, "da violência que estou cometendo contra o meu orgulho ao retomar o tratamento da sua sobrinha, srta. Jones. Só minha consciência..."

"Caso o senhor esteja preocupado com violência", Morgen disse, maldosa, "melhor não falar da sua consciência comigo." E desligou, satisfeita com a ideia de que tinha dado a última palavra, mas mesmo assim ele iria até lá.

A porta da cozinha estava bem fechada, e Morgen deu as costas para ela e foi para a sala, onde se sentou, cansada, no sofá e ficou se perguntando qual seria a melhor atitude a tomar. Tinha medo de pôr em movimento, através do dr. Wright, forças da lei opressivas e incombatíveis; uma coisa era levar a sobrinha, nervosa e com a saúde em baixa, a um médico muito bem recomendado, outra completamente diferente era entregá-la a uma operação anônima, mecânica, de papeladas e internações e, talvez, notoriedade; vou dizer a todo mundo que ela foi dar à luz um filho bastardo, Morgen tentou se consolar; é melhor do que confessar que mandei trancafiá-la. Ela ergueu os olhos e disse: "O que é que você quer agora? Ou está me seguindo?".

"Tem um homem aí", Elizabeth disse. "Ele trouxe um pacote que precisa ser pago."

"E ela mandou você aqui para me avisar, foi? Pois bem." Morgen se levantou com dificuldade e foi ao vestíbulo, onde havia um entregador com um embrulho que podia conter um rádio ou um casaco verde com gola de pele ou até uma cigarreira. "A encomenda", Morgen lhe disse com calma, "foi cancelada. Me desculpe."

"Sem problema." Ele pegou o embrulho e pôs a mão na porta. "A senhora não quer agora?", ele indagou, olhando para trás.

"A gente não quer agora", Morgen foi firme.

"A senhora é quem manda." Ele abriu a porta e estava prestes a sair quando Bess empurrou Morgen para o canto e chamou: "Espere... espere um instante!".

"Sim?", disse o entregador, interrompendo os passos.

"A gente quer, *sim*; traga de volta."

"Está bem", disse o entregador, se virando.

"A gente *não* quer", Morgen rebateu. "Leve embora."

O entregador titubeou, segurando o embrulho sem afeto. "Escute", ele começou em tom de reprovação. Deu um empurrãozinho no embrulho, como se fosse atirá-lo porta adentro. "*Eu* não quero o embrulho", ele disse a Bess, "*ela* não quer", e com a cabeça ele indicou Morgen, "*você* diz espere, espere, que *você* o quer. Tudo bem. São trinta e sete dólares e oitenta e cinco centavos. Agora me diz, ou eu saio daqui com o embrulho ou o deixo e saio daqui com trinta e sete dólares e oitenta e cinco centavos. Então?" Ele parou, segurando o pacote de um jeito obsequioso.

Morgen se virou para Bess. "Então?"

Bess não conseguia decidir, o rosto corado e enraivecido. Não estava acostumada à comunicação fácil e não pensava rápido. Olhava do homem para Morgen, ambos a observavam com interesse, e de repente se transformou em Beth, que percebeu primeiro o olhar de Morgen e depois reparou no entregador e no embrulho.

"Ah", disse Beth, "é para mim? Morgen, você resolveu me dar um presente?"

Passado um instante, o entregador virou o embrulho, suspirou e abriu a porta de novo, aguardando no umbral, como se esperasse ser chamado outra vez. "Para *mim*, você nunca dá nada", Beth disse. Duas lágrimas grossas escorriam por suas bochechas. "Todo mundo ganha presente, menos eu, e acho que ninguém gosta de mim, porque ninguém *nunca* me dá presente."

A porta se fechou com delicadeza. Pela vidraça, Morgen via o entregador descer os degraus em direção à caminhonete. Ele parou uma vez e deu uma olhada na casa, deu de ombros e jogou o embrulho no veículo.

"Um dia eu acerto as contas com você, Morgen."

"Ah, pare de *falar* assim." Morgen voltou para a sala batendo os pés e teve a impressão de que Bess a seguia sem fazer barulho; Morgen se virou, com um leve calafrio subindo pelas costas, e disse, cheia de entusiasmo: "Vamos, Bess, seja sensata; eu *avisei* que as coisas seriam devolvidas".

"Você disse que eu poderia ficar com metade."
"Você falou que estava me dando a lista inteira."
"Quem diria a verdade a *você*?", Bess desdenhou. "Você nunca ouviu falar em verdade na vida — você mente e inventa mentiras e tenta magoar as pessoas com mentiras, e não deixa ninguém chegar perto de você a não ser que a pessoa minta. Você é má má má…"
"Escute só", Morgen pediu. A breve apreensão sentida com a aproximação de Bess permanecia; estava um pouco insegura e ergueu a voz. "Escute só", ela disse, de pé numa postura desafiadora no meio do tapete da própria sala, escolhido e instalado sob sua supervisão, cercada de paredes cujas cores havia ditado e janelas cujas vistas contavam com sua aprovação, com uma postura firme e que não seria abalada por nenhum medo estranho, "escute só", ela repetiu, "é só isso que eu vou tirar de você." Fez um gesto que englobava seu entorno, como quem chama tropas para ajudá-la, e disse em tom menos empático do que pretendia: "Você tirou a minha paciência, assim como fez a sua mãe. Você me culpa que nem ela me culpava e me xinga, e quando olho para você o que eu vejo é a cara chorosa dela. E você não…", ela disse, gesticulando, "me venha com lágrimas de crocodilo e historinhas de luto; eu sei o que você achava da sua mãe".
Bess hesitou, à beira das lágrimas, ou talvez à beira de Elizabeth; ergueu o lenço e olhou de um lado para o outro, mas Morgen disse: "Se você mandar a Elizabeth e fugir, escute só, é melhor não voltar mais. Porque se um dia você *voltar*, eu vou estar esperando bem aqui, como um gato na frente da toca de um rato, e no instante em que eu der de cara com você olhando para mim, eu vou atrás de você; se quer ir, vai, mas não esquece que eu te mandei não voltar mais".
"Eu não vou", Bess declarou, abaixando o lenço. "Eu", ela disse, sorrindo para Morgen, "não vou embora *nunca*. Pode contar, Morgen, que de agora em diante você vai ficar comigo, pensando no que eu posso fazer para te deixar infeliz, passando noites em claro te odiando e desejando sua morte. Você nunca", ela terminou, com uma lentidão amorosa, "você *nunca* vai se livrar de *mim*."
"Você parece a sua *mãe*", Morgen disse. "Você é igualzinha de forma exata e inequívoca a sua maldita mãe chorona, e se eu fosse

você pararia por aí porque, acredite, srta. Elizabeth Beth Betsy Bess, a última pessoa que eu quero ouvir falar agora é a sua mãe, entendeu? Passei essa porcaria de vida inteira com ela e fiquei tão feliz de não precisar mais vê-la quanto vou ficar de não precisar mais te ver." Aos berros, Morgen se virou e ficou andando depressa de um lado para o outro da sala sem nunca chegar perto da sobrinha. "Vamos te botar em um lugar", Morgen anunciou, de novo falando baixinho, com a voz trêmula, "em uma instituição, um hospício, um prostíbulo de cabeça, onde você vai poder se desmontar e se remontar como uma porcaria de um quebra-cabeça, e os médicos bonitões vão fazer uma roda em volta de você e bater palmas quando você se subdividir que nem um terreno, e todas as enfermeiras boazinhas vão afagar sua cabeça quando você se partir em quatro no domingo e vão dar risadinhas e te arrastar e te prender, e *eu* vou estar livre de você, e o *mundo* vai estar livre de você, e o seu querido doutor vai estar livre de você, e o mundo vai ser um lugar melhor com você se despedaçando no isolamento. E, pensando agora, só para te fazer feliz eu vou pegar suas pilhas e pilhas de dinheiro e comprar alguns hectares de pântano e vou escavar e vou despejar nele o túmulo da sua saudosa mãe, assim o mundo vai ficar sabendo o que eu penso a respeito do que ela fez com você e comigo. E se um dia eles te deixarem sair — o que não vai acontecer, eu garanto — e você vier toda chorosa e velha atrás de mim e implorar que eu cuide de você — o que digo logo que *eu* não vou fazer — e que seu médico tagarela cole seus pedaços — o que eu aposto que *ele* não vai fazer —, a gente pode revirar a lama do local de descanso eterno da sua mãe e cavar um buraco onde dê para te enfiar, e sua pobre titia vai comprar um banco de mármore para se sentar lá e fazer troça das duas mortas. E pensar", Morgen declarou por fim, cansada, "que eu achava seu pai o melhor homem do mundo."

Ela se acomodou no sofá, exausta e infeliz e amedrontada. Agora não posso recuar, ela pensava, e assumiu uma postura defensiva quando Bess deu um passo à frente.

"Eu não acredito em você", Bess foi categórica. "Você nunca na vida vai ser um quarto do que minha mãe foi em termos de beleza ou bondade. É verdade", insistiu, desafiadora, enquanto Morgen levantava o rosto, enfurecida, "e *você* sabe bem disso. E todo mundo sabe, e eu até prefiro ir... ir para um lugar como o que você falou a ficar aqui com você. Até Betsy", ela gritou, desvairada, cruzando os braços e segurando os ombros, como se tentasse ficar compacta e inteira, "*ela* quer fugir de novo, não é? Fugir de você? *Ela* odeia isto aqui, não é? Ela quer fugir e reencontrar a mãe, não é? O que você imagina que ela queria de *você* — amor?"

"Que mãe?", Morgen falou em tom suave, erguendo os olhos. "Mãe de quem?"

"A mãe da *Betsy*, em Nova York. É quem ela está procurando, e ela vai voltar lá assim que possível, e quando achar a mãe *ela* nunca mais vai voltar para cá porque a mãe dela não a deixaria nem chegar perto de você."

"A mãe *dela*?" A voz de tia Morgen era enorme. "A mãe *dela*? Aquela mulher repugnante que se casou com o pai dela? É *isso* o que ela quer?"

"Me dá um lápis e pergunta para ela."

"Traz a Betsy aqui." Tia Morgen estava autoritária, imponente. "Traz logo a menina aqui."

"Mas você falou..."

"*Traz a Betsy.*"

"Sim?" Betsy deu um sorriso provocador.

Morgen se recostou e ficou ofegante. Com Betsy, pelo menos, não precisava assumir uma postura tão defensiva; Betsy não representava perigo e não tinha ódio. "Por que você foi para Nova York?", Morgen perguntou com calma.

"Não te interessa", respondeu Betsy.

"Betsy, eu quero saber."

"Não te interessa."

"Você estava ouvindo a minha conversa com a Bess?"

"Não consegui. Tentei, mas não consegui; no entanto, te ouvi gritando." Betsy deu risada. "Nem *lá* embaixo seus gritos me escaparam."

"Então me diz uma coisa, Betsy, com sinceridade. Você vai tentar fugir de novo?"

Betsy balançou a cabeça. "Estava a velha em seu lugar, veio a mosca lhe fazer mal, a mosca na velha, a velha a fiar."

"Betsy, estou mandando você..."

"Tente só me obrigar."

"O dr. Wright está chegando", disse Morgen, que sentia uma vontade quase irresistível de rir. "Ele vai te botar na linha, mocinha."

"Não vou ficar aqui", Betsy disse. "Como é que ele vai me obrigar?"

Elizabeth, subindo à superfície, se viu entoando: "... cai balão, aqui na minha mão. Não vou lá, não vou lá, não vou lá, tenho medo de apanhar". Ficou vermelha olhando para a tia. "Desculpe", disse.

De repente tia Morgen considerou seguro rir. "Sua criança boba", disse, rindo aliviada.

"Você não está brava comigo?"

"Não, não com você. Como está se sentindo?"

"Bem", disse Elizabeth, satisfeita. "Estou mesmo me sentindo bem. Mas", acrescentou, passado um instante e com relutância, "acho que estou com dor de cabeça."

"Bom, tome alguma coisa para melhorar", Morgen sugeriu. "Vamos ter barulho aqui durante um tempo."

"Eu fiz alguma coisa?"

"Não." Morgen suspirou e olhou para o relógio. "Seu médico está a caminho."

"Para te ver, tia? Jamais imaginei..."

"Garotinha." Tia Morgen tornou a suspirar e disse: "Mais dez minutos e eu me passaria por paciente. Podiam nos dar um quarto juntas, talvez".

"Não estou entendendo", Elizabeth gaguejou.

"Eu não sabia o quanto eu era feliz, só isso", Morgen disse. "Precisei mandar você para o médico, estávamos bem até então."

"Não volto mais lá se você não quiser. Só fui para te agradar, de todo modo. Eu sempre..." Elizabeth deu um passo tímido à frente e tocou no braço da tia. "Sempre tentei fazer o que você queria que eu fizesse."

"Por quê, garotinha?", Morgen a olhou com clareza por um instante. "*Eu* nunca fiz o que *você* queria que eu fizesse; por que você iria querer ser legal comigo?"

Elizabeth abriu um sorriso encabulado. "Só porque a galinha do vizinho bota ovo amarelinho; atirei o pau no gato-to, mas o gato-to não morreu…"

"Você pode fazer o favor de calar *a boca*?", Morgen ordenou. "Acho que não vou aguentar…"

"Desculpe." Os olhos de Elizabeth se encheram de lágrimas. "Eu só queria…"

"Meu Deus." Morgen afagou a cabeça dela. "Eu não estava falando com você, garotinha, estava falando…"

"Comigo, querida?"

"Isso, *com você*, que saco. Meu *Deus*." Batendo os pés, Morgen foi à cozinha e voltou com a garrafa de conhaque. "Onze horas da manhã ou nem onze horas da manhã, Morgen já vai tomar uma taça cheia embriagante de conhaque, e eu desafio vocês todas a me impedirem."

"Beberrona", disse Elizabeth, mas quando Morgen se virou, ela estava de pé, alheia, com um sorriso medroso em meio às lágrimas.

"Meu Deus meu Deus", exclamou Morgen, sentando-se no sofá. "Elizabeth, faça um favor à titia, sim?"

"Pois não?", disse Elizabeth, se aproximando com entusiasmo.

"Não *fale* comigo por um tempo, até o médico chegar, pode ser?"

"O cravo saiu ferido e a rosa, despedaçada. Claro que não falo", declarou Elizabeth. "Quer dizer, se você *quer* que eu fique quieta, eu fico bem…"

"Obrigada", disse Morgen.

"Se esta rua fosse minha, eu mandava ladrilhar", disse Elizabeth. "Com pedrinhas de brilhante…"

"Conhaque, conhaque", disse Morgen. "Alimento dos loucos."

"… não vou lá, tenho medo de apanhar."

"Elizabeth, irmã Elizabeth", disse Morgen, "é o médico que está chegando?"

Elizabeth foi à janela e olhou com atenção, conforme tinha sido ensinada, pelas frestas da cortina. "Acho que sim", disse, em dúvida. "Nunca o vi de chapéu."

"Ele pode ficar de chapéu se quiser", Morgen declarou. Ela se levantou, e Elizabeth deu as costas para a janela e se aproximou e foi firme ao segurar os ombros de Morgen e empurrá-la de volta para o sofá. "Que diabo é isso?", exclamou Morgen, lutando, atônita porque durante alguns minutos havia se esquecido de sentir medo. "Que diabo você está *fazendo*?"

Bess riu, o joelho contra o peito de Morgen. "Você é *velha*", disse, com uma surpresa satisfeita. "Sou mais forte do que você."

"Saia da minha frente, sua água-viva abobalhada", Morgen se enfureceu, "vou pisar em você."

"Acho que não", Bess retrucou, e voltou a rir. "Pobre Morgen", disse. "Ele vai tocar a campainha e tocar a campainha e *tocar* a campainha, aí ele vai chegar à conclusão de que esse é mais um dos truques da Betsy e vai embora. E quando for embora, eu deixo você se levantar. Talvez."

Morgen estava presa e indefesa, tanto por conta da indignidade quanto pela força da sobrinha ao empurrá-la; ergueu o olhar para o rosto corado e perverso da sobrinha e fechou os olhos de desgosto, tentando reunir forças, se mexer, sem ter nem fôlego para gritar.

"Agora você entende como *eu* me sinto", Bess disse, "quando você está falando com a Betsy."

"Betsy", Morgen disse. "Betsy."

Betsy ofegou e deu um passo para o lado, arranhando as pernas de Morgen com os sapatos, se apoiando nos cotovelos para tentar se levantar; "Sorte a sua que ela ficou assustada", Betsy disse. "Eu quase não consegui sair."

"*Ela* ficou assustada!", Morgen se exaltou.

Betsy olhou ao redor, nervosa, e tremeu. "Não posso ficar", declarou. "Eu quase não consegui chegar aqui. Está tudo uma bagunça." A campainha tocou, e Morgen, que tinha passado o braço em torno dos ombros de Betsy num gesto afetuoso, descobriu que abraçava Bess e se distanciou de supetão. "Não vá pensando que vou me esquecer disso", Morgen disse baixinho para Bess, longe dela. "Botando as mãos *em mim*." Ela deu a volta em Bess, com cuidado, se mantendo fora de seu raio de alcance, para chegar até a porta, mas Bess era ágil e passou à frente, gritando: "Vou matá-la, não vou mais deixar que ela faça isso — vou *obrigá-la* a parar", e Morgen não conseguiu alcançá-la antes que corresse até o vestíbulo, escancarasse a porta e recuasse ao ver o dr. Wright.

"Bom dia", o dr. Wright teve a civilidade de cumprimentar, e então, se dirigindo a Morgen: "Bom dia, srta. Jones".

"Bom dia, dr. Wright", respondeu Morgen, assobiando um pouco, "que bom o senhor dar uma passadinha aqui."

"Não é incômodo nenhum, garanto. Apesar de costumar só ver meus pacientes no consultório, neste caso, é lógico que eu me dispus a fazer uma... Bess? Aconteceu alguma coisa?"

"Onde foi que você a colocou?", Bess interpelou, encarando um e depois o outro.

"Que esquisito", disse o médico. "Onde é que eu *iria* colocá-la? Imagino que você esteja se referindo à sua tia?"

"Achei que ela estivesse voltando", disse Bess, esbaforida, de olhos arregalados.

"A probabilidade é remota. Pois imagino que você esteja se referindo à sua mãe", supôs o médico. "Posso colocar meu casaco no corrimão, srta. Jones?"

"À vontade", disse Morgen. "Eu e minha sobrinha estávamos falando justamente do senhor."

"Falando bem, espero." O médico sorriu alegremente para ambas. "Pois bem", disse, "Bess está chateada?"

"Esgotada", Morgen foi maliciosa. "Está lutando contra o nada."

"Que pena", respondeu o médico. "Venha se sentar, srta. Bess. Se me perdoa", ele disse olhando para trás, "a audácia de tomar essa liberdade na sua casa."

"É claro", disse Morgen. "Sem problema nenhum."

"Pois bem", o dr. Wright disse, e fez um gesto para que Bess fosse na frente, mas ela o empurrou para o lado e avançou desvairada em direção à porta. "Não *posso* conversar com você", anunciou, "você não está vendo que ela tem que ser contida? Ela vai destruir todas nós... é o aniversário dela", disse ao médico, aos prantos. "Ninguém se lembrou disso."

"É, sim", disse Morgen. "Eu tinha um presente para ela que depois peguei e joguei no lixo."

"A minha mãe está vindo para casa", declarou Bess, que, de repente, enquanto dizia isso, se transformou em Betsy, que fez uma careta para Morgen. "Eu voltei, afinal", afirmou, contente.

"Bom dia, Betsy", disse o dr. Wright.

"Enfim chegou? Bom dia, cravo que brigou com a rosa."

"Betsy", o médico disse em tom urgente, "nos conte o que a Bess estava tentando fazer... você sabe?"

"Ela queria", disse Betsy, hesitante, "queria... Tira, bota, deixa ficar."

Ainda estavam de pé, os três, no vestíbulo de Morgen Jones; atrás do médico, a figura do ancestral nigeriano sorria e esperava e esticava a mão, e Betsy se sentou no banquinho ao lado da porta e ergueu os olhos para Morgen. "Não posso dizer", admitiu por fim.

"Por que não, Betsy?", perguntou o médico, mas Morgen deu um passo à frente e vociferou: "Não entendo por que não, Betsy, minha menina — *ela* dedurou *você*".

"Dedurou o quê?" Betsy, sentada no banquinho entre eles, se encolheu e se acovardou. "Dedurou o quê?", ela perguntou, mas seu medo parecia ser de Morgen. "Eu estava indo embora", ela declarou. "Eu não ia fazer nada de mau, estava só me sentindo solitária. *Você iria embora se não estivesse feliz.*"

Morgen deu um sorriso entristecido. "Eu iria se pudesse", disse. "Mas você não pode ir a lugar nenhum, Betsy, porque tem uma coisa que você não sabe. Quando a Bess saiu correndo até a porta, disposta a machucar alguém, ela estava... à procura da *sua* mãe."

Betsy teve a sensatez de negar. "Não a *minha* mãe", afirmou, confiante. "A *minha* mãe está segura."

"Não está mais." O médico se afastou quando a tia Morgen se ajoelhou ao lado de Betsy. "Sua mãe faleceu, Betsy. Elizabeth Jones, minha irmã, a moça mais bonita da cidade, Elizabeth Richmond. Ela morreu."

"Elizabeth Richmond? Tinha quatro na lista amarela."

"Eu estava junto quando ela morreu", Morgen disse, sem saber o que fazer.

"Não a *minha* mãe", Betsy retrucou.

"Ela parou bem aqui na porta", Morgen insistiu, "você se lembra tão bem quanto eu, sorridente e meio que assustada, porque sabia que tinha feito uma coisa horrível, com a comemoração do seu aniversário esperando ela chegar, durante dois dias ninguém sabia onde ela estava... não foi pior do que outras coisas que ela já tinha feito, de dezenas de jeitos diferentes, mas dessa vez você ficou esperando e esperando e esperando, e eu ficava dizendo para você: garotinha, tenha paciência, ela vai aparecer; você não se lembra... eu falei para a gente fingir que era o *meu* aniversário? E você se sentou aí e ficou olhando pela janela e esperou e esperou e aí a gente a ouviu chegar?"

"Eu me lembro", disse Betsy, irrequieta. "Foi a mãe *dela* que chegou."

"Não", rebateu Morgen, "não foi. A gente ouviu a chave dela e a porta da frente se abriu com força e você foi correndo para o vestíbulo e lá estava ela, sorridente e assustada, e foi nessa hora que eu soube que você estava brava, porque ela via seu rosto, e eu não, e ela ficou assustada... e ela falou..."

"Ela falou", Betsy disse no mesmo tom, "ela falou: 'Olá, estou atrasada para a festa de aniversário?'."

"Não, não foi isso", Morgen contestou. "Ela disse: 'Olá, Betsy querida, estou atrasada para...'."

"Ela *não falou*", retrucou Betsy, se levantando e pegando a mão do médico, "ela não falou porque a *minha* mãe amava a Betsy dela e eu era a queridinha dela e quando *ela* estava *eu* ficava rindo lá dentro porque eu não era a queridinha *dela*, ela não *falou* Betsy querida..." Ela se virou para o médico num frenesi, e ele fez que não, observando Morgen.

"Você era a queridinha dela, era a bebezinha dela", Morgen disse, monocórdia. "Era o que eu mais gostava nela. Ela cantava para você e dançava com você, e você não deixava mais ninguém chegar perto. Nem quando ela saía, você me deixava cantar para você."

"Quem foi que sacudiu e sacudiu e sacudiu ela?", Betsy interpelou, puxando a mão do médico, "quem foi até ela e a machucou?"

"Bess." Tia Morgen fez um gesto de impotência e se dirigiu ao médico. "Eu a peguei e tranquei no quarto", explicou. "E por favor não vá achando que eu acredito que minha sobrinha...", ela tomou fôlego, "... matou a minha irmã", declarou. "Minha irmã era uma mulher forte, e as sacudidas que a filha deu nela não foram nada, é sério. Depois, quando falei com o Harold Ryan, ele disse que acabaria acontecendo de uma forma ou de outra, não foi culpa de ninguém, eu não devia me preocupar e não devia perturbar a menina com uma culpa que ela nem mesmo entenderia. Ele afirmou que não foi culpa de ninguém."

Ela poderia ter continuado a falar sem parar, tocando nesse assunto que, entre tantos outros, não era abordado havia anos, mas o médico encostou em seu ombro, e ela seguiu o olhar dele, que mirava Betsy, sentada chorando de coração partido, como um bebê choraria. "Ela agora acredita em você", declarou o médico.

E quando Betsy ergueu os olhos, cobertos de lágrimas, ela era Bess, fitando Morgen de olhos arregalados e inexpressivos e límpidos. "Você contou para ela", Bess disse para Morgen, "você contou para ela, e botou a culpa *em mim*."

"Foi você", disse Morgen.

"Não fui, não", Bess rebateu. "Porque eu esperei e olhei pela janela e entendi que ela ia chegar logo, e você me falou: 'Ela saiu com algum homem; você acha que ela liga para *você* tendo homem por perto?', e você disse que ela nunca me amou, só por causa do dinheiro, porque ela não receberia o dinheiro se não ficasse comigo, e você disse que se não fosse pelo dinheiro ela iria embora para nunca mais voltar. Você disse que nem quando meu pai era vivo..."

"Não fale do seu pai, sua cachorra imunda", disse Morgen.

"Pobre Morgen", Bess disse ao dr. Wright, "ela queria o meu pai e queria a mim e ela só vai ganhar o dinheiro; quem dera *eu* ficasse com o dinheiro", disse em tom melancólico.

Morgen se levantou de repente e cruzou o vestíbulo; ficou de costas para os dois, olhando para o rosto de madeira escura, a mão quase apoiada na mão esticada de madeira, e disse baixinho: "Não acredito, de certo modo, que eu tenha lidado muito bem com isso tudo, dr. Wright. Nunca tentei esconder o que eu sentia pela minha irmã ou o que eu sentia pelo marido dela. Eu também sempre amei minha sobrinha, e em todas aquelas vezes em que desejei que ficássemos sozinhas, Elizabeth e eu, receio que imaginasse uma vida agradável e pacata para nós. Não como é agora. Achava que depois que minha irmã morresse, toda a maldade dela iria junto; eu temia o que estava acontecendo com a minha sobrinha porque ela amava a mãe. Imagino", ela disse, sem se virar, "que você tenha ouvido falar de um tal de Robin, dr. Wright. A responsabilidade por isso é toda da mãe dela, que fazia a menina ficar o tempo inteiro com os dois, vendo e ouvindo coisas que não devia, até ela arrumar encrenca de verdade".

"Robin", Bess repetiu e riu.

"Bom", disse Morgen, virando-se para dar um sorriso cansado para a sobrinha: "Imagino que você tenha razão. Esse tipo de coisa parece pior para quem está de fora, como eu. Mas", ela prosseguiu, levantando um pouco a voz, "foi *a mim* que o Robin chamou para ir te buscar naquela noite, e fui *eu* que cuidei de você quando sua mãe morreu, e desse momento em diante, e antes de você ter idade suficiente para entender a diferença, fui *eu*, inúmeras vezes, que te vesti e te coloquei na cama e fiz questão de te alimentar. E sou eu", ela afirmou, "que vou ajudar o dr. Wright a te trancafiar pelo resto da vida. É isso o que eu quero fazer", ela disse para o médico.

O médico se aproximou e tocou no braço de Morgen para tranquilizá-la. "Não acho", ele disse, "que a senhora precise ficar *tão* arrasada assim. Afinal, a Bess não representa a sua sobrinha num estado saudável, e muito do que ela diz é motivado pela maldade; não tenho dúvida de que seu coração vai absolver..."

"Morgen!", chamou Bess, e Morgen e o médico se viraram, assustados pelo grito que era quase um pedido de socorro. Bess estava de pé, olhando para eles com medo; as mãos estavam unidas à frente do corpo, e enquanto a observavam, a mão direita se soltava.

"Segura a Betsy!", o médico gritou, e Morgen, pensando: agora *eu* perdi a cabeça, correu até Bess, pegou seu braço direito e o segurou, puxando e desafiando sua força. O médico tinha passado os braços em torno de Bess, imobilizando-a e afastando-a de Morgen, que se agarrava de maneira desesperada ao braço direito de Bess; como ela era tão forte, Morgen pensava, como é que eu mal consigo segurá-la? "A gente vai parti-la ao meio", disse Morgen, esbaforida, e o médico foi cruel ao responder: "Quem dera fosse possível".

Então a força contrária a Morgen se afrouxou, e ela ergueu os olhos e viu Betsy descansar, relaxada e sorridente, nos braços do doutor; "Não me *puxe* assim, Morgen", Betsy disse, achando graça, "você vai acabar derrubando nós três". Por um tempo, ficou tão quieta que sem querer eles aliviaram um pouco as garras sobre ela e, de repente, sem nenhum alerta, ela estava arranhando os próprios olhos, e Morgen soluçou e se esforçou para abaixar suas mãos; "Não quero te machucar, Morgen", Betsy disse, "me solte".

"Não", Morgen teimou.

"*Por favor*, Morgen." A voz de Betsy se ergueu numa súplica. "Eu nunca fiz nada contra *você*, Morgen, e acho que não vou ter mais nenhuma oportunidade... Morgen, *por favor*, me solte."

"Não", disse Morgen. Ela olhou para o médico, que estava com os braços firmes ao redor de Betsy, aprisionando o outro braço dela, e ele sacudiu a cabeça com violência.

"Morgen", Betsy falou baixinho, "vou me livrar dela por você. Ela vai embora para nunca mais voltar. Porque acho que eu também não volto mais."

"Adeus", Morgen disse trincando os dentes.

"Morgen", Betsy chamou com desespero e fugiu.

Morgen olhou para cima outra vez, imaginando que estivessem segurando Bess, mas era Elizabeth, pálida e indefesa, escorada no médico; de repente achou risível estar segurando com força o braço flácido de Elizabeth, e Morgen recuou, deixando o braço de Elizabeth pender junto ao corpo. O médico relaxou e se desvencilhou, mas manteve uma proximidade cautelosa.

"Elizabeth", Morgen disse, enfraquecida, "como você está se sentindo?"

"Bem." Elizabeth lançou um olhar inseguro de Morgen para o médico e de novo para Morgen. "Desculpe", ela disse.

"Minha menina querida", disse o médico, ofegante, "você não tem por que se desculpar."

Morgen juntou as mãos às costas porque tremiam, e Elizabeth declarou: "Elas foram achar um ninho de pássaro, tia Morgen", ela continuou, falando sério, "você sempre foi muito bondosa comigo".

"Obrigada", disse Morgen, muito surpresa.

"E, dr. Wrong", disse Elizabeth, "agradeço *a você* também."

Seu rosto pareceu vacilar; dava um sorriso amarelo e se desequilibrava. "O dinheiro", disse. "Ninguém gosta de mim."

"A Bess não", disse o médico. "Rezo que não seja a Bess; Morgen, você consegue influenciá-la?"

"Elizabeth", disse Morgen, "Elizabeth, volte."

"Voltei", declarou Elizabeth. "Eu nunca fui embora, titia querida, eu nunca fui." Ela olhou para o médico e disse com clareza e sem gaguejar: "Eu consegui. Eu sou a verdadeira, dr. Wrong, eu sou a que vai receber o dinheiro e que nunca fez nada, e pulei no cravo e saí ferida, e agora vou fechar os olhos e vocês nunca mais vão me ver".

"Deus *todo-poderoso*", clamou Morgen. Ela se virou e foi para o outro lado do vestíbulo e, desesperada, encostou a cabeça no ombro da figura de madeira escura, que tinha visto e ouvido tudo. Eu me enganei, ela ponderou, eu fiz mal; eu cobicei.

"Vocês nunca mais vão me ver outra vez", anunciou a sobrinha.

Às pressas, Morgen voltou para passar o braço em volta da sobrinha e segurá-la com força. "Bebê querida", ela disse, "Morgen está aqui."

Unindo forças, eles a carregaram até a sala de Morgen e a acomodaram no sofá. Ela abriu os olhos uma vez e sorriu ao ver os dois juntos, depois adormeceu.

"O que é que a gente faz agora?", Morgen indagou, cochichando, e o médico riu.

"Quando ela acordar", ele respondeu com frieza, "a gente pergunta para ela. Enquanto isso, nós dois, a senhora e eu, esperamos."

"Vamos passar um café para o senhor", Morgen sugeriu. "Talvez ela queira um pouco quando acordar." Virando-se para sair da sala com o médico, ela tropeçou e se deu conta do roupão velho e dos chinelos gastos; era provável, ponderou, que o médico nem tivesse reparado, mas quando chegou no vestíbulo, disse para ele, meio sem jeito: "Vou me vestir, se me der licença".

"Morgen?", chamou o médico; ele estava parado, olhando com antipatia para o rosto da figura nigeriana.

"Sim?"

"Quero que a senhora se livre deste cara aqui", o médico disse. Então se virou e sorriu. "Eu lhe peço mil perdões", disse. "Devia ter dito isso com mais tato; estou fora de mim. Mas ela me ofende, esta criatura; não faz nada além de observar e escutar e torcer para agarrar as pessoas."

"Está bem", Morgen respondeu sem vitalidade.

"Que um bocado dos nossos pecados vá embora com ele", declarou o médico, e ele teve a insolência de esticar o braço e afagar o ombro dela.

6
Nomeando uma herdeira

Três meses depois, quando o clima quente já tinha mesmo chegado para ficar, e a chuva e o frio e os deprimentes dias escuros pareciam ter sido deixados de lado para sempre, a paciente do dr. Wright, que já era sua paciente fazia pouco mais de dois anos, sobrinha de tia Morgen, que já era sua sobrinha fazia pouco mais de vinte e cinco anos, de repente se viu com vontade de correr pela calçada, em vez de realizar a tranquila caminhada revigorante que até então considerava muito conveniente. Queria colher flores e sentir a grama sob os pés, e parou a menos de meio quarteirão do consultório do dr. Wright e se virou devagar e impressionada, fazendo um giro completo, louvando até os gerânios que brotavam com força na jardineira do médico; era a primeira vez que olhava alguma coisa com seus olhos de verdade; eu estou — e foi seu primeiro pensamento formulado no íntimo — totalmente só; era cristalino e cintilante feito água fria, e repetiu para si mesma: eu estou totalmente só.

Já tinha percorrido a rua inúmeras vezes, e os gerânios não lhe eram estranhos. Tateando, segurando firme a mão do dr. Wright, sem tirar os olhos de tia Morgen, errante e desnorteada e hesitante, aos poucos era instigada a relembrar; muitas de suas recordações eram agora de uma nitidez acentuada, presentes na sua mente como se tivessem mesmo acontecido com ela; lembrava de contornos de emoções, de aspectos de lugares, e de gestos de anseio, e de padrões de movimento. Podia levantar a cabeça, porém, e ouvir a doçura de um som musical distante (eu estava em um hotel, comunicava a si mesma, foi quando eu estava em um hotel) e ver ao longe a figura do médico diminuindo (é claro: eu estava em um ônibus, e acreditava tê-lo visto) e às vezes, sobrepostas a outras imagens, raquetes de tênis e luvas de boxe e sabão para couro (na vitrine da loja de produtos esportivos, naturalmente; eu volta e meia olhava essa vitrine); lembra-se nos mínimos detalhes do quarto de hospital e da estátua do ancestral nigeriano que o dr. Wright tinha pedido que tia Morgen guardasse no sótão, e conseguia, além do mais, responder de forma honesta a todas as perguntas: "Quem pôs lama na geladeira?", tia Morgen lhe perguntou, e ela respondeu com a simples verdade: "Fui eu".

O ato de recapitulação, a princípio titubeante e incerto, logo se tornou compulsivo; agora, quando olhava para a porta do consultório médico, via o reflexo das inúmeras vezes que tinha entrado ali; os olhos de tia Morgen eram camadas de dúvida e surpresa e amor e raiva, a voz de tia Morgen ecoava em expressões claras infinitas, que remontavam até onde chegava o tempo; o consultório do médico estava cheio e se transformava, caleidoscópico por conta das visitas dela, e durante a última semana, quando se sentava no consultório do médico, sempre se perguntava se estava sentada desta vez ou se só recordava da última vez que tinha se sentado ali, se é que tinha estado ali, ou se não poderia ser apenas uma única visita verdadeira comprimida, a ser expandida infinitamente em suas lembranças. Estava enevoada de lembranças, confusa com a necessidade de descobrir razão e coerência em um tempo desprovido de padrões; estava perdida em um mundo que se refletia de forma incessante, onde apenas tia Morgen e o dr. Wright a seguiam, enquanto ela os procurava. Quando se virava para tia Morgen, gritando seu nome, talvez tia Morgen lhe respondesse de quinze anos antes, a voz clara, mas os braços nunca chegando longe o bastante para lhe dar abrigo; quando se agarrava ao dr. Wright, as mãos dele podiam segurá-la com firmeza, mas a voz dele lhe vinha de um pináculo de zombaria, contornando um período esplêndido de contrassenso.

Ela foi despertada do encantamento às quinze para as quatro de uma tarde de julho, resgatada de uma contemplação saturada dos compostos da própria mente. Seu primeiro pensamento claro foi de que estava totalmente só; ele tinha sido antecedido por um sentimento rebelde, não claro, de que tinha conseguido se lembrar de tudo o que sua mente continha; o segundo pensamento que elaborou claramente na vida foi elaborado quase em voz alta: eu não tenho nome, disse a si mesma, aqui estou, totalmente só e sem nome nenhum.

Tudo era de uma radiância e opulência espantosas; tudo nela eram os lugares-comuns do presente, os atos únicos que não tinham ecos no passado, os pensamentos que eram novos, e as ruas que não costumava percorrer. Percebia isso com um prazer genuíno e passou na frente do consultório do médico. A calçada da parte inexplorada depois do consultório tinha sido instalada com um pouco mais de cuidado: um bloco de cimento encostava no bloco de cimento seguinte sem deixar mais do que uma linha tênue que causasse mal-estar aos olhos; embora soubesse que tinha ido até ali antes, percebeu sem questionar nada que já não era necessário se lembrar do momento e da ocasião exatos; já chega de lembrar, ela pensou. Dobrando a esquina e entrando numa rua mais movimentada, ela desacelerou o passo e por fim se deteve porque se deparou com um lugar onde poderia cortar o cabelo. Antes não tinha nenhuma intenção de cortar o cabelo, mas, depois de concebida, a ideia não sumia, e entrou no estabelecimento, e sorriu para a moça bonita vestida de azul, que deu um passo à frente na penumbra fragrante para conversar com ela.

"Gostaria de cortar o cabelo, por favor."

"Pois não", disse a moça, como se as pessoas cortassem o cabelo todo dia, e as duas riram, pois tudo estava correndo muito bem e de forma muito agradável.

Ela se sentou na cadeira com uma capa azul, e a tesoura gelada na nuca lhe provocou um súbito arrepio; "Nunca tinha cortado o cabelo na vida", ela declarou, e a moça murmurou: "Neste calor... é um baita refresco". Ela se observava no espelho, vendo a moça de azul movimentar a tesoura faiscante e cortar o cabelo que usava desde quando era um bebezinho e a mãe o tocava com delicadeza com uma escova macia, o cabelo que se encaracolava em volta do rosto quando ela desceu a escada e desceu a escada e *desceu* a escada, e cortou o cabelo que cultivava quando juntava conchas na praia, e o cabelo que era longo e estava preso com uma fita quando tia Morgen lhe disse para não chorar sobre o leite derramado e que estava trançado e enrolado, mas ainda crescia quando o dr. Wright lhe perguntou se tinha medo, e continuava crescendo e não estava bem penteado quando encontrou o homem estranho no restaurante do hotel, e penteado pelas enfermeiras no hospital e puxado e embaraçado e lavado e enrolado em torno da cabeça ao longo de seus vinte e cinco anos de vida, e a moça simpática de azul o empurrou no chão com o pé, e segurou um espelho atrás dela e disse: "Então, o que achamos *agora*?".

"Então é assim que vou ficar", ela disse.

"Você vai ver que faz diferença se livrar do peso do cabelo." A moça balançou a cabeça num gesto de aprovação. "Você *está* outra menina", declarou.

Ela achou graça, voltando pela mesma rua, ao perceber que precisava pensar constantemente em erguer a cabeça, pois não tinha o entrave do peso do cabelo, e se sentia um ou dois centímetros mais alta sem cabelo, o topo da cabeça mais próximo das estrelas. O melhor, quando virou a esquina e galgou os degraus do consultório do médico, era que sabia que agora, justamente agora, ela estava chegando de fato, já que em todas as imagens e em todos os reflexos de si mesma entrando no consultório e se sentando com ele lá dentro, não havia nem uma vez em que tivesse entrado de cabelo curto e cabeça erguida.

O dr. Wright estava zangado. Levantou-se brevemente quando ela chegou, cumprimentou-a e se sentou à mesa, sem sorrir ou falar nada. Reparou que o cabelo dela estava cortado, ela percebeu, pois estava acostumado a reparar em tudo nela, e quando ela enfim disse: "Bom, boa tarde, dr. Wright", ele ergueu os olhos, o olhar alcançando o alto de sua cabeça, e baixou os olhos.

"São quatro e vinte e cinco", ele disse. "Eu consigo me recordar, por mais que você duvide disso, de que a juventude tem pouca noção de tempo, pois tem o futuro inteiro à disposição; infelizmente, nós que vivemos sob a pressão do tempo..."

"Eu tive que cortar o cabelo", ela declarou.

"*Teve* que cortar o cabelo? Sua tia lhe deu permissão? Porque, pelo que eu sei, eu não dei."

"Está um dia tão lindo."

"Isso não tem relevância", ele disse com frieza. "Um dia lindo para se desafazer do próprio cabelo? Um sacrifício, talvez, para garantir um verão ameno? Ou quem sabe, tal qual uma ovelha tosquiada, você tenha a esperança de aplacar a ventania invernal?" Ele suspirou e arrumou o tinteiro na mesa. "Estou irritado com você", ele disse. "Não temos muito tempo hoje; estou irritado, está tarde, preferia o seu cabelo como eu estava acostumado. Qual é o seu estado de saúde... afora...", seu olhar de novo tocou brevemente a cabeça dela, "afora a probabilidade de que você pegue um resfriado?"

"Excelente. E se você insiste, posso usar um chapéu até os rigores do clima de julho se aplacarem."

"Você está caçoando de mim, mocinha. Você está tosquiada e atrevida."

Ela riu, e ele lhe lançou um olhar surpreso. "Estou feliz", ela disse, e então parou e ouviu o eco de suas palavras, surpresa ao se dar conta do que significavam. "Estou", ela confirmou.

"Não faço objeções", ele disse. "Pode até rir se quiser. Foi difícil com a sua tia? Alguma briga? Constrangimento?"

"Não." Ela não tinha certeza. "Mas ela me parece mais quieta."

"As experiências dela, nos últimos tempos, talvez tenham sido um tanto inquietantes para a sua tia... hum... de gênio plácido. Acho que você a tratou de forma grosseira."

"A lama?" Ela franziu as sobrancelhas, tentando achar um jeito de explicar. "Não acho que foi exatamente *contra* a tia Morgen. Me lembro de ter feito aquilo e tenho a impressão de que não foi só para magoá-la ou algo assim, mas só porque alguma coisa *tinha* que acontecer, tinha que haver alguma explosão, e tinha que vir de fora, porque não havia força nenhuma dentro de mim."

"Pode ser." O médico, que preferia ele mesmo fazer os discursos, a interrompeu e prosseguiu: "Um gesto definitivo foi necessário, sem dúvida, para levar a situação a um clímax, e a luta entre personalidades chegou a um ponto em que as próprias tensões contrárias as tornavam estáticas. O equilíbrio entre elas teve que ser abalado, foi preciso jogar o peso de um lado para o outro: era preciso meter a tia Morgen na briga, para destruir o equilíbrio violento em que elas estavam presas. Uma...", ele parou e ergueu para ela um olhar especulativo. "Uma luta fatal", declarou, e então assentiu, sorridente. "Os dois gatos de Kilkenny", ele disse. "Em vez de dois gatos, não sobrou nenhum."

É *possível* que eu tenha me comportado assim?, ela se perguntava, foi isso *mesmo* o que eu fiz? Com minhas próprias mãos, usando meu próprio rosto, andando com minhas próprias pernas, usando minha própria cabeça (e ela ainda sentia a lama nos dedos, ouvia a própria risada), eu *pensei* mesmo em coisas assim? Olhou as próprias roupas e lembrou com uma ternura esquisita que as próprias mãos tinham rasgado aquela blusa quando estava brava em Nova York, e passara a saia a ferro numa onda de amor profundo por si mesma; havia arranhado o próprio rosto. Olhou para as mãos com unhas arredondadas e dedos macios e levantou a mão direita e passou com delicadeza em torno do próprio pescoço, apertando os dedos com um cuidado lento; o médico falava rápido, era enfático, e ela balançou a cabeça (o cabelo cortado curto) e riu. "Estou só brincando", ela explicou. "Eu *me lembro*, mas não sei dizer *o porquê*."

Ele estava acendendo o cachimbo, não olhava para ela. "*Você* acha que elas sumiram?", indagou; não tinha, naquele tempo todo, lhe perguntado de forma explícita.

"Sim", ela disse. "Sumiram", e ela pensou, procurando e semicerrando os olhos e tateando, como quem se move no breu com as mãos esticadas para tocar em um objeto sólido; "Derreteram juntas", ela declarou, "como bonecos de neve".

Ele assentiu, o cachimbo lhe satisfazia. "Suponho que seja possível dizer que você as absorveu", ele disse.

"Comi elas todas", ela reformulou, e tornou a suspirar de felicidade.

"A gente *ainda* não está fora de perigo, de modo algum. Você está confiante, cortou o cabelo, está tranquila comigo, se diz 'feliz'. Mas me permite ressaltar que você acabou de comer suas quatro irmãs?"

"Você não me pega, sou o boi da cara preta", ela disse, imprudente. "Dr. Wrong."

Ele franziu as sobrancelhas para ela. "Ainda não estamos, como eu falei, fora de perigo. Pode ser que neste momento você escolha se divertir às custas do seu médico, mas — já que ao mesmo tempo você me garante que está com a saúde ótima — podemos planejar o início, a partir da sua próxima consulta, de uma série intensa e meticulosa de tratamentos e explorações hipnóticas; vamos esquadrinhar com uma exatidão extrema e maçante todos os aspectos da sua doença até determinarmos o *porquê* que você diz desconhecer; só vamos descansar quando…"

"É castigo?", ela indagou. "Só porque eu ri?"

"Tome cuidado, minha querida mocinha. Você me interrompeu de novo e fala com petulância. Estou tentando expor uma grande preocupação com seu bem-estar futuro. Temos que estudar o seu passado para descobrir..."

"Meu futuro? Mas imagino que *eu*..."

"Aí está", ele retrucou. "Me interrompeu de novo. Três vezes em dez minutos. Acho que já passou da hora de você voltar para a sua tia. Espero que ao nos encontrarmos esta noite você já tenha recuperado seus bons modos habituais."

"Talvez eu esteja pior", ela declarou, ainda tomada por uma propensão irresistível ao riso. "Eu peguei o menino que tem medo de careta."

"Perdão?"

"Eu sou o boi da cara preta", ela afirmou.

Ele balançou a cabeça e se levantou para levá-la à porta. "É gratificante, confesso, vê-la tão alegre", ele disse. "Embora não goste que façam graça às minhas custas. Nos vemos esta noite."

"Quando a gente está com a tia Morgen eu posso te interromper a hora que quiser."

"Pelo contrário", ele disse. "Quando estamos com a tia Morgen, é a tia quem interrompe. Uma mulher esplêndida", ele comentou, "mas que gosta demais de falar."

Ela saiu do consultório médico rindo, sentindo a cabeça arejada e pela primeira vez distinguindo aquele dia de todos os outros; foi sem pressa até a esquina onde pegaria o ônibus, pensando: estou totalmente só e não tenho nome; cortei meu cabelo, sou o boi da cara preta e quero prolongar esse pouco tempo de liberdade total, embora pensasse que agora jamais a perderia por completo; sem nenhum pensamento mais concreto do que é quinta-feira, as coisas só fecham às sete, ela atravessou a rua para esperar o ônibus que a levaria ao museu.

Ela se lembrava, é claro, de que ia ao museu todo dia e se lembrava de parágrafos inteiros e páginas de cartas e listas que havia escrito; conhecia muito bem a aparência da mesa onde havia trabalhado e também sabia que tinha ido ao museu depois, uma tarde, mas não tinha ido além do primeiro andar; havia perambulado sem propósito ou interesse pela maioria dos ambientes a que tinha acesso. Se naquele dia soubesse o que estava procurando, poderia se recordar agora, mas tudo o que aquela tarde cinzenta trouxera havia sido uma solidão profunda, intocada pelas pessoas que andavam pelos ambientes com ela; havia se sentado no banco para ver os outros circulando, dando passos firmes em um mundo que para eles era quase seguro. Fico me perguntando por que fui lá naquele dia, ela ponderou, se curvando dentro do ônibus para entender onde estava; se lembrava de todos os outros ônibus e de todas as fugas. Estava ao mesmo tempo acordada e dormindo; falava com uma senhora de roupa de seda verde; segurava a mala com força.

O ônibus parou bem em frente ao museu, e ela desceu o degrau alto do ônibus e se virou para fitar o edifício austero de pedra branca. Está bonito, pensou, não mudou nada desde que saí; que agradável, pensou, visitar os cenários do passado e descobrir também o passado de todas as épocas; como saber se a garota que vinha aqui e se dizia eu não era apenas um vestígio da cultura da idade das pedras — não, um depósito glacial?

Logo em frente à entrada do museu havia uma estátua do general Zaccheus Owen, em cuja homenagem questionável o museu fora erguido; o general Owen estava no mesmo lugar de sempre, sem ter recruzado a perna durante todo aquele tempo (embora, é claro, fosse *possível* que a tivesse cruzado e recruzado inúmeras vezes, contanto que tivesse terminado com elas do mesmo jeito que havia começado), e ainda apoiava a cabeça na mão e os cotovelos na mesa de pedra branca, e ainda estudava seu livro de pedra branca, cansado e entediado e desanimado, embora pudesse muito bem ter virado uma ou duas páginas ao longo do tempo. Não era um general propriamente dito, ela ponderou, se ficava sentado lendo enquanto a batalha sem dúvida se intensificava; diziam representar a conquista da força bruta pelo intelecto, e sua espada, canhestra com suas faixas de pedra branca, estava inerte a seus pés.

"Boa tarde, general", ela enfim cumprimentou. "Se você fosse da tia Morgen, o dr. Wright te botaria no sótão." Não havia ninguém por perto naquele momento — ou então, é claro, ela não falaria em voz alta —, mas o general parecia não se arriscar a virar outra página; ele abaixava os olhos de forma obstinada, e talvez só a tivesse olhado de relance por um breve segundo. "É provável que eu não te veja mais, general", ela disse, "então, adeus."

O general não se pronunciou quando ela entrou, de repente consciente de que não tinha ido ali para vê-lo, mas sim para visitar um quadro específico que ficava no segundo andar. A pintura nunca a tinha atraído com nenhuma mensagem pessoal, e ela não sabia por que queria vê-la agora, mas, ao cruzar a entrada do museu, de repente teve vontade de vê-la e se lembrou de onde ficava e que caminho seguir para chegar ali, como subir a larga escada principal com a mão na balaustrada de pedra, e se lembrou, com certa tristeza, de que nunca tinha ido olhar a imagem, apesar de ter passado por ela inúmeras vezes. Ali, pelo menos, ponderou, a escolha cabia totalmente a ela.

Quando ficou diante do quadro, pensou apenas, a princípio: eu gostaria de ficar com ele; então olhou com mais atenção, se perguntando por que sentira tamanha ânsia por ele, e ao mesmo tempo dizendo a si mesma que durante muito tempo precisaria examinar cada pensamento que tivesse com afinco, e botar sua realidade à prova, e procurar defeitos e rastros de fraqueza ou sentimento, de convites ao retrocesso. A pintura era clara e bela contra o pano de fundo de seda preta, feita de pequenas joias verdes e azuis e escarlates e amarelas; um príncipe indiano estava sentado, numa alegria contemplativa, contra a padronagem de flores de cores claras com oito pétalas, com os pés juntos em um assoalho de mosaico de pedrinhas pequeninas e com a mão pequena aberta diante do corpo. Ele tinha um toque de ouro, no cinto da túnica, no canto dos olhos, e atrás dele havia um prado verdejante que terminava em uma fileira de arvorezinhas iguais encimadas por montanhazinhas precisas, e a seus pés havia uma cesta de laranjas. Ela parou e olhou para ele, satisfeitíssima com a claridade das joiazinhas sobre o fundo de seda preta, e quando desviou o olhar, cega por conta das flores coloridas, uma luz se refletia no teto de pedra branca do museu e o assoalho brilhava.

Sabia da escada escondida que dava no terceiro andar do museu, e galgou seus degraus de ferro sem hesitação, embora já fizesse muito tempo que não ia até ali. Não havia mudado, e ela virou, confiante, na direção do corredor e foi até a porta do enorme escritório aonde em certa época ia todo dia, e, ao entrar, ela olhou logo para a última mesa à esquerda, em que de repente esperava ver seu trabalho organizado conforme o deixara, as cartas arruinadas por mensagens grosseiras, as costas ainda doloridas. O escritório estava vazio, pois estava tarde, e as mesas estavam arrumadas e sem nada à vista; no começo, não queria abandonar o refúgio da porta, mas percebeu que era porque queria muito virar à direita e pendurar o chapéu e o casaco no cabideiro que estava ali, pronto para recebê-los. Nunca mais, ela pensou, e foi com passos resolutos até a própria mesa.

"Estava procurando alguém?" Ela se virou e sorriu. Havia uma garota na porta, com uma expressão severa porque é óbvio que visitantes não podiam ir ao terceiro andar, e no entanto titubeante, pois sua jurisdição só chegava até onde ia o terceiro andar, e os visitantes do museu faziam parte de uma categoria especial de intrusos, e uma garota que tivesse a liberdade de expulsar desconhecidos do terceiro andar devia sair do museu pela escada de ferro que, escondida, descia até a entrada de serviço dos funcionários, nos fundos do subsolo; ela estava com uma flor na mão, pequena demais para a lapela do general Owen e exagerada para o jardim do príncipe cheio de joias. Segurava a flor com cuidado, pois era feita de metal e tinha sido esculpida e moldada e criada com as mãos e provavelmente valia dinheiro; o caule tinha sido cortado com precisão e, enquanto estava ali de pé, com o olhar fixo mas paciente, ela acariciava as pétalas duras, passando a ponta do dedo em seus contornos.

"Me desculpe por ter entrado desse jeito. Eu trabalhava aqui, só queria dar uma olhada de novo."

"É mesmo?", disse a garota, desconfiada. (*Havia* outro jeito de sair do terceiro andar, então?)

"*Esta* era a minha mesa, a última à esquerda."

"É a mesa da Emmy", a moça declarou na defensiva, segurando a flor junto ao corpo.

"Sério?" Não tinha mais nada a dizer; tinha visto sua mesa, e a flor estava quebrada, e Emmy já tinha ido embora para casa; não tinha novidade nenhuma para descobrir ali em cima. Ela assentiu para a mesa, se recordando, e disse: "Teve uma época em que havia um buraco enorme nesta parede. Atravessava o prédio inteiro".

"Um buraco?", indagou a garota. "Na parede?"

* * *

Tia Morgen estava na porta, espiando, batucando com os dedos, mordendo o lábio, franzindo a testa. "Meu Deus do céu", tia Morgen disse, "vou passar a minha vida *inteira*... que porcaria foi essa que você fez na sua cabeça?"
"Estive no consultório do médico. Cortei o cabelo."
"Eu liguei para o médico. Você saiu de lá faz uma hora. Ele falou que você..." Tia Morgen se calou e foi um pouco cerimoniosa ao fechar a porta depois que a sobrinha entrou. "Você e o doutor andaram brigando?", ela perguntou, quando a porta estava fechada, e falando um pouco mais baixo, como se o ar pudesse transportar suas palavras irreverentes até os ouvidos do médico: "Ele falou que você estava com a cabeça nas nuvens".
"E estou mesmo. Olhe para mim."
"Não combina com você", tia Morgen comentou, passado um instante. "Você vai ter que deixar crescer tudo de novo."
"Não posso; eu sou o boi da cara preta."
"O quê?"
"Eu peguei o menino que tem medo de careta."
"Às vezes eu acho", tia Morgen disse em tom cordial, seguindo-a até a cozinha, "que eu preciso mesmo é de um bom lar para velhas senhoras. O tipo de lugar onde se joga croqué. E onde as pessoas usam broches feitos com o cabelo dos amigos falecidos."
"E o dr. Wright iria lá todo domingo à noite para te visitar", disse a sobrinha, se acomodando alegremente em sua cadeira à mesa da cozinha.
"Para a nossa cantoria semanal de hinos", completou tia Morgen. "Fiz repolho e creme de leite, só porque você *antes* gostava, mas devo dizer que com os gostos de vossa majestade mudando como têm mudado, eu mal ouso..."
"Você acha que vão te deixar cozinhar no lar para senhoras? Você é uma das melhores cozinheiras do mundo."
A mesa estava bonita e simpática com a luz suave que vinha do canto da cozinha. Tia Morgen usava pratos novos amarelos sobre panos marrons, e ao tocar na borda arredondada da xícara amarela

ficou espantada por não ter percebido aquilo antes: tia Morgen tinha mudado várias coisinhas, abdicando, ao que parecia, das cores ousadas e desagradáveis, dos ângulos pontudos, amplos, das estampas perturbadoras; "Morgen", ela disse, "você está amolecendo".

"Hum?"

"Sua louça nova. E a toalha de mesa. O vestíbulo."

Sentada, Morgen declarou, "… vive a seu serviço", e passou os pãezinhos para a sobrinha. "Não sabia que você tinha reparado", ela disse, e suspirou, olhando sem entusiasmo para o pratinho de manteiga. "Não imaginava que você quisesse falar disso", prosseguiu, por fim. "Estava esperando você falar alguma coisa, ou o doutor, e cheguei à conclusão de que passei tanto tempo sem entender o que estava acontecendo que podia esperar um pouco mais. Porém." Ela deixou o garfo na mesa com uma súbita determinação e olhou para a sobrinha com uma expressão severa. "Todas essas piadas sobre lares para senhoras", ela disse. "Eu agora vivo com a sensação de que a casa está vazia, de que todo mundo foi passar o verão fora, a casa fechada, as janelas fechadas com tapumes, todo mundo no interior. Como se tivessem me deixado sozinha, sentada aqui me perguntando onde todo mundo foi parar. Sabia que eu comprei aquele casaco verde que você queria e faz três semanas que ele está pendurado no seu armário?"

"Eu nem vi", a sobrinha respondeu, inexpressiva.

"É disso que eu estou falando", explicou tia Morgen. "Eu achava que você queria *muito* o casaco. Estava esperando você tocar no assunto. E agora você cortou o cabelo", encerrou, impotente, e empurrou o prato.

"Você achou que eu queria muito aquele casaco horrível?"

"Ou você queria muito o casaco ou estava tentando comprá-lo para me mostrar quem é que manda ou para me deixar infeliz ou talvez só como uma forma de se recompensar por todas as coisas que você acha que eu devia ter feito por você e comprado para você e que nunca fiz nem comprei. Então me convenci de que você queria o casaco de verdade."

"Imagino que seja tarde demais para devolver para a loja."

Depois de um instante de silêncio, tia Morgen disse: "É, é tarde demais para devolver. Você vai ter que usar e quem sabe fingir que gostou. Fingir", ela continuou, cautelosa, "que foi um presente de uma parente caduca que vive num lar para senhoras que você precisa usar para não fazer desfeita. Porque", disse, "com uma coisa assim é muito fácil fazer desfeita; você realmente não faz ideia do quanto as senhoras são sensíveis quanto aos presentes que dão." Fechando bem a boca, Morgen prendeu a respiração por um tempo e depois se levantou sem falar nada e levou o prato para a pia. "Vou deixar a louça", anunciou em tom quase normal. "Estamos meio atrasadas; o doutor deve estar para chegar."

"Ajudo você com a louça quando a gente voltar."

"Obrigada", disse tia Morgen. "Muito obrigada." Calada, tirou os pratos da mesa e os colocou dentro da pia. Em seguida, num ato impulsivo, se virou e voltou para a mesa, se sentando ao lado da sobrinha. "Escute", ela disse, e se interrompeu, e apoiou os cotovelos na mesa, e acendeu um cigarro, e ficou mexendo no cinzeiro, e coçou o nariz de um jeito ridículo, com as costas da mão. "Não sei por que *cargas-d'água* não sei como falar isso", declarou. "Eu fico sempre tentando — quem sabe o doutor não consegue arrancar uma resposta direta de você; quem sabe *ele* não consegue te entender. Eu, eu só faço me espantar e me preocupar e rezar para que tudo corra bem, e pode ser que eu esteja estragando tudo falando assim — *eu* sei que sou sem jeito e boba e que não tenho cabeça para todas essas descobertas que você faz com o doutor, mas é que de repente, é que eu nunca tive nenhuma dificuldade na *vida* de me fazer entender e de deixar minhas vontades claras, e de repente eu não consigo nem *conversar* com você depois de todos esses anos. A única coisa que eu quero saber é o seguinte." Ela parou e foi cuidadosa ao deixar o cigarro no cinzeiro para poder entrelaçar as mãos e se concentrar apenas na sobrinha. "Onde eu me encaixo nisso?", perguntou.

Ao ver a sobrinha encarando-a com curiosidade, mas sem compreender, Morgen hesitou e gesticulou, fez um gesto patético com a mão. "Você não entende", disse. "Imagino que *eu* esteja falando de verdade? Que não esteja só mexendo a boca e mexendo os braços sem fazer barulho nenhum? Você me *ouve*? Porque estou começando a ficar com a sensação de que você não dá a mínima se eu falo ou não, e se o doutor te vê ou não, e se a gente sai ou fica em casa e se a gente come ou não e se eu estou viva ou não e se estou feliz ou não; eu tenho sempre a impressão de que quando me esforço para fazer alguma coisa especial para você jantar, de que você gostava antigamente, e me esqueço de dizer o que é, você nem se dá conta do que está comendo."

"O jantar estava ótimo, tia Morgen."

"Eu *sei* que estava ótimo, fui eu que fiz e estava muito muito muito bom, e se eu não falasse o que era, eu juro por Deus que você teria sido capaz de passar o jantar inteiro mexendo o garfo e enfiando ele na boca e talvez se fosse meu dia de sorte você reparasse que estamos usando pratos novos há um mês. Eu ficava pensando que não é *possível*, não depois desse tempo todo." Morgen apagou o cigarro com cuidado e disse: "Eu não quero soar como uma daquelas pessoas que dizem ter direito ao seu afeto só por ter passado um tempão cuidando de você como se fosse minha filha. Seria uma completa idiota se pensasse que as pessoas têm *direito* ao amor dos outros; na vida, ninguém que eu conheça mereceu mais amor e recebeu menos do que eu. Mas eu seria capaz de jurar", ela disse, adotando um tom ameno e sorrindo de leve, "eu seria capaz de jurar que *você* não me deixaria sozinha num lar de senhoras".

Ela observava tia Morgen com atenção, fitando o largo rosto severo feio e o sorrisinho falso e a boca ainda entreaberta, e pensou: as pessoas nunca deviam se olhar de perto, não são como retratos. Não havia como ter certeza, pelos olhos da tia ou pela boca da tia ou pelo cabelo ou pelas sobrancelhas ou pelas rugas no rosto da tia, se a expressão revelada no rosto da tia era um delineamento fiel de medo ou ansiedade ou expectativa; poderia ser uma espécie de júbilo, ou poderia ser inteiramente falso, e não uma expressão correspondente aos pensamentos de tia Morgen. Havia muito ali que precisava de uma definição clara; o príncipe cheio de joias era lindo, o general Owen estava cansado, mas o rosto de tia Morgen era um retrato de sombras muito carregadas, com detalhes demais. E isso acontece porque, ela ponderou, em um retrato todas as partes desnecessárias e enganosas do rosto foram eliminadas, todas as linhas a mais somem, e o pintor só deixa as coisas úteis; ao pintar o rosto de tia Morgen e chamá-lo de *Agonia*, ela pensou, provavelmente seria necessário eliminar boa parte do nariz, que prejudicava bastante a composição como um todo, e sem dúvida evitar a sensação de dor bestial, inarticulada que aparecia nas sobrancelhas, que eram muito exageradas; um afinamento geral do desenho...

"Acho que estou sendo paciente", tia Morgen disse, com frieza na voz.

"Tia Morgen", ela falou devagar, "sabe o que eu estava pensando, hoje no museu?"

"Não", tia Morgen respondeu, "*o que* você estava pensando, hoje no museu?"

"Estava pensando em como um prisioneiro que vai morrer deve se sentir; a pessoa fica lá olhando o sol e o céu e o gramado e as árvores, e como é a última vez que vai ver tudo isso, tudo é maravilhoso, cheio de cores que ela nunca tinha notado, e radiante e lindo e muitíssimo difícil de deixar para trás. E então, vamos imaginar que a sentença seja suspensa, e a pessoa se levante na manhã seguinte e não esteja morta; ela consegue olhar de novo o sol e as árvores e o céu e achar que são os mesmos sol e céu e árvores de sempre, nada de especial, só as mesmas coisas que vê todo dia? Nada diferente, só porque ela não foi obrigada a abrir mão dessas coisas?"

"Então?", tia Morgen questionou quando ela se calou.

"Era nisso que eu estava pensando hoje no museu."

"É mesmo?", disse tia Morgen, se levantando com dificuldade. "Bom, se me permite", ela anunciou, recolhendo as xícaras de café, "eu vou me poupar. Pensar nisso uma outra hora, quando não estiver tão preocupada com minhas próprias coisas. Minhas coisas *espalhafatosas*", ela declarou, e pôs as xícaras novas na pia com estrondo.

"Ela ainda tem muito o que aprender", o médico tentou tranquilizá-la, como se ele e tia Morgen estivessem caminhando a sós, "ela tem um longo caminho para reconstituir. Não podemos exigir muito dela."

"Uma porcaria de um gelo insensível e sem coração", tia Morgen foi categórica. "Estou falando de *você*", disse para a sobrinha, virando a cabeça para trás.

"Tenho a constante impressão", o médico prosseguiu, "de que ela é... como explicar?... como um receptáculo vazio, se me perdoa a comparação tão deselegante. Embora ela pareça estar, minha cara Morgen, de posse inconteste da cidadela, muitas de suas defesas foram derrubadas, muito foi perdido na vitória." Ele parou e por um instante elas seguiram adiante, sem notar, e então perceberam e se viraram para ele, que lhes fazia gestos eloquentes com o guarda-chuva fechado. "Que noite agradável para se dar uma volta", ele disse, "você não devia andar batendo os pés, Morgen. Vamos pôr nos seguintes termos, então. Muito do que era *emoção* se perdeu; os fatos estão aí, a memória é clara, mas o sentimento por essas coisas foi suspenso. Pegue, por exemplo, uma pessoa com a qual ela teve, nessa época atribulada, reações confusas." Ele refletiu, começou a falar, parou, e refletiu de novo. "O dr. Ryan", disse por fim, satisfeito. "Em momentos diferentes, ela teve sentimentos diferentes pelo dr. Ryan; sob uma influência, é provável que o tenha odiado de forma brutal, e sob outra influência talvez lhe desse até um imenso valor. Agora, vamos supor que ela se lembre perfeitamente das circunstâncias sob as quais em certo momento admirava, e em outro momento detestava, o dr. Ryan; relembradas as circunstâncias, qual sentimento, presumindo que sejam igualmente fortes, qual sentimento podemos contar que permaneça com ela?"

"Quem *liga* para o Ryan?", Morgen retrucou. "Faz vinte e poucos anos que eu..."

"Você me faça o favor", pediu o médico, levantando o guarda-chuva, mas de novo acompanhando o ritmo dos passos de tia Morgen, "de me permitir continuar. Você deve se lembrar de que não houve — creio que eu possa dizer isso sem nenhum risco de ser contestado, mesmo por *você*, Morgen — área nenhuma que fosse muito explorada onde não houvesse discórdia. Quase, se me permite o termo, uma guerra aberta. Oposição diametral absoluta", disse o médico, seus passos ritmados, "em todos os aspectos. Portanto", continuou, de novo levantando o guarda-chuva para tia Morgen, que havia erguido o braço para gesticular, "a emoção tem sido, por assim dizer, cancelada. Não houve nenhuma resolução, não se chegou a um meio-termo, não houve trégua viável declarada na guerra. E a *nossa* responsabilidade, Morgen", ele continuou, erguendo um pouco a voz, "a *nossa* responsabilidade é, obviamente, povoar essa paisagem deserta — encher esse receptáculo vazio, acho que eu já disse — e, com nossas próprias reservas emocionais, capacitar a menina a se reconstruir. Temos um dever preocupante. Ela vai dever a nós suas opiniões, seu discernimento, suas reflexões; podemos, como poucas pessoas puderam, recriar, na íntegra, um ser humano, com o molde mais adequado e ajuizado, selecionar o que há de mais distinto e mais elevado na nossa experiência e conceder isso a ela!"

Morgen rebateu, desagradável: "Você pode ser a mamãezinha dela, e eu fico de papai, e eu vou conceder a ela um belo de...".

"Nós sempre brigamos", o médico constatou, pesaroso. "Acho que parecemos um par de velhos casados. O feiticeiro perverso se casa com o dragão, afinal, e eles vivem felizes para sempre."

Tia Morgen riu. "Você e seus receptáculos vazios", disse, de repente recobrando o bom humor. "Falando para o nada, é o que *eu* digo. Bom, vamos lá", disse à sobrinha, segurando e apertando sua mão, "vamos recomeçar sendo amigas. Gostou do cabelo?", perguntou ao médico, que estava na frente da sobrinha.

"Não é feminino", declarou o médico, "mas acho que tampouco é indecente."

"Acho que vou me acostumar", disse Morgen. Ela se virou, sendo a primeira a subir o caminho estreito que dava na porta, e disse, depois de parar e se virar: "Agora, não se esqueçam, pelo amor de Deus, de que *não é* para pedir ao Vergil que ele cante".

"Morgen!", exclamou a sra. Arrow, com deleite, ao abrir a porta para eles, "e o dr. Wright também, não é? Está tão escuro, não tem luar, mas é claro que eu *sabia* que vocês estavam chegando, não é? Então como é que não seriam vocês? E como vai *você*, minha querida?"

"Que noite agradável, muito agradável", disse o sr. Arrow, de costas para a porta, com os braços a postos para receber os casacos que a esposa recolhia dos convidados e lhe entregava; estava de braços esticados e até os três casacos leves deles pareciam pesados demais para ele, com o chapéu e o guarda-chuva do dr. Wright bem-arrumados em cima das outras peças; parecia se questionar, de repente, sobre onde colocar tudo aquilo, e se virou diversas vezes, distraído, até a sra. Arrow levá-lo ao armário e tirar tudo de cima dele, erguendo as coisas com cuidado a partir do que estava embaixo, e então o sr. Arrow enfiou o guarda-chuva do médico no porta-guarda-chuvas e pendurou o chapéu do médico num gancho e meticulosamente pendurou, um por um, os casacos no cabideiro.

Enquanto o sr. e a sra. Arrow passavam os casacos de um para o outro e faziam pequenos gestos ansiosos um para o outro, muito preocupados com a ideia de que o casaco do dr. Wright encostasse no chão ou o xale de tia Morgen se misturasse com os cachecóis dos Arrow, tia Morgen, como visita experiente, que conhecia Ruth e Vergil Arrow desde que eram crianças e que circulava à vontade pela casa havia muitos anos, abriu caminho até a sala de estar dos Arrow, seguida pela sobrinha e pelo médico. "Bom", disse tia Morgen, com certo constrangimento porque aquelas pessoas eram suas amigas e o dr. Wright nunca tinha estado ali, "cá estamos." Ela se sentou sem olhar, como quem não tem dúvidas de que em um ambiente da casa dos Arrow a mobília não permitia ser deslocada de um canto para o outro; "sente-se aqui, garotinha, do meu lado", ela disse, e mordeu o lábio. "Caso você se sinta tentada a repetir seus comentários a respeito da voz do Vergil", ela disse, e sorriu para a sobrinha.

"Talvez ela fique mais à vontade aqui", disse o médico; ele estava suspenso, sem saber o que fazer, entre o sofá, que revelava pela grande cavidade do canto ser o espaço destinado a um dos Arrow, e uma poltrona cujas linhas elegantes exibiam, à primeira vista, um passado que não combinava com o dos outros móveis, até que uma segunda olhada, mais crítica, expôs sua idade inequívoca, suas linhas longas demais, o contorno cheio demais, o que sem dúvida a favorecia aos olhos da sra. Arrow; "quer se sentar ao meu lado?", o médico convidou.

"Deixe ela aqui", disse a tia Morgen. "Ela está bem aqui."

"Ao meu lado, faça o favor", retrucou o médico.

Eles se entreolharam, em uma espécie de espanto ligeiro, e então a sra. Arrow se pôs entre os dois, alegre, quase batendo palmas. "Estou tão *feliz* que você *enfim* tenha aparecido", declarou. "Morgen, quantos *anos*! E o doutor também, é claro." Ela se virou, admirando todo mundo. "E creio que *você* tenha cortado o cabelo", comentou.

"Hoje à tarde."

"Que ótimo. E *está* lindo; Vergil?"

"Lindo mesmo. Sente-se, doutor, sente-se."

Pressionado, o médico se resolveu e se reconciliou com a poltrona malfeita. Com dificuldade, acomodou seus membros proporcionais à composição incorreta da poltrona, se remexeu de forma incontrolável uma vez e então, nunca de todo incapaz de se exprimir, ele teve a educação de se voltar para a sra. Arrow. "Que casa encantadora", declarou. "A localização é muito conveniente."

A sra. Arrow, prestes a lamentar a longa caminhada que deram para chegar ali, foi pega desprevenida e só conseguiu dizer: "Que bom que o senhor veio. E a Morgen também".

"Garotinha", Morgen disse, virando a cabeça para trás, "não quer se sentar em algum lugar? Fico nervosa de ver você assim, andando de um lado para o outro."

"A noite está linda; estou olhando o jardim."

O sr. e a sra. Arrow, que tinham a certeza de que todas as janelas estavam bloqueadas pelo espaldar de suas poltronas e por mesinhas encimadas por samambaias envasadas, se levantaram na mesma hora e se aproximaram de lados opostos da sala, o sr. Arrow com o intuito de arrastar um pouco a poltrona para liberar a passagem até a janela, a sra. Arrow se oferecendo para prender a cortina; "Este ano as roseiras não estão tão bonitas quanto costumam ficar", a sra. Arrow disse como quem pede desculpas, e o sr. Arrow frisou que os lilases não tinham se saído tão bem quanto o esperado, "mas a sebe", ele comentou, "a sebe está ficando uma maravilha. A alfena preta", disse, se virando para Morgen, "te deixaria impressionada; você não iria nem acreditar".

"O Edmund está lá", a sra. Arrow disse, em tom suave, "no quintal, embaixo das roseiras."

"Posso dar uma saidinha? Me parece tão sossegado."

"Que gentileza a sua." A sra. Arrow se comoveu. "Venha comigo, querida; eu te levo até o quintal." Ela assentiu para Morgen, para tranquilizá-la. "Está tudo ótimo", disse, "nossa cerca é alta", e, com o rosto corando, continuou: "Ou seja, não dá para ninguém *entrar* nem nada disso", e saiu às pressas da sala.

"Ponha um suéter, garotinha", instruiu Morgen.

"Cubra essa cabeça descoberta", mandou o médico.

"É uma bela noite para ir ao jardim", disse o sr. Arrow. "Volta e meia eu passo uns minutinhos lá fora. Sento no banco e tudo." Ele tornou a se sentar na ponta do sofá, ao lado do dr. Wright, e se virou para dizer, com uma preocupação masculina: "O senhor já parou para pensar, doutor, nessa nova ideia a respeito da iluminação pública? *Eu* acho um desperdício de dinheiro; se a gente para e pensa…".

A sra. Arrow voltou correndo para a sala e se aproximou de Morgen. "*Muitíssimo* feliz", declarou. "O clima está bem ameno, é protegido, sossegado, e acho que ela foi um doce com Edmund. Ele gostou dela de verdade, sabe?"

"Deixamos ela fazer basicamente o que quer", Morgen disse em tom solene.

"Sabe, ela *parece* melhor", a sra. Arrow confidenciou. "Para falar a verdade, Morgen, da última vez que *eu* a vi — deve fazer quase um ano, não? Daquele dia que encontrei vocês duas no restaurante, e ela estava gargalhando? — bom, não interessa, eu achei que *naquela época* ela não parecia bem, estava *muito* diferente. Ela tem…", a sra. Arrow fez uma pausa delicada e ergueu as sobrancelhas para o dr. Wright, inquisitiva.

"Uma febre nervosa", tia Morgen declarou com calma.

A sra. Arrow se virou e olhou direto para o dr. Wright. "Eu achava", ela disse, "que o dr. Ryan… claro, ele é um homem *mais novo*."

"Temos toda a confiança do mundo no dr. Wright", afirmou Morgen, levantando um pouquinho a voz para ser ouvida pela sala inteira. "Confiança *plena*."

"Não é muito diferente", o dr. Wright disse ao sr. Arrow, "da prática conhecida de se empalar um homem vivo em um mastro. É desagradável apenas para a vítima, se, de fato, ela mesma não for arrebatada pelo êxtase. Mas não imagino que atualmente…"

"Não", o sr. Arrow declarou, corajoso, "com o sistema de gestão municipal que foi instalado na maioria dos lugares."

A sra. Arrow segurou a mão de Morgen. "Só queria dizer que eu acho que você foi muito corajosa, Morgen, muito corajosa. Não é muita gente", ela terminou e assentiu com empatia. "Fico me perguntando", disse Morgen, se levantando um pouco. "Vou dar uma olhada nela pela janela da cozinha."

"Claro", a sra. Arrow lhe deu um sorriso solidário. "Mas eu *sei* que ela está bem; você não precisa ficar tão preocupada."

"Só quero ver se ela ainda está lá", Morgen explicou.

A sra. Arrow sorriu para as costas de Morgen, fez que não soltando um suspiro carinhoso e se virou para os cavalheiros; "Aceitam uma taça de xerez?", ofereceu, radiante.

"Hã?", indagou o sr. Arrow, sem entender.

"Xerez, dr. Wright?"

"Obrigado, obrigado. Por outro lado, embora eu esteja na melhor das hipóteses pouco informado a respeito dessas questões, imagino que a mandrágora, que só grita, o senhor deve se lembrar, quando é desenraizada..."

"Está tudo bem, garotinha?", tia Morgen perguntou, olhando pela janela da cozinha.

"Sim, obrigada, tia Morgen."

"O que você está fazendo?"

"Estou sentada no banco. As roseiras são lindas."

"Está quentinha aí?"

"Estou, obrigada."

"Está bem. Me chama se precisar de alguma coisa."

"... e eu acho que a Morgen vai concordar comigo quanto à minha teoria de que bruxaria é basicamente a ministração criteriosa do bizarro."

"De fato", Morgen confirmou ao se sentar. "Ela está bem", informou ao médico.

"É claro. Isso é excesso de proteção, Morgen; nossa ovelha não vai sair do curral, ainda mais com uma cerca tão alta. O interesse da Morgen pelo que chamam de arte 'moderna'..."

"Lixo moderno, é assim que *eu* chamo", decretou o sr. Arrow, incomodado a ponto de ser veemente. "Não sei do interesse que o senhor tem por música, mas eu sempre digo que um *menino* de dez anos seria capaz de fazer coisa melhor."

"Você está falando com o homem que quis botar fogo em todos os meus quadros, Vergil", disse Morgen. "Até eu me oferecer para jogá-lo também na fogueira."

"Tenho pouquíssima vontade", o médico foi seco ao dizer, "de me oferecer em sacrifício para garantir a fertilidade da autoexpressão artística da Morgen." Ele se mexeu, satisfeito, na poltrona desconfortável.

"*Eu* não ligaria", Morgen retrucou.

"Toda vida, penso eu", disse o médico, "exige a ingestão ávida de outras vidas para que possa continuar; o aspecto radical do sacrifício ritual, a performance de um grupo, seu grande passo à frente, foi em sociedade; *compartilhar* a vítima era algo eminentemente prático."

"E era uma bela reunião social", Morgen murmurou. "Eu te imagino direitinho, Victor."

"E o senhor não seria o primeiro", disse a sra. Arrow, se inteirando da conversa. "Veja o Kipling e todos os grandes músicos. *Eles* não tinham quem os ajudasse."

"Kipling?", o dr. Wright teve a imprudência de indagar.

"Mandalay, era nisso que eu estava pensando. Caso o senhor nunca tenha ouvido, quem sabe eu não..."

"Ótimo", disse Morgen, encarando o médico com uma intensidade diabólica. "O Victor adoraria ouvir você cantar."

"Eu amaria", disse o médico. "Estava falando do costume do sacrifício humano; fui levado a entender que embora, como prática, ele costume ser deplorado, a iniciação em uma sociedade secreta..."

"Qual exatamente *era* o problema dela?", a sra. Arrow, se aproximando de Morgen com um cinzeiro, falou alto demais, e o ambiente ficou em silêncio. A sra. Arrow olhou ao redor, constrangida, e ousou dizer: "Bom, a gente a conhece desde que ela era *muito* pequena, e acho que a gente demonstrou interesse suficiente para ficar sabendo".

"Somos amigos da família de *longuíssima* data", o sr. Arrow confirmou.

"Uma febre nervosa", declarou Morgen.

O médico se pronunciou devagar, com a voz cadenciada, parecendo avaliar a adequação de cada uma de suas frases aos ouvidos do sr. e da sra. Arrow; "A criatura humana em conflito com seu ambiente", disse, "precisa alterar a cor que a protege ou a forma do mundo em que vive. Sem estar munida de um instrumento mágico além de uma inteligência não muito afiada", e ele hesitou, talvez absorto pelo maravilhamento com sua própria eminência precária, "inteligência", ele prosseguiu, firme, "a criatura humana acha tentador tentar controlar seu entorno por meio de símbolos de feitiçaria manipulados, escolhidos a esmo, e de modo geral ineficazes. Imaginem uma gazela descobrindo que é azul enquanto todas as outras gazelas…".

"Você disse febre nervosa?", a sra. Arrow sussurrou para Morgen, que fez que sim.

"Meu primo…", o sr. Arrow começou em voz baixa, mas o dr. Wright o calou franzindo a testa.

"… se refugia primeiro na incredulidade, numa recusa convincente a perceber cores, um estado de perplexidade confuso…"

"Assim como o sujeito que o senhor mencionou, o do mastro", disse o sr. Arrow, na esperança de reparar a interrupção anterior demonstrando sua compreensão inteligente.

"Em todo caso", disse Morgen, sem se aguentar, "acho melhor a nossa gazela voltar para dentro." Ela se levantou. "Vou lá buscá-la."

O dr. Wright se voltou, alerta, para o sr. Arrow, mas dessa vez o sr. Arrow estava preparado. "Já que o senhor teve a gentileza de pedir", o sr. Arrow disse, "vou pegar minhas partituras."

Mais tarde, voltando para casa a pé, afável, na noite quente de verão, ela apoiou uma das mãos no braço de Morgen e a outra no braço do médico e acompanhou o ritmo de seus passos. "E tudo isso é uma baboseira", Morgen dizia.

"Não é baboseira nenhuma." O médico ficou magoado. "Achei que tinha agido de uma forma bastante agradável."

"Rá", exclamou Morgen. "E o seu jeito de jogar bridge."

"Bridge é um jogo para o intelecto indiviso", disse o médico. "Como o seu." Ele fez uma mesura para Morgen, dando o melhor de si, caminhando noite adentro com a sobrinha entre eles.

"Sabem o que eu estava pensando, lá no jardim?"

"O quê?", perguntou tia Morgen, e "Sim?", disse o médico.

"Eu estava olhando as flores, pensando no nome delas, como se eu lhes denominasse e precisasse atribuir um nome a todas, e fosse o nome certo. É mais difícil do que parece."

"Por exemplo?", pediu Morgen.

"E as estrelas — também dei nome a algumas estrelas."

Ela assentiu, sorridente.

"Essa menina não tem nome", o doutor falou, se dirigindo a Morgen. "Sabia?"

Morgen pensou e riu. "Acho que não", ela disse, "mas eu não tinha percebido." Riu outra vez e apertou o braço da sobrinha. "Já que você vai adotar um novo nome, que tal desta vez ser Morgen?"

"Victoria?", sugeriu o médico.

"Morgen Victoria", Morgen emendou, generosa.

"Victoria Morgen", rebateu o médico.

Ela também riu, segurando os braços de ambos. "Estou feliz", declarou, assim como naquela tarde. "Eu sei quem sou", disse, e continuou a caminhar com eles, de braços dados e aos risos.

ESTA OBRA FOI COMPOSTA PELA ABREU'S SYSTEM EM ADOBE GARAMOND
E IMPRESSA EM OFSETE PELA GRÁFICA PAYM SOBRE PAPEL PÓLEN NATURAL
DA SUZANO S.A. PARA A EDITORA SCHWARCZ EM JULHO DE 2025

A marca FSC® é a garantia de que a madeira utilizada na fabricação do papel deste livro provém de florestas que foram gerenciadas de maneira ambientalmente correta, socialmente justa e economicamente viável, além de outras fontes de origem controlada.